即使这般恐惧，当生命就要渐渐驶入不见，
我们仍有很多事情要做

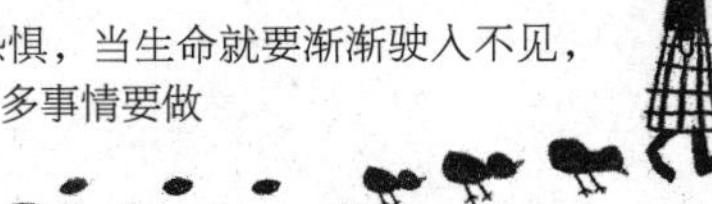

这个世界充满了柔弱又坚韧的普通生命

这是一场对话，
在你和生命之间

0

这是一个诗意的时刻

死亡居家指南

（澳）黛博拉·阿德莱德 著
韩玲 译

中国城市出版社
·北 京·

北京版权局著作权合同登记
图字：01－2008－4874

图书在版编目（CIP）数据
死亡居家指南／（澳）阿德莱德著；韩玲译.—北京：中国城市出版社，2009.12
ISBN 978-7-5074-2198-9

Ⅰ.死… Ⅱ.①阿…②韩… Ⅲ.长篇小说—澳大利亚—现代 Ⅳ.I611.45

中国版本图书馆CIP数据核字(2009)第202920号

THE HOUSEHOLD GUIDE TO DYING by Debra Adelaide

策　　　　划　王　立
责 任 编 辑　王月芳　唐　浒　黄　羹　冯　倩
装 帧 设 计　彭文霞　安晓蓓
责任技术编辑　张建军　杨冬梅
出 版 发 行　中国城市出版社
地　　　　址　北京市海淀区太平路甲40号（邮编　100039）
网　　　　址　www.citypress.cn
电　　　　话　(010)63275378（营销策划中心）
传　　　　真　(010)63489791（营销策划中心）
总 编 室 信 箱　citypress@sina.com　电话：（010）52732057
投 稿 信 箱　world66@263.net（营销策划中心）
经　　　　销　新华书店
印　　　　刷　北京中科印刷有限公司
字　　　　数　170千字　印张11.5
开　　　　本　880x1230（毫米）1/32
版　　　　次　2010年1月第1版
印　　　　次　2010年1月第1次印刷
定　　　　价　26.80元

献给亚当·威尔顿和埃里森·麦克凯勒姆，一个纪念。

死亡,你比美国还要成功,

即使我们不选择与你为伍,我们依然跟随。

——约翰·福布斯《死亡颂》

1

今天早上我做的第一件事就是去鸡舍。阿尔奇已把厨房的杂碎喂鸡了,我靠着栅栏撒了几把鸡饲料。和往常一样,它们乱作一团,“咯咯”叫着,仿佛从未吃过食,以后也吃不到了似的。随后我打开栅栏门走近产蛋箱,鸡蛋仍躺在角落里,即使旁边还有很大的空间。箱子里有三个干净的鸡蛋:两个棕色的,一个白色的。不久前我还能分辨出哪只母鸡下了哪个蛋,而现在有时都记不起母鸡的名字了。我小心地捡起鸡蛋,有一个还热着呢。触摸是一件奇特的事情,它唤起了记忆,于是我便记起茶色的鸡蛋是那些棕色的母鸡下的,而这个小一点的白色鸡蛋是珍下的。我把白色鸡蛋贴近面颊,感受着它的温度,它的健康。不知道诗人们是否描写过这样的感受,想到这个问题,是因为我珍爱这种感受。让人欣慰的浑圆体,让人惊讶的新鲜感。掌心里这个纯白而完美的鸡蛋,是一个潜在的新生命,对这个世界,它所要求的仅仅是温暖。

“一切待成熟。”[1]一个诗人曾这么说过。是艾略特[2],或者是莎士比亚。也许两人都说过——我已经记不得了。

我把鸡蛋装进口袋里,返回花园。房间里电话再次响起,但我不再匆忙跑去接了。响过五次后它就停下。最近总是这样。空气被早些时候的雨冲刷得很干净。我能够听到大剪刀的“咔咔”声。那是隔壁兰伯特先生在修整草坪。这个兰伯特先生,就算是大雨、霜露,甚至是大雪也熄灭不了他对此项工作的热情——如果这一温带郊区有大雪的话。似乎在他的余生,所有的注意力都转而朝下。我发现多年来兰伯特先生一直不抬眼看我。不知道他是否是在思忖入土为安——退休了,儿孙们也不来探望他了。或者仅仅是我在思忖自己的未来?

我说“未来”了吗?真希望这是一个能够形容所有这一切的词,因为“讽刺”一词并不贴切,一点也不恰当。首先,我发现艾略特在最残酷的月份这一点上是正确的,只不过对我来说最残酷的月份不是四月而是十月。春天隆重地向我示意,夏天即将来临,以此来捉弄我。窗外的紫藤在游廊间开得正旺。车道上落满纸一样的鲜花。我的车像沐浴在婚庆纸屑中。要是今天早上开车出去,一定是件令人懊恼的事情,而我却可以随意欣赏着花朵掷过挡风玻璃的样子。那破旧的老车像新娘一样容光焕发。太阳出来了,风也温暖起来,

---

① 原文:“Ripeness is all”,出自莎士比亚的《李尔王》,意思是指“时机一旦成熟,必有自然的结果。”

② T. S. 艾略特(T. S. Eliot)(1888—1965),现代派诗人,代表作有长诗《荒原》等。

我可以闻到紫藤的香味。也许是茉莉的味道，沿着前面的栅栏开放，只是这里看不到罢了。我的嗅觉也不灵了。

紫红和深紫的花是些什么样的花呢？我记得艾略特先生（高中的语文老师提到他总是带着敬仰的语气）对此也有一笔——丁香和风信子——但对我来说紫色的花是指紫藤，现在还有鸢尾。阿尔奇把一个旧混凝土洗衣池改作池塘，在里面种上了鸢尾。它们一年比一年繁茂。连着一两个星期，我一直在观察它们。狭长的熠熠的叶片。茎上的蓓蕾微微鼓起。从鸡舍返回的路上，我留意到第一个蓓蕾盛开了。它低垂着——也许早些时候的雨比我想的要猛烈——不过花朵未受伤害。我把它剪下，插在厨房操作台的花瓶上。从生殖的角度看它很美。深紫色的花瓣，边上稍带黄色，没有任何香味。我想丁香的味道也许会让我呕吐。

我总是想，介于冬季和夏季之间这一温暖而短促的时节不会是残酷的。而这里，虽然我与艾略特各处地球两端，却和他一样受着残酷的折磨。春天是一个充满希望的时节，一个充满昂扬的歌曲和奋发的行动的时节。一个充满可能、期望和计划的时节。人们从冬季走出，不再忍受秋去冬来之际的变幻莫测，知道如果春天到来了，夏天也就不远了。每个春季，社区都会在附近的公园举行野餐。孩子们也在户外开生日聚会。春天是行动的时节，是扫除的时节，是革命的时节。

革命。我总是仔细地想着每个单词确切的意思，还有它们的发音。革命这个词发音像“厌恶”。憎恶。拒绝。这个早上我没有吃早餐，吃的话也就是半片土司，没有黄油（吃个口袋里的鸡蛋没有问题）。艾略特有一点是对的，一切待成熟。不过我想告诉诗人先生，他的春天同我的比起来，代表的是一种乏味的残酷。一种可笑的残酷。没有比这更残酷的了：一个充满期待的季节，充满希望的季节，充满生机的季节；一个预示着未来的季节，却没有任何未来。

我是在春天第一次动的手术，恢复的时间只到年底，然后就开始为圣诞节尽我的职责，而没有如我喜欢的那样在床上萎靡。又一个春天，我发现手术没能抑止癌症。身体的某些部分被切除，高强度的化学疗法一次把我变得像希腊神话中吃人的斯库拉，另一次把我变得像卡律布迪斯。两次相隔大约六个月左右，其间备受打击。说实话，我真想放弃，让病情恶化下去，但是阿尔奇恳求我再试一试。母亲也劝我，两个女儿太小，放弃的话内心也会自责。因此我坚持下来。直到上次手术，身体被又切又锯又撬（这次是头部），我仍存留着一线希望。

但是最残酷的季节最终再次来临，带来了丝毫无差的终结。至少，艾略特先生还有干涸的石头和几把泥土可以期待，而我呢？

2

亲爱的德丽雅：

你能帮我解决我和朋友间的争执吗(我们一起打高尔夫)？她觉得买东西必须要有购物单，我没有购物单买起来既浪费时间又多花钱。我常常仔细琢磨这个问题，确实，有时候回到家才发现忘了买诸如灯泡或是大米面之类的东西。可是我的朋友也会忘。

质疑者

附：我们都65岁了。

亲爱的质疑者：

伊莎贝拉·碧顿女士认为，“高效的家庭主妇购物总是带一张清单”。据说购物单会克制住购买欲望，而且购物单能阻挡卖家肆无忌惮地向顾客兜售他们不需要的商品。然而生命是短暂的。关于自在购物可讨论的有很多。也许你偶尔会忘记买灯泡，但我敢说你会在特价的时候买黑巧克力奶油饼干，或者即使食品柜里有一堆鲑鱼罐头了还是会买几个。我敢说你那个带着购物单的朋友也会这么做。

附：碧顿女士去世时只有28岁。你的朋友下次写购物单时也许会仔细考虑一下。

家庭经济学大约在20世纪70年代被提升到科学的高度。我从来没有学过这门课，因为已经在家里受教于母亲和祖母了。她们两个都深信，家务训练是一个巨大的学校。所以，上学前祖母一直照顾我，她指指方向，我就开始跟着她又擦又泡又拖又扫。稍大些后，我的母亲——简便接过了祖母的重任。她的特长在厨房。仅仅一堂课上，我就要搅拦、炖煮，随后煸炒。她们的理论是，我可以在打下手的过程中学会所有家务。作为一个女性，这些家务可以依照渗透理论自然进入到我的技能中。也许有人会觉得这种想法很可笑，可是，也许是因为我是个机敏又听话的学生，也许是渗透理论另有新解，总之我学起来不费吹灰之力。我懂缝纫、做饭、清洁，还有编织。到了中学不得不学一学期烹调的时候，我发现根本没什么可学的，更何况我也不感兴趣。学家务这种课程像学习坐公交车或寄信一样小儿科，大家不都在做这些事吗？而且那时我很喜欢看电影、读书、听音乐，而这些，无论是在洛德太太严谨的烹调课上，还是在格卢沃小姐的缝纫课上，都几乎涉及不到。

30年后，情形大不一样了。21世纪初的女性知道自己处在家庭自由和奴役之间的一个平衡点上。是到了彻底改造家庭的时候了，连理论家们也这么说。天使走了，她们多年前就被赶出了家门。取而代之的是，现在你是家中的女神，在神殿般瑰丽的厨房里做丰盛饭菜的美丽女神。或者是家里的荡妇，厚颜无耻地端上商店里买的意大利调味饭和超大牡蛎，之后把刷盘子洗碗的活儿丢给其他人。女神还是荡妇，两者均可。

但是对伊莎贝拉·碧顿来说，家政是军事纪律和政治策略，家中的主妇则是军队司令和企业领导。20 世纪初的时候，家政是个经济问题，主妇则是一个自然经济单位的枢纽。随后家政成为一门科学，家庭中发生的一切都以逻辑分析和线性代数来计算。烤一炉纸托蛋糕等同于提取一串化学公式。对孩子疼爱有节、惩罚有理，可以成功地养大，就像以 170 摄氏度下烘烤 15 分钟出炉的烤饼。并不是说有了家政科学就意味着主妇是家政科学家，因为着手家政并不像从事一个职业。

最后家成为一个“地点”。从冲浪到果冻摔跤[①]，像所有事物一样，家务也受到理论的劫持。无论中学里现在对其有什么叫法，我敢说名称里没有“home（家）”这个词。怪不得有那么多的研究和论文，将家庭放在轨迹、真空对话、食物处理者的多形态性里研究。

也许不是这样。毕竟，这是女人的工作。

早上，我凝视着从厨房操作台上拿回的单子。我仍躺在床上，在这张床上，我曾和丈夫在过去十多年里嬉闹，拥有生命中最温柔

---

① 澳大利亚流行的一种活动，摔跤赛场由果冻胶般的细软材料构成，摔跤者往往是只穿内衣的漂亮女孩子。

最刺激的性爱，而现在觉得仍然不够；在这张床上，我孕育了两个孩子，并且其中一个在这里生产（另一个临产时固执地坚持自己要通过医院的干涉来到这个世界）；在这张床上，我读了不计其数的书，有些书很出色，很多是垃圾，却也引人入胜；在这张床上，每个周日的清晨我都会喝茶数杯，半是嘲讽半是愉悦地浏览花边新闻；在这张床上，我对各项事物做笔记，其中就包括列单子。

单子在我的生活中并非必须。即使我不再列单子，也不会有什么改变，而且我想没有单子事情仍旧可以完成。但是这张特殊的晨单不是为我列的，昨夜很晚的时候我就写出来了。

清洗衣物

喂鸡

喂鱼/老鼠（池塘 & 储水池）

叫醒孩子

准备午餐（艾[①]不要花生酱）

喂孩子（别再让黛[②]把巧克力奶倒进麦片里）

提醒艾查作业表

检查黛是否带了课本、布包

晾衣物

清空/填满洗碗机

① “艾斯黛拉”的缩写，因为是在单子中，所以简略记录。艾斯黛拉是女主人公德丽雅的大女儿。

② “黛西”的缩写。黛西是德丽雅的小女儿。两个女儿都只是上小学的年纪。

孩子早半小时去学校(唱诗班排练)

另外:

洗澡(可能的话)

煮咖啡,趁热喝(哈!)

大约从去年,我开始写这样的单子,因为很显然有些工作要转交了,直到事情理出点“头绪”。这是我们用来形容未来的一个词,它像鳄鱼打哈欠张开的长颚,深邃而令人恐惧。列这样的单子并不容易,因为多年来我已习惯了下意识地做这些事情。要把哪些列进去,把哪些留下呢?我有意在深夜将单子放在胡椒面儿加工器的下面。第二天早上孩子们上学前进房间来亲吻我的时候,我头晕得甚至无法分辨她们头发是否扎好,牙齿是否刷干净了。我轻声说着再见,抬起头,嘴唇拂过她们的脸颊。当我再一次醒来时,看到床单上有片羽毛,深棕色的颜色。我还是祈祷孩子们没有把小鸡带到学校吧。

我再次看着这张单子,想知道阿尔奇那天早上会是怎样的感受:觉得受到侮辱还是感到有意思?会生气还是会感谢?不知道是否该写进去说,让两个孩子穿校服,或是提醒他别忘了孩子们的帽子。不知道自己为什么会觉得这些琐事那么重要。我起身下床,把单子扔进了垃圾桶。阿尔奇可能甚至没注意到它。

通常我醒得很早,那时天色还未完全明朗。凌晨前,我泡好一小壶茶，端起一杯来到花园。一些母鸡已在小声地“咕咕”叫着。我走过去坐在伞状大树下的藤椅里，一边抚摩着茶杯，一边仔细聆听。我总是觉得这些母鸡的叫声无与伦比地入耳。天色渐亮，其中有五只忙乱地斗着口角出了鸡棚。伊丽莎白，我总叫它丽莎，是最小的，也是最漂亮的，它第一个出来，闯入阳光中。丽莎是只浅花苏赛斯鸡，全身白色的羽毛，黑色的翎羽，像带花边的披肩。它总是比较专横，指挥着其他鸡按顺序出窝。最后出来的是凯蒂，深棕色的羽毛，翅膀尖上渐变成黑色。据我所知，每天早上凯蒂都以相同的方式问候新的一天：先在鸡棚门口略作停顿，抓抓土，快速跃出一两英尺，退回到鸡棚，再向前几英尺，再退回，直到和空地另一边的鸡食儿盘形成一条直线。这一过程里，凯蒂总会转头啄啄自己的后背，这个仪式一直持续到有东西让它们分神儿。凯蒂是我最后养起的一只鸡，尽管它年龄不是最小的，也要按照鸡群协议遵守先来后到的顺序。

我想若是生命可以重新开始，我要研究母鸡。那天早上就那样坐着，把茶叶末儿向栅栏另一边倒去，鸡群便都冲上去探个究竟：它们总是好奇得很。直到那时我才意识到，虽然鸡养了几年，对它们却知之甚少。问题是，它们那么柔顺，那么乖巧，几乎不用照料。我明白自己一直把它们的乖巧视作理所当然。它们有些方面我永远不会理解。比如说，为什么像珍这样的澳洲黑鸡，黑亮的羽毛，在阳光下显出奕奕斑斓绿色，却会下白色鸡蛋呢？虽然我从鸡仔开始养起，可是为什么被抓起时它还是会犹豫，甚至抗拒？凯蒂有一次在床上，在女儿黛西怀抱里没过五分钟就挣扎着逃脱了。意识到母鸡喜欢夜晚栖息,我最终不得不哄着黛西让她把凯蒂放回鸡群,从那以后凯蒂变得异常胆小。(而且,像所有的孩子一样,黛西希望搂着母鸡入睡的强烈愿望就这样蒸发了。对于动物的迷恋却物化至其他宠物。首先是金鱼,随后黛西发现它们实在无法搂着睡觉,于是又换成了老鼠:“印度”、“非洲”和“中国”。几个月前,黛西还坚持说,如果她不把“中国”这只自己最喜爱的老鼠装进口袋带到学校,她或是它都会死的。)

在那静谧的几分钟里,我品味着生活最微小的尘埃。在世界醒来之前,在鸡群边喝着茶,我向鸡群撒了一把饲料。凯蒂来到栅栏前从我的手里啄食儿吃,在掌心里,它的喙轻轻地叨着,随后是满足的咯咯声。丽莎直冲过来,把凯蒂推到了一边,这让我突然萌生了一种要保护鸡群里最弱小者的冲动。我走进鸡棚,尽管尘土飞扬,鸡粪刺鼻,到处是骨头、贝壳,还有它们在不停地、毫不厌倦地挖土找虫子过程中刨出来的一切,鸡棚和空地仍然是个惬意的地方。这里有别处无法找寻的温柔时刻。阳光折射进来的光线里金色的尘埃在旋转舞动。片片羽毛飘起又落在地面。听上去既像是满足又像是沮丧的“咯咯”声。最重要的是每只母鸡神态里散发出的期待,无论那显得多么傻。那种纯然的乐观促使母鸡日复一日地下蛋,而日复一日的鸡蛋又被取走。也许有人会觉得这是一种愚蠢的表现,但我想这是无与伦比的慷慨。一个下蛋的母鸡充满了正直的精神,倾注了一生的投入和奉献。还有鸡蛋,有时满是灰尘,有时粘着鸡粪,有时干净无暇得像一块肥皂。而蛋壳里面,不仅是一个整体,同时也装满了各种可能性。

那天早上我突然想到,以前应该多在花园的这个角落仔细端详、感叹的。现在太晚了。

实际上是太早了,但我还是去了艾斯黛拉和黛西的房间。睡梦中她们的身体显得柔软而精巧,仿佛一醒来这种柔软和精巧就会消失似的。一瞬间,我沉浸在她们的天真和单纯中。随后轻轻地在她们各自旁边放下一只小鸡。艾斯黛拉的手下意识地搂住丽莎,而黛西感觉到凯蒂凑在颊边痒痒的温暖后吃惊地坐了起来。

怎么了?她问。

不过刚六点,但我认为,比起大清早被拽起来,女儿要对付比这更糟的事情。

我必须要教你们些很重要的东西,我说。

她们怀里抱着小鸡,跟我来到厨房,我给她们一人一杯巧克力奶,让她们坐在长椅前面的小凳子上。两只小鸡在她们大腿上安静下来,发出渐弱的“咯咯”声。我把茶壶罐拿下来,把烧水壶放在炉子上,之后开始说话。

泡一壶好茶不是偶然就能学会的,我说。虽然像碧顿女士说的,泡茶几乎没有艺术可言。水开了,芳香的茶叶放够了,饮品自然就会好喝。

谁是碧顿女士?黛西问。

那不重要,艾斯黛拉说。她感觉到了此时此刻的重要性。

我一边泡茶一边对她们讲,21 世纪泡茶的简化步骤,要考虑当地的具体条件。我用的是那只棕色的小茶壶,刚好够两杯,爱尔兰早餐茶,又用了一个白色的茶杯。我向她们解释着,于是她们便听到了诸如要温热茶壶,先放牛奶还是后放牛奶的辩论,金属茶壶还是陶瓷茶壶的争执,这些将纯粹主义者们分成了斯威夫特式的极端派别。

斯威夫特式的?是什么意思?艾斯黛拉问。

乔纳森·斯威夫特。写过《格列佛游记》,记得吗?

她点点头。我们在一两年前曾一起读过《格列佛游记》的儿童版本,那时艾斯黛拉九岁。

他写过"大头派"和"小头派"的故事,我说。讲的是从哪头切煮鸡蛋[①]。大体就是这个意思。先别管那个了。我们一会儿说鸡蛋。

她们只有在最寒冷的日子才需要温热茶壶,我继续讲。在这个地区并没必要,尤其又有全球变暖的现象。而且她们也不用担心"每人一杯茶壶留一杯"的规矩。这取决于你喜欢浓茶还是淡茶,而且,她们应该知道我喜欢淡茶(她们点点头,嗯,她们知道),而其他人,尤其是在茶里加牛奶的(她们的祖母简),也许喜欢浓茶。

茶泡好倒出后,我把茶杯放在她们鼻子下,让她们深深吸一口气。我知道她们并不想喝。她们闻了闻,点点头,然后我问她们能否感觉到麦芽般的芳香。

依我看,我接着说,爱尔兰早餐茶是伴随一天开始的最佳茶叶。要么就是有阿萨姆茶叶的品牌。你可以对比利茶[②]忽略不计,这些年它大不如从前了。

① 乔纳森·斯威夫特(Jonathan Swift)(1667 - 1745),英国作家,代表作《格列佛游记》。书中其中一个故事讲到,小人国的内战源于吃鸡蛋究竟是从大头敲开还是从小头敲开之争,由此发生了六次叛乱,其中一个皇帝送了命,另一个丢了王位。

② 阿萨姆茶,产自印度。比利茶,早期澳大利亚放牧者借用铁桶发酵的方式制作出的茶饮。

随后我把茶都倒掉,重新做一遍,确保她们真的学会了。她们喝完剩余的巧克力奶,看着我做,直到注意力不再集中,然后睡意朦胧地回到床上,怀里还抱着小鸡。

现在,我的注意力都集中在细小但重要的事情上。这些天,两个女儿总是顺着我。一年前,她们还拒不配合,生气抱怨,拒绝了解茶的意义,赌气说那是老古董才喝的东西。现在她们对我古怪的命令已经包容多了。有时候她们会迷惑地看着我,思忖面前的人究竟是不是真正的我。至少,我已教给女儿如何泡茶,我这样想着。也许她们今后生活里会觉得有现成的茶叶包足矣,虽然我无法解释为什么我觉得那样确实很糟。

一个人在厨房,我举起茶杯放在嘴边,泡好的茶现在已有些发苦了,喉咙哽咽了一下。我回到床上,阿尔奇刚刚睁开眼。

3

亲爱的德丽雅:

我的孩子除了薯条其他什么蔬菜都不吃,我丈夫讨厌沙拉。有没有办法让他们吃青菜和其他蔬菜呢?我做的饭他们不吃,我都做烦了。

厌烦者

亲爱的厌烦者:

碧顿女士曾说,“家里的主妇,应该像军队的司令,或企业的领导。她的精神要贯穿于整个机构。”厌烦者,你要坚持把握自己的权力。你是厨师,所以掌管大局,做你认为他们应该吃的东西。实际上,你应该做自己想吃的东西,哪怕你最喜欢吃的是烤沙丁鱼或是咖喱味的动物内脏。不得已的话就自己吃。让他们收拾。记住,你说了算。

内心最深处是什么样的呢?

站在坟墓边时,总会产生最离奇的想法。而且站在坟墓边时,辞典恐怕是你最用不上的东西。我知道关于内心的一切,不过回到家后,我还是要查一查最深处的意思。

这是一个清冷而晴朗的晚冬时节,我漫步于卢克伍德公墓,寻找坟冢。在这片安静的土地上,面前的这个坟墓有这样的墓碑,上面写着:

阿瑟·爱德华·普洛德夫特

教区已故教徒

再往下是:

爱丽斯·伊丽莎白

前者之妻

下面字体较小,却是最痛心的部分:

亨利·詹姆斯·普洛德夫特

死于难产

最后是:

死于 1875 年

生者永念

于内心最深处

一个完整的家族史，在一个仓促而野蛮的年代，就这样凝聚于一块墓碑，立碑的家族成员也许他们都不熟识。这里有一种狄更斯式的情愫。尤其是那只又黑又大的乌鸦落在前门两排墓碑上，意味深长地看着我时。

我们来查地图，我对女儿们说，心里仍想着内心最深处。

阿尔奇向前走去，忙着给那些意大利人纪念亡者而立的大块石碑拍照。这里有拱顶，比市中心的公寓还要大，而且恐怕也更昂贵。所有街巷都供死者安息。就算是看到裹着黑头巾的妇女从穹隆门口出现，然后一路扫地过去，或是几个老头儿坐在角落里抽烟玩扑克，我也不会惊讶的。

死者没有什么特别的，我已经接受了这样的现实。但是大半生以来却未曾祭奠过他们，这就真的有点特别了。现在我在为自己的书寻找材料。同时也在寻找父亲的墓碑，他叫弗兰克，35 年前死于突发心脏病。他的坟墓我从未祭奠过。而今我知道自己也将离开人世，我必须要来一趟了。

真没意思，太无聊了，我们什么时候走啊？

告诉过你可以带本书什么的。

不过黛西的抱怨也有道理。一个八岁的孩子跟着大人在墓地里转来转去，确实很无聊。我知道艾斯黛拉也会觉得无聊，但是她明白为什么到卢克伍德公墓对我们来说那么重要，另外，她带了任天堂的双屏掌上游戏。

而我却很高兴。尽管地图标注得很详细，连母亲的也标了出来，但我还是没找到父亲的坟墓。不过，在纵横交错的家族穹隆里穿行是件快乐的事情。我们看到有些家族的穹隆排在一起像临时组成的大篷车队。也许它们确实是临时的，也许有些家族计划把移居到他州或海外的亲属安葬在一起。我仔细看着立陶宛式的墓碑，又进一步看着玻璃板里保存的立陶宛泥土。那看起来像生物试验里的东西，而不像一把泥土。

到这儿来，阿尔奇喊道。我走过去，终于看到了埋葬父亲的地方。墓碑很朴素，和我想的一样。母亲简是个务实的人。灰色大理石质地，低矮而端庄，一块黄铜牌上刻着父亲的名字。

弗兰克（弗朗西斯）·班内特

（连"谨此纪念"都没有：那不是简的风格）

简之夫

德丽雅之父

痛彻悼念

就这些了。再没有其他。没有日期。在墓碑底部，简种了些地被植物，每隔五年就需要打理一下，这也是她来扫墓的主要原因。

纽扣花属，核战争后也能存活，阿尔奇说。

我上前更仔细地观察。在冬日的尾声，天气温和，花芽正开始长成。不久，这里便会铺满淡黄的花朵。

父亲去世时我五岁，当时没有被带到葬礼上。那时凡是同死亡有关的事处理起来都是安静的、隐秘的、警惕的，像是家里不得不养的患狂犬病的牲畜。小孩子尤其要躲得远远的，即便是自己的父母死了也要这样，仿佛那只牲畜的撕咬会传染他们一辈子。父亲去世的最初几年，简会偶尔带上一点巴素擦铜水和一束新鲜的假花去扫墓。但她从来不带我去，印象里我也不想去。如今大不一样了，我把女儿带到这里没什么不正常的——虽然她们在抱怨——而且同她们谈论死亡的过程也没什么不正常。毕竟，她们每个月，每个星期，都见证着死亡的过程。

时间差不多了吧？阿尔奇问。我站在弗兰克·班内特的墓前的时间略长了些。对他，我几乎没什么印象了，只模糊地记得他形象高大。小的时候，对他的记忆主要是在家里的书房，那里有很多书，父亲总像保护易碎物品般从书架上把它们拿下来。他很少允许我动那些书。父亲还有一个收拾花园用的工具室，也从不让我动。当他刨木料或是磨割草机的刀片时，总让我远远地看着。对父亲最深刻的记忆，莫过于母亲让我叫父亲接电话或吃饭，而后我跑到他的书房或工具室，以及由此而感觉到的重要性。

本以为这一时刻我的情绪会很激动，但并不像我想的那样。站在那里，心里并没有太多的感觉。不过能来看看他，心里还是很高兴的，同时也是向他道别。父亲心脏病就犯过那么一次，然而却那么突然，而且也是最后一次。他坐在书房的桌旁，不到一分钟的时间就倒在了地上。我不知道他的内心深处究竟发生了什么，是倒塌了还是关闭了，或者一直在出毛病？

我们开车离开卢克伍德公墓时，我注意到左边有一个巨大的仓库，下面是码头。从体积上看，当然不会像航空托运那样在里面储藏、处理尸体。仓库尽头有红白标志——澳大利亚邮局。

这应该是邮件处理中心，我说。建在这里真奇怪。

可能是给死人送信的，过了一会儿艾斯黛拉说。我们都大笑起来。

什么意思嘛，黛西问。她一脸的委屈。

没关系，宝贝，阿尔奇说。他调车走上了高速公路。还想去卫沃里吗？

我看了看表，中午十二点刚过。

去啊，为什么不去。我们也可以在那里吃点午饭。

那样也很无聊，黛西说。我们不能到其他地方走走吗？去海边吧。

这里离海边很近。到海边后我们可以去邦地，还可以买冰激凌。

但我想去游泳！我想去曼立海滩。

不行，我一边说着一边把唱片放入播放机。水温不够不能游泳，不管是海边还是其他地方。另外，从今以后要由我来决定去哪里。

《伤心旅馆》[①]的前奏萦绕在整个车厢。

啊，怎么又是他，艾斯黛拉说。我们不能听个其他的歌吗？

不行，我说。从今以后要由我来决定听什么。

① 《伤心旅馆》(*Heartbreak Hotel*)，摇滚乐歌手猫王的代表作。

4

去公墓的几个月前,我曾自己去过另一个地方,而且发现也有音乐恰当与否的问题。

有个地方我必须再去一次,趁着现在还来得及。北上而去,那是我曾经生活过的地方,是我和丈夫一起生活过的地方。但我知道,如果告诉阿尔奇,他一定不会让我去的。我知道,要是同女儿们道别,那我永远无法转身离开。我要仔细选择一个日子,一个学生上学的日子,一个工人上班的日子,一个郊区静谧的日子,可以开车去附近的商店,然后悠然地一路长行。我只要坐进车里,然后发动引擎就可以了。也许有太多的事情需要留意,但我关心的惟一一件事便是北去途中的伴奏。背景音乐选对了,其他所有事情自然会各就其位。如果说生命中这一段旅程是一部电影,那么音乐便是电影音轨,在这部用以结束所有冒险的单镜头胶片里,耳朵是所有器官中我最依赖的部分,有时似乎比心脏还要重要。

所以,我没有检查汽车内汽油和水的标高,没有准备备用轮胎;没有提前打电话问哪里有汽车旅馆哪里没有;没有查看哪些地方确实是一个地方,而非只是地图上的一个小黑点,一个只有加油站、咖啡店和大众商店的小黑点,供孤独的司机、没油的汽车停上十分钟,周围充斥着沥青和失望,周日下午还总是封闭的小地方。

我没有带暖瓶,也没看自己是否带了太阳镜;几袋干果,一些水果干儿,两瓶水,一瓶留给我,一瓶留给散热箱。一个小包里装上少之又少的必需品,再加上两本书,就这样走出家门,开车离开,将房子留在它自己的节奏和噪声中。床大体收拾了一下,盘子洗好留在了洗刷池里,纸条放在了长椅上。

出发时车上的雨刷还在摇摆。周围小鸟在它们栖息的树上吱喳叫着,仿佛又是五月的一个早上。邮递车转过拐角出现在马路高处,邮箱旁的忍冬需要修剪了,自然绿化带上有白色的狗屎,还有踩扁的易拉罐,一周前的报纸被雨水浸得成了一垛纸浆。这些我都会打扫干净。有一天会的。

但不是那一天。因为那个特殊的日子我要离开,周围不会有人阻止我,不会问我为什么,不会煽情地聊天,不会提醒我下面几周或几个月有哪些事情要处理。也不会对我讲最富逻辑的话:我奔向的地方实际上是找不到的。这次旅程已经拖延了多年,现在我加快步伐,仿佛紧急救援一样。

我从车道开出,调头,平稳迅速得像匆匆握手,从邻居门前小路一扫而过,我朝她挥挥手,朝悠闲走过的邮递员点点头,之后便在街道上加速,通向主路,再通向高速,这条路会一直带我北上。

音乐是我的伙伴。它至关重要,即使说车由它驾驶也不过分。不过,音乐主要是在洗掠我的大脑,淹没掉所有的思绪和细节,悔恨,沮丧,逃离途中挥之不去的疼痛。音乐会让记忆重现,那些记忆我不想回忆却又无法忘记。那些记忆我必须要带在回溯过去的路上,向北前行的路上。那些记忆自身就是音乐。

我很仔细地选了音乐。不要太伤感的。不要汤姆·威兹[①],否则我会径直开到最近的树下,果断而彻底地自缢了断。巴赫[②]的音乐很棒,但只适合不间断的行程里听:那些繁复的赋格曲对于错综复杂的路途或是异地的行驶来说并不相宜。我在盒子里翻了很久,大多都是封面破旧的盒带,是过去15年为开车积攒的。这些磁带大多都讲述了这样那样的故事,虽然没有一个是合逻辑的。威利·尼尔森[③]版本的《格丽丝岛》是我当前最喜欢的,这里面确实有完整的故事。还有多个歌手混合在一起的磁带:达斯蒂·斯普林菲尔德[④]、乔治·菲姆、安德鲁姐妹、格伦·米勒乐队[⑤]。厚颜无耻的乔治·弗姆比[⑥],现在成了三流演员,不知道他是怎么转型的。玛哈莉雅·杰克森[⑦],要是我希望沉浸在威严的静谧中,则可以听一听。乡村音乐,所有类型都有。汉克·威廉姆斯[⑧],真假嗓音换唱的歌曲。吉连·威尔茨,雷·莱维特(《车轮上的倦意》,这个当然不能要,原因

---

① 汤姆·威兹(Tom Waits),美国20世纪70年代走红的歌手。

② 巴赫(Bach),18世纪德国古典音乐作曲家。

③ 威利·尼尔森(Willie Nelson),美国20世纪40年代的乡村音乐歌手。

④ 达斯蒂·斯普林菲尔德(Dusty Springfield),英国20世纪40年代出名的灵魂乐女歌手。

⑤ 格伦·米勒乐队(*The Glenn Miller Band*),美国20世纪40年代出名的爵士乐队。

⑥ 乔治·弗姆比(George Formby),20世纪70年代的歌手、喜剧演员,会弹班卓琴。

⑦ 玛哈莉雅·杰克森(Mahalia Jackson),美国著名黑人福音女歌手。

⑧ 汉克·威廉姆斯(Hank Williams),美国20世纪40年代乡村音乐歌手。

很明显)。有那么多的曲子,足够我听了。

猫王总是少不了的。15 年以来我一直没放他的专辑,没听一首单曲——偶然听到的就不算了。现在我要把这些旧磁带放入随身带着的盒子里。是再次听猫王的时候了,但我要过些时候再把他放入录音机。这是一条漫长的旅程,有的是时间听。

就这样听着像《格丽丝岛》这样的歌一路向北,歌声催促着我前进,进入到模糊的温暖中,到一个遥远但可及的地方,易逝却稳如磐石。这里有一个机会,必须抓住它,否则便会比南部的夕阳消失得还要快。抓住机会究竟意味着什么?

我真的不知道,虽然我急于抵达那里,心跳的速度超过了思考的速度,思想也不转了,但还是充满了期待。就像初次抵达那里时的感觉一样,那是很久以前了。

阿米塞斯特不在地图上,却一直在现实中。小城的四面是厚厚的雨林和青山,山脉越往外越窄,向北一直延伸,同通向约克角海峡的狭长三角地带并在一起。小城处在中心的中心,向北到新南威尔士边界,向西到海岸。我可以由南向北不带一张地图,任何人都可以,因为沿路有很多指示牌。但有时,在接近目的地的时候,我需要地图,虽然目的地的名字地图上并没有标出。上面其他的名字指出了方向,而这些地名都比较诱人:翡翠城,蓝宝石城,红宝石城。传说中的富庶之地。

在冲浪和其他海边活动的诱惑起效之前,我转向西去。有时我会关掉音乐,让汉克、弗兰克、玛哈莉雅,以及其他所有的磁带都躺在车底盘的盒子里,和纸巾、便装袋、手机放在一起,手机能不用的时候我就不用。记忆堆积起来像雾霭的云开始散开,又一起升起。我确实不需要地图了。不用看也知道,那个夹在众多宝石名字的城镇中间的城镇已经临近了。它离翡翠城不是很远,离高速公路也不是那么远。

行程第四天的下午,我向左望去,看到一些标志和路边的三样生意:一个汽车加油站;一个木料场;最奇怪的是还有一个花园艺术区,门前的栅栏边成排地堆放着土地神,这意味着该拐弯了,然后会到达此行程中路经的最后一个城镇加奈特,之后便是目的地了。道路两边的树丛里伸出招牌,是拉扎勒斯拖车和露营车的广告,我加快了速度,前方还有 300 公里。这个招牌已有 50 年的历史,外皮脱落,褪了颜色,上面密密麻麻还有来福枪打出的洞孔。两公里后我把车速减下来,一直盯着窗外。视野里没有任何车辆,自经过前一个城镇以来,我都不记得遇到过。

我知道自己到地方了,或者说已经很接近了。标志上并没写明具体是那里,但我一直慢慢向前开着,然后在左边看到树木间有一条断带,拐过去后又经过了拉扎勒斯废旧汽车收理场,这时候我知道路走对了。道路蜿蜒曲折,随后有上升的坡度。在接近路的尽头,我知道自己该进入那一大片山谷与峰峦了,还有缓缓流淌的小溪,分布在前方不远的克勒蒙,南边刚路过的翡翠城,还有西边不打算去的阿尔伐城。道路弯弯扭扭的,很有意思。太阳将落,强烈的光线撩拨着我的眼睛。我早已把地图丢在了车底盘上。

20 年前我第一次来到这里时,一辆汽车把我扔在拉扎勒斯招牌旁的路上。我沿着公路向阿米塞斯特走去,并不在乎要走多久。那里几乎没有汽车，我记得一辆都没有。就像走入另一个时空。也许是因为胶橡树枝繁叶茂得惊人，像天空伸入大地的船锚。也许是因为空气更为凉爽，或是星星点点不断变化的日光，光线有的深，有的浅。也许是因为从浓密的天幕飘落的树叶要比平常的叶子落得更慢、更富于梦幻色彩。或者是因为远处鸟叫的声音隐秘而富于音乐感。这里超越了时间，其他地方与它相比都显得粗俗。这里并未在地图上标出，因此似乎也相应地带上了一层童话的色彩。

当然，那时我还年轻，所以会那样想。我是众人口里活生生的谈资。17 岁，怀了孩子，一个人。我又和母亲吵架了。我还没和男朋友凡吵架，他消失后我一切机会都没有了，这也印证了母亲初次见他时便一直持有的疑虑。母亲越是劝我堕胎，我就越是坚决反对。最后我才明白，她是只是出于焦虑，出于沮丧：我抛弃了所有教育机会，被一个婴儿拖累着，而自己还没长成大人。而我的世界却满是理想、梦想和可爱的凡，不由自主地跌入他那更为成熟和广阔的世界，那里有音乐、诗歌，还有城市中心的光怪陆离。

那天早上，我从凡在新城的住所醒来，发现他那点单薄但浪漫的家什没有了。感觉像被疑虑捅了一刀，随后几天里一直没有他的消息，也找不到他，于是疑虑得以印证。那时堕胎已经太晚了，去承认母亲对他的偏见是正确的，也太晚了。

我说不清楚是从什么时候开始相信凡回到了北部自小长大的城镇，相信他那富有表演才华的一家仍在那里生活。我所能记得的只有一个痛苦的信念，那就是北方的阿米塞斯特是我可以找到他的地方。或者是他可以找到我的地方，还有我们的孩子。

5

亲爱的德丽雅：

读你的专栏已经很多年了，我认为自己也可以写专栏。写写怎么处理脏衬衣领子或是怎么喂牲口也不需要什么资质嘛。

愤世嫉俗者

亲爱的愤世嫉俗者：

也许你尚不知晓，居家指南方面的书籍是我们文学宝库中不可或缺的一部分。这方面的书受到世界范围内读者的关注，尤其是在他们心情沮丧、深陷困境的时候，这类书更受到欢迎。碧顿女士的《家庭管理》读者群更是出乎意料：喜马拉雅山的征服者，法国战场上壕沟里的战士，很多旅行者和探险者都从这本书切实可行的建议中得到慰藉，也从中获取了历史常识，还有道德热忱和家一般的感觉。斯哥特[①]的南极探险队员也许都逝去了,而他们的手中都攥着碧顿女士的书。

几代女性没有自助类的指导就这样过来了,这个现实既可爱又可耻。现在家务指南方面的书,从只讲如何去污渍的专业标题到喂养孩子的各类书籍、到带着生手一步一步做简单饭菜的手册,多得数不胜数,一般的书店摆几个架子都摆不完。可150年前,恐怕一本也没有。碧顿女士的《家庭管理》是第一本此类书籍,直到1861年才出现。碧顿女士之前的女性们又是怎么维持家庭的呢?

和伊莎贝拉·碧顿不同,我从事居家指南专家的职业实属偶然。《居家指南》系列丛书是我写的,也因此给我带来了声誉。不过最初的设想应归功于南希·科斯黛罗,一个商业出版商,也是狭义上我的雇主——如果自由职业者也有雇主的话,同时也是一个朋友。我与南希之间保持着一种谨慎而愉快的关系,我们谁也不必刻意记着对方的生日,或定期聚在一起,但是我们却可以在任何时间因为任何事情给彼此打电话。这种关系中没有义务,没有误会、憎恨或是伤害。我不知道自己是否会对南希讲自己的小秘密,或是与她谈论我的恐惧;而另一方面我却可以在必要的时候私下里说一些坦诚的话,谈谈她最出色的菜(她是个了不起的厨师),或是她的汽车贷款。

南希是个务实的人,注重效率,看重时机,时常捷足先登。她理

① 斯哥特(Robert Falcon Scott),英国探险家。在20世纪初考察南极的探险中,他的探险队比挪威探险队晚了一步到达南极中心,在返回的路上队员全部丧生。

解那些聪明人因为不知道如何挂壁画、如何换鞋掌、如何煮鸡蛋而自信心受到打击，也知道如何解决这个问题。她第一个了不起的成就是让一份独立家庭杂志走进了千家万户。她的第二个成就是推出了一系列专业自助书籍，这类书即使是广大专业领域的人也未曾想过。

南希认为，家作为传统故事和知识的阵地、作为女性权力的中心，其作用日渐缩小。从前女人们几乎凭直觉就知道如何抛光家具、如何去掉酒渍，而现在女人们似乎更懂得如何给数字组合的盒子装程序，或是如何完成季度报税。当然，现在很少有男人会修剪树篱或是给车道去油污，但比起女人来这种不足并不那么明显，因为女人自古以来就同家庭紧密联系在一起。现在太多的家庭都变得空虚，不仅是物质上、精神上，还有文化上，都缺少回忆、知识和智慧，而这些在过去都像珍藏的瓷器那样一代接一代地传下去。家庭生活里的学问，仿佛是不再使用的族群语言。无论是给锅除污垢还是贮藏桃子，无论是使用樟脑球还是做啤酒鱼，都正在迅速消失。

至少这代表了南希的观点。从某种程度上讲，她是正确的。虽然我自己的家，以及小时候母亲简操持的家总不乏如何做饭菜、如何做衣服、如何打扫卫生之类，时间久了这些事情变得如此寻常，几乎都注意不到它们的存在。南希代表了当代女性中的另一种类型：作为女人自己承认家务的重要性，但自己本身却不感兴趣。南希的家摆设简单而简朴，整洁得几乎不用收拾。我知道，和其他很多家庭不同——包括我的，她的碗碟柜从来不曾打开，也不会有装碎布料和毛线的袋子，不会有准备重复利用的圣诞节包装纸，也不会有满是旧叉子、烤肉扦、塑胶手套、筷子、生锈的茶叶滤网、没有扔掉的一次性塑料小勺以及不成套的铁质炊事刀具。

我和阿尔奇开始各自的职业生涯,是在结识南希以后。或者说是在这里,来到这个城市以后我们又开始各自的职业生涯。阿尔奇修着草坪,慢慢进入我们开始称之为商业的工作,我则是一个编辑助理。阿尔奇支持我考大学的愿望,而那却是我几年前因为意外怀孕和幼稚的想法而坚决拒绝的。作为一个孜孜不倦的读者,在攻读文学学位的时候我发现自己出乎意料的具有优势。后来我发现自己优秀得不适合做任何其他的事。我明白了学位是为了填充空虚而不是填充职业技能。这是一个包裹起伤痛的封皮,一层接一层。不过,找到了惟一可以胜任的工作,我感到非常高兴——如果说一个好读书的人有工作可以让他胜任的话——为学术出版社做编辑和校对。我们出版模糊意义上的学术著作,出版的书和写书的作者一样,都既陈旧又枯燥。他们也许一直将自己埋藏在棕色灯芯绒般的书卷里。我结识南希不久后,她出色的图书市场顾问能力让学术出版社终于关上了吱呀作响的大门。那时我已经有了艾斯黛拉,她比黛西小两岁。有了孩子后我就只做兼职,这种自由职业正适合像我这样有两个小孩要照顾的母亲。

南希最初开始筹划居家指南丛书的时候,我并不是她的最佳作者人选。最初南希选择的是一个叫威斯利·安德鲁斯的男人。他是个有魄力的人,也是众人眼里的新星,他接触的人很多,可以办妥各样事情。他似乎对所有类别的书和文学试验都能插一手。他会写完美无瑕的小说,也会给体育明星写庸俗却畅销的回忆录。他似乎有足够的理由证明自己就应该把名字和出版许可印在最初的指南书籍上——《居家维修指南》。南希明白,这个系列的第一本书必须既能吸引女性读者,也能吸引男性读者,所以她觉得启用一个男性作者是应该的。没人会想到威斯利的文学动力既不是导航装置也不是机械装置,而是他的妻子。她在他写到第七章“修补与粉刷”的时候离他而去了,于是写作在第八章“屋顶与水槽”和第九章“窗户与推拉窗”之间卡了壳。这也许就解释了为什么第五章“简单下水道修理”和第六章“基础电工”部分的观点和推荐篇幅那么少。我便是在这时加入的。

在那之前我已经为南希工作了,最初是一个兼职校对,之后在她的自由出版物上写答读者问。那份出版物只不过是伪装成杂志的变相广告罢了。南希把这份杂志命名作《居家语录》,而答读者问这个专栏恐怕这是只有我和她才明白的一个笑话。一天下午,《居家语录》第五页上还有一片空白,而杂志明天就要发行了,于是南希有了个想法。她打电话给我,当时我似乎正在做枯燥的编辑工作,或是在做除超市购物和换婴儿尿布之外自由职业的任何工作。

我需要这方面的一个虚拟问答,然后我们便会收到真的读者来信。你能不能快速敲点字,说说怎么擦亮银盘子什么的?

南希,现在没人擦银盘子了。人们都不用银盘子了。

那除污垢呢?你有两个孩子,应该知道很多关于污垢方面的事。

我想差不多。

我现在就把版面排好,她说,你可以过一会儿用电邮发给我。

我就给它起名叫“亲爱的德丽雅”。你的名字很适合这个专栏。

南希的稿酬付得很快,也很慷慨,短短几百个字,在我最没有创造力的周日晚上九点到十一点挤了出来,那时阿尔奇在看十频道的电影,女儿们都上床睡觉了。一连几个月,我都怀疑那个专栏是否会有读者,因为《居家语录》随科尔斯酒[1]或是伍尔沃斯特价广告[2]或是好人电器[3]目录一同被塞进郊区的邮箱里,而且与那些广告也没多少区别。但是这个专栏收到越来越多的电邮,证明了它还是有人读的。

这些电邮由南希的助手定期转发给我,有一段时间里我回复起来非常容易。南希对此很满意,额外的稿酬收入也能帮我们还房贷。直到有一天,我为某些原因比较厌烦,便篡改了读者的名字。这样做很好玩,我改了一个,又改了一个,也没想把改后的回复发出去,可是突然仓促间(是菜煮过了还是孩子留在浴池太久了?)附件弄错了,又按了“发送”。本以为改后的稿件会经过校对,可是一两周后我的假设落了空,母亲打电话给我说那一期我用的称呼不同寻常,她觉得很有意思。我干坐着等南希打电话批评我。相反,读者来信蜂拥而至,问题多得我都应付不过来。南希对我的创意表示祝贺,并坚持让我揶揄得更重些。后来这个读者问答专栏发展出了一批忠实的追随者。

“亲爱的德丽雅”只是我的一面,富于野性的一面,无畏的一面。

---

① 科尔斯酒:Coles Liquorland,澳大利亚酒水厂商,澳大利亚最大零售企业澳大利亚科尔斯迈尔公司(Coles Myer)旗下品牌。

② 伍尔沃斯特价广告:Woolworths,澳大利亚大型连锁超市。

③ 好人电器:Good Guys,澳大利亚电器连锁店。

而读者似乎喜欢这样的揶揄，喜欢这种轻视的口吻，喜欢拒之不理自己的要求，专栏因而也就这样继续下去。

亲爱的德丽雅：

昨晚有几个朋友来我家吃饭，其中有我的好友，她离婚已经整整一年了，现在仍单身；还有我丈夫的新助手。席间丈夫伸手不小心碰倒了一瓶红酒，酒洒到了我最珍爱的棉布蕾丝桌布上。他和邻居唐吵起来，两个人都有点失去控制。如果漂白桌布的话，有可能就不笔挺了，或是褪色，或是白一块红一块的。我该怎么办呢？

怀疑者

亲爱的怀疑者：

我能建议你的，便是反省一下自己在和唐的关系上所持有的内疚。你确定自己与他的关系真的像你想的那样隐秘吗？如果我仅从一封信就可以看出这种关系的话，你的丈夫现在恐怕也能看出来。别欺骗自己，以为将唐介绍给你离婚的单身朋友就可以掩盖你对他的真实感情以及你们两个私下的关系。实际上，这只会事与愿违：你的朋友和唐最后会以各种方式在一起。他们可能现在就在看休·格兰特最新的电影日场。我建议下次举行有争吵的聚餐时，用块更合适的桌布。可以用泡泡纱的，或者那种可擦的乙烯桌布。

6

在到达阿米塞斯特之前有一条通向加奈特的岔路,这让我回到了最初开始的地方,回到了麦当劳,确实是这样。麦当劳,那个让现代消费主义、经济方便、干净整洁汇聚一堂的圣殿。那些消过毒的冰冷桌椅,那些快速分装的饮料,那些紧紧包裹在纸盒里的汉堡和罩在纸板里的薯条(澳大利亚人在经过了长达30年的灌输后,仍把它们叫做“薯条”,而不是“炸薯条”)。那井然有序的程序和控制,那些精确的测量、称重,限时的汉堡、鸡块、鱼柳。一排排整洁的汉堡包、巨无霸、苹果派干净利落地从不锈钢滑道里滑下来。这些亲切的快乐的“儿童快乐套餐”。

加奈特的麦当劳变了,游戏区重建后变得更大更明亮了,还新添了汽车可以开进去的设施。棕榈树也长高了,不过没有遮住任何重要的标志。我把车停在门前,考虑着是否要进去。也许我确实该吃点什么了,但是即使是为了桑尼,我也不能吃麦当劳。就这么坐在车里,思考,就够了。

上次我来这里的时候,桑尼八岁。我原以为他太大了不该来这里呢,但是八岁是个迷惑人的年纪,尤其是对桑尼这样个子又很高的孩子。八岁,已经告别了幼稚园的阶段。八岁,你的个人风格开始彰显。你不再是学校学前班的小朋友,你开始做真正的运动(桑尼的运动便是足球),课堂上你也得到了让人飘飘然的自由:可以用钢笔写字,把铅笔换掉了。

八岁,一些事情也开始结束,比如晚上搂着最喜欢的玩具入睡,热巧克力或是其他什么上床前例行的安慰奖,特别的塑料卡通杯,游泳用的辅助工具(用这个别人会小看你的),坎肩(这是可鄙的东西,即便是冬天,朋友里也没穿这个的)……然而,八岁,仍然是吃“快乐儿童套餐”的年纪。

阿米塞斯特没有麦当劳。这个镇禁止经营任何连锁品牌、特许商品或是商业快餐。但是这里有电视。于是就有广告。旁边还有一个城镇,坐公交车的话20分钟,要是搭便车的话更短。我是个年轻的单身母亲,对于孩子,既内疚又纵容,自己的原则也就止于此了。于是我和儿子来到了麦当劳,面前摆放着“快乐儿童套餐”。桑尼是快乐的——我承认这一点——快乐地拨弄着紫色和绿色的玩具怪物。桑尼快乐地嚼着他的薯条,快乐地或是小口抿一下或是大口灌他的可乐,而且还不时地偷偷看看我。

再过三四年,他很有可能会讨厌这类东西,有可能吃烦了。等到他12岁,很可能变得既酷又时髦,比如只去有聒噪电子游戏的地方吃饭,像是叫“极端地带”和“扫射箭”这种名字的地方。或者他会一个人出去，或是和朋友一起出去。也就是说，我不在他身边，他的母亲不在旁边。12 岁的时候，把他一个人留在家里也没事儿了。那时我会考虑"走出去"。像是个约会，一个真正的约会，和下班后在米切尔酒吧的古怪夜晚不同，不会听那些流浪者和梦游者吸干了氧气般的歌唱，不会只顾着躲避他们模糊的酒气熏天的性要求。

桑尼抬头看着我，打断了我的思绪。他放下了笨拙的玩具，皱起眉头，问我怎么了。

没什么，我说。为什么会这么问？

你看上去很难过。

难过？

或者说是气愤。最后这个词带着一丝伤感。也许我仍然气愤，也许只是有点恨意，在发生了之前所有的一切后。

心乱如麻。要埋葬你的绝望，把它抛在脑后，活在当下，这是孩子们通常都有的表现。我告诉桑尼我并不气愤，也并不难过，轻轻拍了拍他闲着的一只手——另一只手又拨弄起了玩具——然后握住他的手。这是个鲁莽的动作。八岁也意味着公共场合拉住母亲的手是应该禁止的。

之后我开始注视起了他。他脸色苍白。难道眼睛下面发灰仅仅是我想象中的？随后我注意到他没吃汉堡，仅仅咬了一口，薯条也只吃了一半。

嘿，我说，你感觉如何？

他耸耸肩。在八岁的行为方式上这可以指任何状况，很好，或是非常糟。我知道小孩子并不是每次都能意识到身体不舒服，不知道用什么词来确切地表述哪里难受。可能带着这样那样的异样昏昏欲睡，这却能把孩子的母亲逼疯，抱怨无从发泄，甚至会有奇怪的、过分的举动。

你觉得难受吗？

不难受。

张开嘴，把舌头伸出来。

他刷地把手抽回去。才不呢。

快点，张开嘴，我看看你扁桃体是不是发炎了。

他双手交叉在前，向后倚靠坐着，仿佛班上每个人都在等候时机从角落里跃出来嘲笑他。生病一点也不酷。看上去像生病就更不酷了。被人看到乖顺地受妈妈照顾，这简直让人冒火。

然后我只能问，到底怎么了？又是耸肩。我问他是不是不饿。他摇摇头，把食物推到一边，看着我，然后目光转向别处，然后说——

你确定阿尔奇不是我爸爸吗？他不能做我爸爸吗？

啊，是这个问题。这个小小的大问题。内疚。痛苦。心酸。无助。以及单身母亲所熟悉的其他成百上千的负面情绪，正是她妥协了自己的原则，带孩子到麦当劳的原因。

我试探着戳了戳他的汉堡，汉堡没有反应。通常都是这样。它在托盘里生着闷气，一点也不快乐。从一边流出来的鲜亮橘红奶酪已经化为一摊。是为了泄愤才这么做的。无法否认桑尼缺少父爱，这让我绞痛而内疚，也让我决定要把这个汉堡毁容。

桑尼有了破坏汉堡的精神。孩子就是这样，极易适应，情绪很快就会变化。我们一起奚落面前的这个东西,同时赞扬一下汉堡胚那悠悠球一样干硬的两半,抽出其中腌制的黄瓜片,以每个澳大利亚孩子的传统方式对它揶揄一番,然后以夸张的怀疑态度对剩下的部分嗤之以鼻。剩下的已经不像个汉堡样子,而像是我用来把他的画固定在冰箱门上的巧妙磁铁。他建议说我们把剩下的这个东西带回家,在它后面粘上磁铁石,就可以做冰箱扣用了。我同意。而且这东西也不会长霉,喷上所有的防腐剂就可以。

我们的笑声让气氛轻松了很多,桑尼用拇指和食指夹起汉堡,另一只手捂着鼻子,有模有样地走向垃圾桶。这让我们受到了服务员阴沉的目光,我知道我们该走了。

但是,还有比麦当劳更糟的事情。如果我知道下面要发生什么,我会留在那里。我会每天都在那里吃汉堡。我会在推门走向高速公路时看到浮沉的霞光时转回去,从这个地区车流高峰时缓慢拥挤的高速路上大步回到麦当劳的柜台,点十几个巨无霸、几升可乐,再要 20 斤薯条。

7

亲爱的德丽雅：

我看过很多烹饪书，但是试过很多次后，仍不会煮嫩鸡蛋。你能帮我吗？是不是该在谷歌上搜索一下？

学士

亲爱的学士：

你的问题是在让我透露自己的核心秘密。查查谷歌吧。我能查到你需要的方法，相信你也能查到。

我开始写另一份单子。本应该专注于工作的，却毫无理由地觉得这很紧迫。我会把这份单子列出来，然后放进我为女儿们准备的其中一个盒子里。

客人(需要另一份单子:显然现在无法确定)

请柬:推荐专业印刷者

结婚蛋糕:参考食谱(或是去问祖母简?)

衣着:大卫·琼斯[①]最好?

摄影师:天知道。也许那时数码相机已经过时了?

宴会:奔尼当然是首选。不行的话餐饮王也可以。

地点:取决于季节。夏/春天的话后花园最佳。

乐师:三人弦乐(请大学里的学生?)

理想的状况下,这张单子20年内用不着。理想的状况下,如果让我说的话,它永远用不着,因为我开始感觉到婚姻的冗余。然而,我觉得不应该把自己的观点强加给任何人,即便是自己的女儿——尤其是自己的女儿——也不应该。不过有张单子总比没有的好。

婚礼提供了亲戚们往来的机会,为狂饮作乐的聚会提供了很好的借口。除此以外,婚礼也是母亲和女儿之间代际关系的一种体现。很多时候都充满了这种关系(我记得很清楚),但是婚礼也是一个过程仪式,花再多的代价也不可省去,不管这是不是老一代让人腻烦的看法,也不管母亲是否能出席这个仪式。

女儿们现在用不上这份单子,要到多年以后,这无关紧要。重要的是让她们知道我尽力了。而且如果到时候她们恰好没有我的帮助可以自己筹备婚礼,那自然更好。实际上,我宁可把它看做是

① 大卫·琼斯(David Jones),澳大利亚知名服装品牌,同时也是澳洲最早的百货公司。

一个重要的标志，代表着我在有生之年竭力施予的为母之道是成功的。

近些天来阿尔奇把我叫做“操纵狂”。我想是那天晚上写单子提醒他送孩子们上学，而后才这样叫的。我坐在写字台前，面前放着小女儿结婚用的初步清单。她现在才八岁，婚礼或许不一定有，我无法出席见证却是一定的了。我试图反驳阿尔奇的叫法，可是如果这不是“操纵狂”的工作，那又是什么？我轻轻咬着笔管，凝视着窗外的紫藤。我想艾斯黛拉恐怕不需要这种单子，她做事异常有序。而且，对于婚姻，她已经有固定的看法了。我是为黛西筹划的，当然，不排除艾斯黛拉带给我们惊喜的可能。

带给他们惊喜才对。

不知道这些单子是不是也诉说了我和阿尔奇的一些故事。无数个早晨——多得我都懒得去数——我都在向他解释哪些事需要做：指使，引导，发脾气，不耐烦，直到最后自己做。仿佛我身处军事演习的司令部，面对着一场全面战争，而不是面对着在有两个孩子的婚姻中存在的另一半。有时，孩子们衣服穿了，饭吃了（如果炸薯片也可以算食物的话），从家里带出去，送到幼儿园，后来是学校，其间我没有插手。但是后果往往是这样：

黛西：今天我没得小红花，因为我忘了带家庭读物。

艾斯黛拉：布雷克小姐说如果我不把家长签名带回来，就不准看讲睡前故事的书。

黛：冻死了，怎么不给我装上毛衫？

艾:我讨厌蓝莓松饼!

如此之类。我试过每一种理智女人用的办法。和气地指出失误("亲爱的,你不觉得黛西的鞋带应该系上吗?")。像个军士长一样大声喊出命令("不赶紧送她们去就会给她们记迟到的!")。什么也不说。什么都说。假装站着忙于其他事,而看到孩子头发还辫着阿尔奇就梳下去,或是看到他不明白即使在隆冬也要提醒孩子们穿毛衣,心里就感到纠结。再就是列清单。不列清单。什么都不准备。什么都准备一半,比如把午餐盒里需要放的东西摆成一排,然后阿尔奇只需要把它们放进去,盖上盖子,从冰箱里抓起果汁瓶。今天爸爸给我准备了午饭。

都没用。现在我只能使出最后一招,这一招有点刻薄,我知道,我自己也觉得这样很刻薄。那么残忍,那么不公平,那么不坦诚,同公众生活里伟岸的母亲形象完全对不上号,她们都具有传奇色彩。可是,甘地夫人、密考伯太太①、撒切尔夫人、韦斯莱太太②,没有一个早逝,撇开孩子撒手不管。首相的妻子(任何一位首相的妻子)、妮可·基德曼③的母亲、杰莉拜太太④、安吉丽娜·朱莉⑤、英国女王,珍

① 狄更斯的小说《大卫·科波菲尔》里的人物。

② 《哈利·波特》中哈里的好友罗恩的母亲。

③ 妮可·基德曼(Nicole Kidman),美国影星,1967年生,祖籍澳大利亚,美国男星汤姆·克鲁斯之妻,已生有孩子。

④ 狄更斯的小说《荒凉山庄》中的一个人物,她致力于开发非洲的一个项目,希望把伦敦的贫民迁移到那里种咖啡豆维生,以此解决社会问题。为此,她很少照顾家人。

⑤ 安吉丽娜·朱莉(Angelina Jolie),美国影星,1975年生,有一次离异,生有龙凤胎。

·富兰克林夫人[①]、老乔治·布什夫人、小乔治·布什夫人……她们都不会年轻时就死去，留下没有母亲照看的孩子。她们也许让人质疑，有支配欲，没有尽母亲的职责——狄更斯笔下所有的母亲都这样——但是她们在孩子身边。即使是戴洛克男爵夫人[②]也没有消失。简·奥斯汀笔下的班内特太太永远不会让五个年轻的女儿抱着棺材恸哭。一个即将死去的母亲不体面地破坏了每一条规则，如果我是阿尔奇的话，我也会冒火的。然而这不会改变，也不是我希望看到的。

不知道我的消失是否会给家庭的维系带来任何实质性的不同。家里的主妇，应该像军队的司令，或企业的领导。像伊莎贝拉·碧顿女士一样，我实施了家庭管理策略，管理的内容，例行的活动，以及家里温暖的会呼吸的参与者。然而我怎么忘记了，伊莎贝拉·碧顿，那样一个富有智慧和见解，涉猎广泛，有创造力的女人，那样一个年轻的女人，死得过早了呢？伊莎贝拉·碧顿撇下两个孩子——其中一个还是个婴儿——没有母亲抚养。她应该永远记着，在她所建立的统治领域里，自己是第一个，也是最后一个。

从前阿尔奇让我气急败坏的地方现在却让我喜欢起来。我并不是指宴会或聚餐上在坐满了乳沟比我深的女人中他调情的倾向。也不是指他每周和其他男人还有喜欢橄榄球的半职业选手黏在酒吧里。也不是指他总忘记家里人的生日和纪念日。如果这场婚姻

① 珍·富兰克林夫人(Lady Jane Franklin)(1791－1875)，英国皇家海军军官约翰·富兰克林的第二任妻子。约翰·富兰克林是位探险家，北美洲北部海岸三分之二的地图都是他带领探险队绘制的。在最后一次探险中不幸遇难。后来珍·富兰克林几次出资资助探险队寻找她的丈夫。

② 《荒凉山庄》里的人物。

要破裂，那原因应该是细小而可见的，比如说袜子放的不是地方，或是学校午餐盒忘了带了。这是家庭这样一个毛线编织里不起眼的一针。也许这个毛线编织随时间的推移而织得歪歪扭扭，针法也不对，但是，好在有我这根毛线，把整个织物串了起来：购物、付账、孩子们的活动、孩子们的牙医预约、她们的游泳课，陪她们在公园闲逛什么也不做。

然而，现在我看到了自己所渴求的品质。也许阿尔奇对家务的冷漠是一种控制，是自我控制、敬而远之的能力。这个我做不来，因为自己永远只盯着面前厨房操作台上的面包屑、冰箱里的空牛奶盒，以及篮子里与日俱增的脏衣服。

有一次我在广播里听到一个著名演员的访谈节目，谈的是她破裂的婚姻。当被紧逼着说出破裂原因时，她直截了当地说：衬衫。我立刻明白她的意思了。这个标志已婚女人在婚姻关系中角色的符号，从未明文规定却又无法避免。婚约里没有一个条款规定要照管男方的衬衫，但是女人们接管了这个工作，于是衬衫们按照洗涤要求被浸泡、熨烫，崭新而笔挺地挂在衣架上，等待下次到雇佣世界里巡游。只有坚定的女权主义者才能抵挡住衬衫的猛烈攻击。

我的生活倒不受衬衫的影响，因为阿尔奇工作时的着装比较随意。即便是受衬衫的影响，我也不会把衬衫撇给他不管，因为虽然他是个家务盲，他给予我的远远多于我应得的。不过有时候我确实看到有离开的可能性。我怀疑他是否理解这么多年来我这根线绷得是多么紧。现在有一根要剪断了。如果是在边缘，那我仍然无法退却，无法不做家庭的司令，他们说我什么？我猜是操纵狂。不过似乎有另外一些意义,只是我找不到合适的词来形容罢了。

不知道女人从家庭消失的话会发生什么。另一个备选的女人代替她的位置?一个月嫂,还是一个妻子?虽然阿尔奇有时会和其他女人调情,我没发现他急于想成就什么。那样不符合他的为父之道。我知道,有他母亲和我的母亲帮着,而且我的母亲会把生活收拾得比我都好。随后,一个新伴侣也许会出现,这要看艾斯黛拉和黛西的反应,然后可能会有婚礼。我个人倒希望这个人是夏洛特,阿尔奇的兼职簿记员。在我看来这比较顺理成章。虽然我试着和阿尔奇谈过此事,但不欢而散。我喜欢夏洛特,我喜爱她。她是个安静的年轻女人,正在攻读商业管理方面的学位。她的工作是底薪加提成,而且我觉得她从未做过松糕或法式编织。她一周来一天,在阿尔奇的小屋(也是他的办公间)角落里工作,发出支票,同供应商结算,就税收上所有的文书进行解码并分送。阿尔奇觉得这些文书特别难以理解。艾斯黛拉和黛西喜欢夏洛特,我和阿尔奇外出时她们只同意让夏洛特照看。如果夏洛特嫁给阿尔奇那将是再好不过了。

哦,那也将是残酷的。另一个女人将两个孩子送入少女时代,送入成年时代。在她们第一次来月经的时候待在她们身边,买最贵的护发产品,就皮肤护理提出建议,容忍十几岁的女孩子对能多益[①]欲罢不能,或是对素食的着迷。假装懂得"我的空间"[②]是多么至关

① 能多益(Nutella),意大利厂商Ferrero生产的巧克力榛子酱,可如牛油、花生酱般涂在面包、饼干等食物上来增添美味,也可以用作烘烤糕点的馅料。

② 我的空间(MySpace),微软的网上产品,个人可以在上面创建博客。

重要。在她们的男友抛弃她们时待在她们身边。对她们的手机账单咂舌。对她们新扎的穿孔摇头。每天,对她们说,她们是多么美。她们多么受宠爱。

残酷。艾略特原话是怎么说的来着?我找到了大学时《艾略特诗集》的复印本,准备用他晦涩的诗句进一步折磨自己。但是,当我再次读到《荒原》,我不得不承认艾略特先生是对的:正是冬天让我感到温暖,不过是以一种奇怪的方式。把我包裹在延迟的动态中,使我远离冰冷的记忆和欲望,于是在期待春天的温暖时,灵魂不会受到它们的绞割。

一阵风袭过,紫藤的花瓣雨点般散落在阳台上。打开书房的窗迎来花的味道,我听到隔壁兰姆特先生手推车的吱吱声。这个时节他对花园尤其下工夫:简直到了痴迷的程度。他会扫干净所有的落叶和落蕊,对我的杂乱地怒放着的藤枝骂骂咧咧,彻底剪掉所有越过篱笆溜进他那边的卷须。他今天没有除门前的草坪,也许是在修剪,山梅花树篱是他的主要对象。白天我从来没有闻到过山梅花的味道,但有些晚上整片空气里都充斥着它的气味。不可能只是兰姆特先生那点标本般的山梅花发出的味道,天气更暖和些的时候他每个星期都要修剪一番。

冬天很快将成为一个寒冷的回忆,风的气息这样告诉我。一定是种在信箱周围的小苍兰,它的香味总是让我充满了奇怪的渴望,一种不安而痛楚的期待。也许是因为它带有夏天的承诺,而夏天是我最喜欢的季节。我记得去南边海岸的铁路沿线上、沿路空地上开满了小苍兰。这些花能够立刻让屋子充满一种气息,充满野性而让人感到舒服。它们会让人想起很多事情:小时候南海岸沙滩上疯玩的假期;和朋友们在度假小屋里过的周末;还有我们最初来这里居住时我帮着设计、栽种、养护的第一个花园。那时还没有花园:房子就那样傲视在一片狭长的野牛草地前。曾经有个西尔斯升降旋转晾衣架,年岁久了就动不了了,除此以外再没有其他什么。我们买来一簇簇野苍兰,在草地中开辟出几条歪歪扭扭但却实用的小道,露出从前花坛模糊的轮廓,然后这里那里都种上苍兰。

多年以来,每个春天我都会赶上它们的第一缕清香,感觉仿佛是在内心深处轻轻刺戳了一下。一种独特的身体上的疼痛,这种疼痛总会让我有片刻的激动,虽然我说不清楚究竟是想流泪还是想呐喊还是想大笑。这个季节性的感觉已经习惯了,也不再过多地思考。直到现在。因为现在我闻不到这些花的香气了,然而确切地形容这种香气的意义似乎很重要。而且不仅是苍兰。所有的春花都在奚落我,它们烂漫得如同明信片里的一样完美。这种完美如同暗中蚕食白天的记忆和欲望。它们似乎全都从死亡之地冒出,从那片我曾经狂欢的花园里冒出。

身旁书桌上的电话响了。

喂?

另一端没人回答,但我能感觉到对方的存在。我怀疑这是那个让电话响几声,不等我接起就挂上的人。

喂?我声音大了些,但另一端并不因为我的叫喊而回答。我"啪"的一声挂上了电话。不知道会是谁。从来电显示看,那是个私人号码。

我合上艾略特，比以往更加小心地把它放到床头橱上的一堆书里。它们很可能不会再回大厅里的书橱了。

亲爱的德丽雅：

唐对我很好。我的丈夫多年来只顾工作，忽视了我。你仍然没有建议我是不是要漂白蕾丝桌布。还有红酒，粘上了绿色斑点，是唐打翻了他的鳄梨明虾弄上的。

怀疑者

亲爱的怀疑者：

唐，唐，唐。全是唐，是吗？为什么你会被那么笨手笨脚的男人吸引呢？我建议你了断同唐的关系，专注于你的丈夫。也许他工作过于努力了，因为你是个要用蕾丝桌布、做鳄梨明虾的女人。你是怎么想的？现在不是1975年了。把一个古董级的蕾丝桌布浸到漂白液里当然不行了。用大量的盐，冷水，然后在太阳下晒一天。告诉我你的后续情况。

8

天快要黑了,许多家庭在傍晚的人流中到来又离开。吃过了他们的“快乐套餐”和有电影赠券的特别套餐,我想自己该开车走了。

我要看看是否能找到米切尔。要是他还在这一带的话,他有可能在三个地方。一个是回阿米塞斯特路上的一个咖啡馆[①]。它有了新的名字,我停下车,看到招牌,还以为是在开玩笑。但是一个满头“脏辫”[②]、穿着轮滑鞋飞到餐桌边的服务员把菜单递给我的时候,我明白这真的是“路杀咖啡馆”。她告诉我说,小袋鼠卖完了。

我们有巨蟒,木炭烤的。特色菜是兔肉煲——老鼠也行,看你的口味了。她略微打了个哈欠,把嘴里的口香糖从一边拨到另一边。

老鼠?

---

① 咖啡馆不只提供咖啡等饮料,同时还提供正餐,如同饭馆。

② 一种将头发分成若干股缠在一起的辫式发型。

两种都行。土老鼠和黑老鼠。

喔。

难道两者有什么区别吗。价格上不一样，她跟我说着，眼睛朝店里扫了一圈，又嚼起口香糖。土老鼠，褐袋鼩[1]，五块多钱[2]一只，没写在菜单上，怕公园和野生动物保护的知道。虽然是死在路边的，但保证百分之百新鲜……

你看能不能过一会儿再过来？

车开了一整天了，我几乎没吃什么东西，应该很饿了才对。但是整个地方都变了，菜单也变了。这里曾经叫做“米切尔咖啡馆”，正像它在城里的店铺叫“米切尔酒吧”。两个地方都没有招牌，但是人们都知道这两个地方。不过在这里发现这样一个另类的饭馆，这个利用公路指引顾客前来再把顾客喂饱的地方，我并不感到惊讶。阿米塞斯特总是这样。没有什么是一致的。这也是我多年前选择留下的原因。

我又仔细看了一遍菜单，希望能找到一份沙拉或浓汤。除了吃老鼠，另外公园和野生动物保护部门也让我忐忑。他们会不会突击检查咖啡馆，在我大嚼特嚼的时候没收我的饭菜，起诉我吃了国家的象征呢？甚至说我吃了体育福神呢？我想把手机拿出来打开。已经四天了，我给阿尔奇和孩子们事先写好的短信现在也派不上用场了。我从包里拿出手机，盯着没有打开的黑色屏幕看了一会儿，又放进了包里。不。到那儿之前不能打开。

---

① 澳大利亚本土生长的棕色似大鼠的有袋动物。

② 这里的货币是澳元，下同。

服务员等得有些不耐烦了。

米切尔在这儿吗？我问。一个愚蠢的问题。上次我来这里的时候，这个服务员也就一两岁。

米切尔？没听说过。史蒂夫也许认识，他是主管。

能问问他吗？

没问题。史蒂夫！她大叫着，我都怕口香糖会随口冲出来。

一个男人从落满苍蝇的帘子后出来，双手似乎沾满了鲜血，往擦盘子用的抹布上抹了抹。

你好。我想知道米切尔是否还在这儿。我以前为他干过活。

我接替他了，史蒂夫说。不过那是十年前的事儿了。也不知道他现在在哪儿。我老家在加奈特，高速路尽头就是。不过他可能还在镇上的酒吧里。

有可能，我说。谢谢。

您想好点什么了吗？服务员问道。

不了，谢谢，我边说着边站起身。不好意思，我改变主意了。

我再次经过拉扎勒斯车行。它几乎没有什么变化，依然是角落里那些破旧的拖车、大篷车，被从前的主人遗弃，连支撑用的砖头都没有垫。那些假日愿望、假日计划、假日梦想的广告招贴都剥落了，梦想却始终没有实现。

大约 20 年前，汽车把我丢在这里，这并不是一个固定的车站。司机说没办法把我拉到更远的地方了，不过我可以在路边等着搭个顺路车，想去哪去哪儿。很快就会有人开车路过，离城镇的几公里路搭车就行。他看上去似乎很有把握。

我等了一个小时，之后又热又渴，便开始向前走。最后来到了拉扎勒斯车行。拉扎勒斯愿意在五点钟车行关门后送我去城镇。他把我送到翠鸟旅店，离那些主要商店有一个街区的距离，地方破旧，也只有手头拮据的人才会住。

第二天一早我开始寻找凡。三天后我离开旅店回到拉扎勒斯那里。这次我把整个地方转了个遍，把杂乱的角落探了个究竟，仔细打量着可能拉扎勒斯也记不得的货车、拖车。我发现了自己所见过的最可爱的大篷车。漫画书里的那种，曲线型的，铝皮外壳，灰蓝色。在这样一个埋葬汽车的墓地中，在这些衰老的汽车里，它端坐在一簇簇草丛上。这里老之将至，而它看上去还非常健壮。

这个多少钱？我问拉扎勒斯。

那个啊，对你没多大用处，他回答说。它跑不动，能跑也跑不远。

能跑到城里吗？

这样啊。他拿大手绢使劲擦了擦脸。城里有个露营车公园①，有人住在那儿。一些度假的，还有一两个住货车的老人。是一个叫米切尔的开的。

我准备在这里待一阵子，我说，我得找个住的地方。

他看看我，转而看看大篷车，之后又转向我。

米切尔人很仗义，他说，我估摸着你要是租块地儿他不会收你

---

① 即指拖车式活动房屋停泊场，外国有些家庭外出旅游时自驾这种旅游房车，吃住都在车里。有的地方，如小说中的露营车公园，专门提供这种车辆的停车场，同时提供水电等生活设施。

很多钱。

我打量着大篷车。适度的曲线，破旧得彻头彻尾，透露出一线希望。我又问他要多少钱，大约过了很长时间，他终于说，一百块。其实我也是在帮他解围。

我可以给你拖到旅店去，他说。

于是，就在那天晚上，我成了一个大篷车主。一百块钱的车，里面空空的，只有床上有一层薄薄的垫子，我在没有毛毯和毛巾的情况下凑合了一个晚上。车门紧紧地锁了多年，里面并不像我想象的那么脏。霉味在我打开车门、用力推开两边家家酒般的窗户后很快就散去了。接下来的周末，我走着去了市中心，又走着回来，慢慢备齐了必需品。其实要是把生活简化到最低的话，我发现必需品也没多少。所有物品中我最需要的就是书，到我准备好要生孩子的时候，旧书店的二手书已经可以排满整个大篷车了，就像住在一个小房间。被书包围着，我感到安全、可靠。

9

亲爱的德丽雅：

你有没有好的结婚蛋糕配方？我试着做了好几个了，都又干又硬，没有味道。

新娘母亲

亲爱的新娘母亲：

果脯，这当然要有。葡萄干，提子干，杂果皮[①]。姜蜜饯，喜欢的话就加点。红糖，面粉，调料……噢，天呐，我要把所有的都列出来吗？相信你一定能做好的。别问重量和称重之类的，那最无聊了。也许就是因为过于依赖配方蛋糕才总是失败的。另外，要好几个蛋糕吗？你准备了几个婚礼了？

---

① 指用糖或蜂蜜腌制过的橘子皮、柠檬皮等混合在一起的小块儿。

现代的为母之道易如弹指。

现在我就为女儿至少20年后的婚礼烦恼，在亚麻餐巾和纸质餐巾之间犹豫不决。亚麻的更具特色，但洗起来更费力；纸质餐巾颜色要和她的礼服颜色搭配，要那种最浅的粉红色，浅到接近奶油色，像桃子粉嫩的果肉。纸质餐巾虽然没有多少特色，但更省力——不用熨烫。随后我想起了简·奥斯汀[①]笔下的班内特太太。

当养女儿的这场博弈进行到猎夫的棘手时刻，我总会想到班内特太太。班内特太太的女儿们也许对妈妈表现出更多的敬意，她们也许不会在闺房里花几个小时用胶粘的面膜敷脸，不会一遍又一遍地读同一本《女友》或《完全女孩》，也不会听晦涩的朋克摇滚；她们也许不会从会自己系扣子时就执意要打扮得像个小妓女，不会八岁时就拒绝吃肉，不会在青春期前期就要求在肚脐上穿洞扎眼儿。不过我得承认，我的为母经历也有有利的一面。

首先，班内特太太有五个女儿，我只有两个。可怜的班内特太太，一生的所有任务，在把女儿们养大以后，便是把她们嫁给合适的丈夫。我也许要准备婚礼，但找女婿这件事要放在议事日程极靠后的位置。黛西结不结婚随她自己。而简、伊丽莎白、玛丽、凯蒂和小笨莉迪亚[②]则不行。啊，对了，简和伊丽莎白也许还有的选，而且伊丽莎白满可以坚持自己的权力，拒绝柯林斯先生唐突的提议和达西先生第一次令人震惊的求婚，不用在意她母亲的意愿。但无论是她

---

① 简·奥斯汀(Jane Austen)(1775－1817)，英国女小说家，代表作有《傲慢与偏见》、《理智与情感》、《爱玛》等。班内特太太是《傲慢与偏见》中的人物，整天一心要把五个女儿嫁出去。无独有偶的是，女主人公的姓氏也是班内特。

② 这是《傲慢与偏见》中班内特家五个待嫁的女儿。

还是任何其他奥斯汀小说的女主角，都不会把自己一生的爱情寄托在伦敦东区贫民窟的画室里（那种粗俗得无可救药的地方，我觉得在奥斯汀的全部作品中都不会提及），也不会和一个公交车上认识的男人或是周末晚上酒吧里认识的男人结婚。

没错，班内特太太有家族的人帮忙，而我一个也没有。但是班内特太太的义务也远远超过我。我们不必按照严格的社会和家庭程式来匆忙度生。我们不必去教区的老处女那里做无聊的拜访，或是忍受以恩人态度自居的社会上层来家里。我们可以傍晚的时候随意翻翻喜欢的书——实际上也是这么做的——读一读《柳林风声》①或是《野兽国》②，一遍又一遍地读，不管女儿们还是我是否年纪太大了不合适再读这样的书。确实，以营养平衡的膳食养育女儿，监督她们的家庭作业，准备些课外活动，比如像艾斯黛拉的篮网球③训练，还有黛西的竖笛课，确保她们不会看太多的电视。随着年岁的增加，要提醒她们防范更不卫生的穿孔形式，建议她们用避孕套（如果那时我仍在她们身边，恐怕要期待夏洛特来做这事了——她们不会听祖母简的）。

而可怜的班内特太太责任重大，要让所有的女儿跳舞、纸牌、针线活一流。至少，有一个女儿——玛丽——击弦古钢琴、意大利美

---

① *Wind in the Willows*，是英国童话作家格拉姆（Kenneth Grahame）的经典作品，小说发表于1908年，起初是作者用书信体为幼子讲的故事，主要讲述了主人公癞蛤蟆与朋友们的传奇故事。

② *Where the Wild Things Are*，墨利斯·桑塔克（Maurice Sendak）的经典儿童奇幻小说，1963年出版。故事讲了一个叫麦克斯的淘气小男孩被妈妈惩罚关进房间，而他的想象力把他带到了一片茂密的海边森林。麦克斯乘着小船来到了“野兽国”，这里充满可怕的野兽，但他并不害怕反而当上了他们的大王。

③ 一种类似篮球的女子运动，在澳大利亚很流行。

声以及苏格兰仪态都还过得去。她们都必须显示出客厅、会客室礼仪，必须要熟悉司各特[①]的众多长篇史诗。班内特太太要确保每一个女儿面色红润、洁净、白皙，确保她们腰围维持在可接受的24英寸范围内，确保她们卷曲整齐（莉迪亚肯定想刮掉，或是用大钉子固定，或是弄上条纹，或是三者全做）。班内特太太要负责她们的举止、姿势、谈吐，无论是在教堂还是在餐桌旁，溜达着去村庄的男子服饰店时也要注意自己的言行（要是可能，莉迪娅恐怕也会文身或是在肚脐上穿孔的）。班内特太太必须在各种语境中培养起女儿礼貌而恰当的言谈，从对牧师到洗碗女工。她必须告诉女儿大肠的运动问题，但不能诉诸粗俗的排便语言；告诉她们月经的问题，但不能过于提到流血；告诉她们夫妻间的性关系，但不能描绘亲密的身体动作，更不要提阴茎、阴道之类的词了，这些词连想都不能想。然后发起并监督这场轰轰烈烈、不惜一切代价的运动，找到一个合适的男人以连接到那个不可提及的器官深处——这是一个女人一生存在的所有理由，亦是她的顶峰，也是她的价值所在。可怜的班内特太太，任务艰巨呵。而且有些地方她确实失职了。我觉得所有女儿中，连简都无法把钢琴弹得优美动听（不过我想象中莉迪娅不弹钢琴而是击鼓）。班内特家的女孩子们没有一个受过学校教育，又没有家庭女教师，教育的水平显然不好说。但是班内特太太尽了全力，她所遇到的困难之一便是闭关于书房的丈夫所发出的善意的漠

① 司各特（Sir Walter Scott）（1771－1832），英国19世纪诗人和小说家，两岁时患小儿麻痹症而残疾。开创了历史小说之先河，代表作有长诗《最后一个游吟诗人之歌》，小说《清教徒》、《罗伯·罗伊》、《艾凡赫》等。

视和带着讽刺的幽默。

她不满的时候总喜欢紧张起来,她一生的事业就是要把女儿们嫁出去;值得慰藉的便是你来我往和由此听到的消息了。

坦诚地讲,不能说每周带黛西去上半个小时的竖笛课是项繁重的任务,这与班内特太太的努力比起来差远了。读者们很容易片面地认为她是个愚蠢而肤浅的女人,而她的丈夫,带着干巴巴的挖苦与嘲讽,是个谦逊而饱受折磨的男人。但是,班内特太太是女人中的冠军,是母亲中的胜者,是个无价之宝。想到亚麻还是纸质的餐巾我都要头晕,而她——意志坚定、一心一意——从女儿还在襁褓中就开始面对整个纷乱的未知数,而且,还要乘以五倍。

那么,我为什么会考虑婚姻?我真的希望两个女儿找到丈夫吗?现在我对黛西婚姻的焦虑同自己的婚姻不无关系。当然了,我和阿尔奇成为夫妻,但那是在婚姻登记处,无论是政治上还是牧师那里,都严格地照章办事。这里,我们摒弃面纱、花束之类所有带有性别偏见的物品,也没有有损人格的誓言,不说顺从之类的话。而且,除了我们没有其他见证人的话,也没有必要引用神秘的黎巴嫩诗歌或演奏室内乐了。

我开始质疑自己是不是以一种不健康的心态只专注于一个完全假想中的丈夫。这样一个丈夫,如果存在的话,那就真的不需要丈夫了。现在我承认,一个完美的丈夫类似于一个妻子。我常常渴望能有一个妻子。我渴望在需要一个妻子的时刻正好她在场,能给我端来一杯茶,然后去把洗好的衣服晾上,我知道那些衣服因为洗衣机的离心力而贴在滚筒内壁上，随后便起了褶皱。一个像我一样的妻子，这个人现在已经疲惫不堪。而且，我承认，这个人已经厌倦了家务，而从前家务从来都很轻松，我从来都没觉得它困难或神秘。

这么多年的堆堆放放，洗洗涮涮，起皱熨平，也许是时间太久了，也许是与日俱增的憎恨像有毒的液体在我的体内流淌，而我则竭力要把它排出去，或者仅仅是因为突然间太累太忙，究竟是什么原因我已经无法分辨。我所确定的是，今天我要把该洗的衣物留在洗衣机内，专心列我的单子。

亲爱的德丽雅：

关于结婚蛋糕，恐怕我需要更精确的配方。还有，我该烤多久呢？希望你能帮我。

新娘母亲

亲爱的新娘母亲：

同婚礼一样，希望是婚礼蛋糕的主要原料。充满希望就对了，希望可以让婚姻持续很久很久。试试吧，我相信你能做成功。

10

阿米塞斯特市中心在山谷中,街道曲曲弯弯地伸向主要的公路,店铺簇拥在几处。街道旁种满了树,另外,城西有大片自然公园般的空地,一条迟缓的河流悠然于草地之上,两岸长满了柳树和芦苇。秋天的时候这里非常迷人。凉爽的季节里它近乎完美,夏天大树连荫,给人以清凉的感觉。小城主街道两侧有很多繁茂的棕榈树,临近傍晚总会挤满羽毛亮丽的长尾鹦鹉,不厌其烦地堆积食物,刺耳的叫声里带着贪婪。它们大胆地在路面来回疾驰,迫使我不得不左右猛转弯,以防撞到它们。

“赛天堂”,一个小型家庭汽车旅馆,仍在那里。房间安静而宽敞,房前花园里棕榈树茂密成荫,旁边有一个游泳池,还有一条和善的看门狗,我一停下车就看到它了。当然不是从前的那只——那只还活着的话得有16岁了:纽芬兰拾猎能活那么久吗?前台的女人并不熟悉,不过她告诉我,旅馆没有易手。

你老家悉尼的?

差不多,靠北一点,人们都知道那儿。

没错,我说。很多年前我曾在这里住过。

哦,那你是来度假的? 串亲戚的?

可以这么说吧。

我走进旅馆的房间,把包扔到角落里,身体扑到床上。在床上躺了很久,休息,思考。直到天黑了,我不得不起来把灯打开。

我看到米切尔在楼上自己开的酒吧里。好像他在面试一个新钢琴手。意识到这一点,我便准备踮着脚向外走,可是他挥手示意我留下,也不问我喝点什么,就给我倒了杯酒。

这是克里斯。他冲坐在酒吧里的男人点点头。他有可能在这儿演奏。

克里斯伸出手,与我握了握。侧面看,他的脸瘦削,古铜色,但他转过身来后,我看到另外一面长满了深色胎记,像草莓籽,或者说更像树莓籽,从鼻子延展到耳朵,直到发髻。他的头发是黑色的卷发。他继续讲:

我会按顾客要求弹,但是有几首我不弹。

很好,米切尔说。

《你要记得》。

好的。

《风中之烛》。

可以。

尤其是《钢琴师》。想想吧，比利·乔尔[①]的曲子一概不弹，一个音符也不弹。否则我立马从大门走出去决不再回来。

好，没问题。

我瞥了米切尔一眼，听上去他似乎都默许了，但他似乎没有注意这些。他的袖子挽到肘部，擦着葡萄酒杯，时不时把酒杯举到灯光下，近乎夸张地检查有没有擦干净，仿佛比起眼前这个乖戾的人屈尊俯就要弹的曲子，他的心里有更重要的事情。

克里斯似乎松了口气。他略作停顿，呷了一口酒，继续说：

除此之外，弹什么都行。摇摆乐，爵士乐，乡村酒吧乐，乡村乐，蓝调，能叫上名的都行。巴赫，李伯瑞斯[②]，米尔斯夫人[③]，任何人的音乐都行。

米切尔停下手中的活儿，儿歌也行？

当然可以，为什么不行？哪天晚上工作都行，不过要合理。圣诞节什么的希望能休息。平时工作日可以不休。

四五点前一般开不了门，米切尔说，除非酒吧另有用处。

啊，那是另一回事。婚礼仪式、订婚仪式、21 岁生日派对不弹。受不了那些人。他们觉得地球上任何曲子你都该知道，要是你不一次连弹几个小时的伯特·巴哈拉赫[④]他们还跟你急。

---

① 比利·乔尔（Billy Joel），1949 年至今，美国歌手、钢琴演奏家、作曲家，1973 年出道，1993 年退休。他的歌曲在 20 世纪 70、80、90 年代都曾进入过排行榜前十名，曾六次获得格莱美奖，全世界唱片累计销量超过一亿张。

② 李伯瑞斯（Liberace）（1919 – 1987），美国钢琴表演家，同性恋，死于艾滋病。

③ 米尔斯夫人（Gladys Mills）（1918 – 1978），钢琴家，20 世纪 60 年代非常有名，艺名“Mrs. Mills”。

④ 伯特·巴哈拉赫（Burt Bacharach），1928 至今，美国流行乐坛作曲大师。

米切尔耸耸肩说,他们通常会自己带音乐过来。葬礼呢?有时候这里偶尔会有送葬的。一般人比较少。只有爱尔兰人和英国人的葬礼会待上一阵子。

葬礼上我可以弹。肖邦,没问题。醉醺醺的爱尔兰音乐,《伦敦德里小调》,我都可以弹。我喜欢葬礼。克里斯站起身,看看手表。他抖身套上夹克,伸手同米切尔告别。

明天晚上……米切尔刚开口。

七点见吧。那个时候到差不多。克里斯向我打了个招呼,之后离开了。

我举起酒杯,眼睛盯着米切尔。有一搭没一搭地问着问题表明了完全且永远的陌生。发现事实的惟一办法就是等待、倾听、观察。不巧的是,米切尔是个慷慨的主人,这也意味着几个小时不停地喝酒,所有的酒后劲儿都很大。他的一杯马格丽特鸡尾酒我可以喝一个小时,但却受不了这个漫长的晚上进酒的速度。如果他看到你喝得太慢,就直接伸手把杯中剩下的倒掉,再换另一种,溶解力更强的。一杯菠萝代基里酒,酒劲儿是平日的三倍。这样做的惟一好处就是,这些酒让你的舌头麻木,却让他的舌头更灵活。好像酒后吐真言的是他,而实际上我看到他除了一杯浓柠檬水之外什么也没喝。所以你要听完所有人的变迁,城里的,城外的。颇有意思,但却不知道第二天醒来是否还能记起任何消息。

这是个静谧的夜晚,只有五六个老主顾坐在靠窗的几张桌子旁。酒吧里一只金丝雀在笼子里懒洋洋地鸣啼。米切尔背后的墙上,一溜儿镜子反射出甜酒和调酒饮料宝石般的颜色,薄荷酒,红石榴汁，茴香酒，这些异域的东西稀疏地摆在那里。而我的身后，敞开的窗边，羽纱般的窗帘在温暖的微风中舞动，裹起盆栽的棕榈树，又倏地松开，轻轻地、无声地落下。

这种时候我才明白为什么一代又一代的男人们总喜欢坐在酒吧里小口喝着啤酒，背景音乐只有电视界低沉单调的声音。这里是圣所，你不会受到任何要求，也不会被盘问。这是个封闭的庇护空间，同时又是一个公共空间，喜欢的话也可以找人聊聊。这样一个宽松的环境，可以任凭一个人随意畅想，不受注意，也没有最后期限、时间限制或是承诺义务。同时，还让他们的女人沮丧得发疯。

我依然沉默，间或在米切尔转身放酒杯或摊开抹布时从镜子里看看他的眼睛。他给一个顾客倒上啤酒后，我开口问他。

那个克里斯什么背景？家是哪儿的？

但米切尔蹲下去，打开其中一个冰箱，然后慢慢站起身，接着他问：

这么多年，什么风把你吹来的？

他的语气听起来似乎并不在意答案如何，似乎不需要回答。他知道为什么我会回来。

去大篷车了吗？他接着问。

还没有。准备明天去，我回答。

总算到了，对不对？

我明白。

他那希腊水手帽的帽檐下，鬓角的卷发已经灰白，脸上的轮廓更分明，但我仍能老远就认出他，无论在哪里。

除了把你那些发给你以外，这么多年我他妈真不知道怎么处理那地方。不过，他转而说，你看上去都没人样了。

我知道，我说。两边乳房切除了就这样。尤其再加上二期手术。动的肝脏，有肿瘤。另外还有工作。我现在就排队等着吃圣餐，最后的大餐[①]，永远吃不完的那个。

米切尔最终露出了惊讶的神情。他放下手中正在擦的玻璃杯，把抹布扔到一边。

哦，德丽雅。我知道你会回来，但不是这样回来。

谁愿意这样呢?

他凝视着我，似乎要看尽这些年里的变化。

你一直没找到桑尼的父亲是吗?

没有，也找不到了。

那天晚上第一次见到凡，我就被他迷住了。他在一个三人乐队里弹着吉他，一边唱歌，一边用一些即席趣闻和笑话愉悦周围的一小群人。这是个大学生三人组合——现在回忆起来觉得他们鲁莽有余，技术不足，不够精致，便用狂热来弥补——不过当时我只有16岁，也没见过世面。他22岁，比我认识的同龄男生更有魅力，更有自信。那群男生只会猪一样的哼哼，身体晃来晃去，要是和他们出去，他们买瓶岛屿酷乐[②]给你，还觉得自己大方得不得了，然后整个晚上就把你晾在一边。

① 这里隐喻死亡，上天堂，享受上帝准备的盛宴。

② 岛屿酷乐(Island Cooler)，一种饮料。

这里既是咖啡店，也是酒吧，我本不该来这里[1]，但学校足球队在大学球场上比赛，我遛了出来，在新城里闲逛。这里灯光昏暗，吧台上放着蜡灯，桌子上放着蜡烛。我听了一段音乐，然后冒险走进酒吧。我向吧台要了一杯红酒，把一元钱递给那个面无表情的服务员。这时有人在我后面小声说，

你确定自己18岁吗？

我转过身，看到那个吉他手。从下往上近看，他的头发柔顺光滑，胡子刮得很干净：眼睛在深黄色的发间显得越发明亮。我的第一感觉是，他看上去像耶稣基督；第二感觉是，这太愚蠢了，因为没人知道耶稣长什么样子。

当然过18岁了，我撒了个谎。

他能注意到我，这让我非常高兴。他手里拿着酒杯，跟我回到餐桌旁，没等我谦让就径自坐下了，这让我激动万分。他介绍起自己。

凡，我说。这个名字挺特别的。

啊，我改过。

改过？可以自己改名字吗？真了不起。

我爸妈叫我伊凡，几年前我改成了凡。和凡·莫里森[2]一个名字。这样更能反映出我的个性。

嗯。确实，我说，装作知道凡·莫里森是谁的样子。

你喝的什么？他问，虽然一看便知道是什么。

---

① 澳大利亚法定饮酒年龄为18岁。

② 凡·莫里森（Van Morrison），1945年至今，北爱尔兰歌手。

摩泽尔。我喝了一小口。太甜了，但是简[1]在家喝林德曼·本·伊安，这是点酒时我能想出的惟一一个名字。

老年妇女喝的东西，他说。你该尝尝这个。

他喝的是杰克·丹尼[2]加可乐。他聊着，我看着他，既羡慕又喜欢得根本没有注意到他只谈自己。他告诉我自己是个学音乐的学生，他觉得教授们太保守，太枯燥，干活像受罪，课程设置是在扼杀真正的天才。当他透露说演奏自己风格的音乐要更有创造性，更有成就感时，我赞同得五体投地。

第二周周五晚上我又去了那里，之后我们来到排房，凡在大学附近和人合租的。整个周末我都没有回家。简气疯了。

凡的神秘与日俱增。他笑简是个剪头发的，笑我上完学后要当老师或图书管理员的想法。他的父母是杂技团演员，住在北部一个别具特色的城镇，那里以杂耍而闻名。这让我听起来颇具异域风情，但他坚持认为那不过是另一个小城市。他在马戏团感到束缚：他是个音乐家，是个歌手，而不是杂耍新手。他 16 岁时就离开那里了。

朦胧的自卑感以及错过了什么的感觉——究竟是什么，我也说不清楚——愈加强烈。和他在一起的时间越来越长。我迫不及待地要成为他的女人，迫不及待地要拥抱他那富有创造性和成就感的世界。

多年以后我才明白，那不过是水中月、镜中花，廉价的金属片装

---

① 德丽雅的母亲，很多地方德丽雅都直接称呼母亲的名字。

② 杰克·丹尼(Jack Daniel's)，美国的一种威士忌酒。

饰,人造制型纸板,冒烟的机器。他出自哪里,马戏团。他做什么,冒充有凡·莫里森才华的艺术家。幻象对于表演是必要的,对于真实的生活,却是危险的。

阿米赛斯特,他的家乡,完全不是想象的样子。怀着孩子的少女很扎眼,有时却是痛彻的真实。我几次三番想搬到南部去,到市中心,那里孩子没有父亲或母亲,有几个父亲或是两个母亲都很正常。或是搬到郊外,离母亲近一些。我已经写过信给简,告诉她我所在的位置,桑尼出生后也写过,但同时也明确地表示,我不想从她那里得到任何东西。简对凡的看法是正确的,这让人更难面对。桑尼逐渐长大,我偶尔会给她寄张照片,加个注释。我是独立的,我有能力,却年轻得让人心痛。实际上,我不知道自己想从简那里获得什么,我不觉得自己该向她道歉,但心里也知道,她也不该向我道歉。她和凡没见几次面,凡讨厌去我家,我第一次请简去酒吧看凡表演,她就提前离开并拒绝再去。她讨厌凡创造性地使用毒品,讨厌他模糊的志向,讨厌他昼伏夜出的生活方式,甚至讨厌他的饮食习惯。她对凡的过去表示怀疑,看不起他非传统的家庭,痛斥他的音乐天赋。十六七岁的年纪,我会把母亲厌恶的一切纳入怀中。

我离开悉尼向北行进,要到凡的家乡去。没有争吵,没有迹象,没有任何他要离开的征兆。所以,我不相信他会离开。他也许回阿米赛斯特去了。我相信。我必须相信。他来自马戏团,马戏团血脉相承,呼唤着你回家。这是他告诉我的。时值渐入冬季,我到北部去的话,还会暖和些。我会找到凡,让他相信我们注定是要在一起的,我们要把这个孩子养大。当我抵达那里,发现那里没有他,马戏团里没有他，也没有他的家人，也许他们是惟一一个离开本地寻求更好生计的家族。几个星期后，在大篷车里安顿下来以后，我开始希望留下来。不想回去面对自己的失败，几个方面的失败。朋友们都上大学了。简是对的，我是错的，她太有理性，我的感觉好受不了。她帮我走出困境——她会的——我便要受恩情的煎熬。我太骄傲了，不肯认输的。

我在阿米赛斯特安顿下来后，发现自己与这个将要度过短暂余生的城市没有任何实际的联系。我仍处于冒险的年纪，内心灼烧着自立的渴望，觉得这可以让我在任何地方、做任何事情都能维持下去。再过几个月我就要生产了，我要做世界上最好的母亲。我不仅要弥补孩子没有父亲的遗憾。我的孩子会在那里出生，他属于那里，即使他的父亲从此不再出现，至少他是待在父亲的家乡。

很长时间以来，我一直持有年轻人自高自大的信心，相信你接受自己，别人就会接受你：凡会要我和他的孩子的，这是迟早的事，会发现回家的期待无法抗拒。很多年里，天真的我总是这样相信，尽管一点证据也没有。凡的父母搬到了更靠北的地方，他的姨妈最近住进了海边的康复中心。他的家族里惟一留在城镇的都长眠于地下。我所拥有的只有桑尼，以及让一切步入正轨的强烈决心。

11

亲爱的德丽雅：

好吧，我不再提结婚蛋糕的问题了，但我想就另一件事征求一下你的建议。我的女儿在婚礼上将戴我结婚时戴的面纱，那条面纱是白色丝绸质地，蕾丝花边，但沾上了棕色的污渍，折缝的地方也发黄了。我要不要漂白一下？

新娘母亲

亲爱的新娘母亲：

一定不要漂白丝绸！可以买一块老式的黄色洗衣皂。把面纱放在浴盆里洗，最好是在大晴天的户外。冲洗时水中放一杯白醋，然后卷入毛巾。把洗好的面纱平铺在草坪上晾干，随着它一整天吸收阳光，看上去将会非常漂亮。剩下的就让光亮为它添彩吧。

春天,意味着隔壁的兰伯特先生开始严格执行修剪草坪的常规活动了。他每个星期一的早上都要给门前草坪除草。我不出家门、不隔着栅栏看也知道他在做什么:趴在草坪上,拿着个旧削皮刀挖野生植物。蒲公英、蓬蓬草,还有其他一些叫不上名字的野草就这样几日一除。兰伯特先生是个退了休的税务员,我相信他打理草坪同对付一栏数字一样严肃而精确。整个夏天,草坪始终保持着最平整的草层所能拥有的青绿色。也许他有他的道理,不过我还是不明白为什么他要选择鹿蹄草做房前地面的草层,因为鹿蹄草天一冷颜色就容易褪去。也许是因为这是一种极为柔顺的草,不像那些随着小鸟和微风飘到这里寻求避难所的野草。自从兰伯特先生几年前搬到这里,他就开始清除围在房屋四周的植物,不允许有任何反抗。先是那些棕榈树,树籽常常散乱地飘到各处、腐烂时发出难闻的气味。随后是栅栏上诸如牵牛花、毛茉莉、马铃薯之类的攀缘植物。还有灌木和银桦。还有后院参天的樟树。所有这些都被伐倒,劈开,剁碎,盖在土壤上做肥料,然后移走。

曾经有个兰伯特太太的,后来去世了。兰伯特先生对此从不会多谈,除了告诉我说他有一个儿子,还有孙子孙女。看得出他们很少来看他。不知道若是他的妻子几年前没有去世的话,他对花园的态度是否会和善些。但是既然对他的妻子不熟悉,也不好说什么。这么多年来,兰伯特先生只同我说过几次话,最近则从未说过。不过有一次他告诉我,自己不喜欢树木。太脏乱了。他把房子前面的金合欢换成了月橘,让一簇孤单的百子莲鬼鬼祟祟地在门阶游荡。花园扫荡的最后一步是把房前草坪全部翻一遍,换上鹿蹄草。他怜爱地手捧草种亲手种下，着了魔一样给草种浇水，先是用喷雾枪，这样就不会冲走地里的草籽，然后用喷壶。没几个星期，鹿蹄草便长得如同淡绿色天鹅绒地毯一般。

阿尔奇这个草坪专家，观察了这一过程的始终，又是羡慕，又是怀疑。草坪要是有意使用的话，其实很有用处。若是有水源来浇灌，则更有用处——这个年头谁有浇灌草地的水源啊。孩子们可以在上面玩耍，夏天可以在后院用餐，或者也可以就那么坐着盯着一片养眼的绿色。然而，兰伯特先生的草坪，大得几乎同小房子不成比例，却从未受到过主人的注视，除了他料理草坪的时候之外。前窗卷帘大部分时间都关得严严实实。他从不坐在整洁的门前走廊上，从不在草坪上休息。但浇水却从未间断。限制用水时他就用手洒水，在草坪到水龙头间来回不停地穿梭，要让每一厘米土壤都湿透。他用液体肥料施肥，用奇特的滚动耙给草坪松土。他趴在草坪上拔掉每一棵可疑的杂草，滚压草坪就像在打天然保龄球。这片九米长、七米宽的草坪，是我和阿尔奇见过的最漂亮的草坪，但它的主人对此却从来都不以为然。我从未见过有什么东西，对一个人的生活是那么必需，同时又那么毫不相干。

我想兰伯特先生的后院儿仍然是一小片布满卵石的荒地，这里那里堆着些塑料家具，他让那些家具向前倾，然后盖上塑料布。对此我并不确定，因为现在已经无法隔着栅栏望到他那边了，他用洁面恒丽板挡住了任何窥视者的视线。他甚至拔出了活动晾衣绳，换上了一排可以整齐得折起来的围墙。前几天，我们家的龟背竹长到了围墙的另一边，他便把那些大胆妄为的叶子齐头剪掉。阿尔奇发现剪下的叶子还被丢到了我们这边，我恳求阿尔奇别再把叶子丢回去了。对一棵无辜的植物施以暴行，阿尔奇简直无法控制自己的怒气。其实不久前，我也会把叶子丢回到围墙的另一边，让愤怒指挥丢的方向。最后阿尔奇决定把叶子梗插在围墙上，这样即使叶子干枯了至少也可以算是在指责我们那位邻居。

这样美好的一天，应该在花园里随意漫步，而不是努力回忆做水果蛋糕的步骤。蛋糕我闭着眼都可以做。写步骤的话，我要回忆所用的原料和方法，这对我来说有些难，因为我都是凭直觉做的。从来没有写过食谱，更不要说精确的重量和测量方法了。这种蛋糕我做了那么多次，可是果脯用了几公斤呢？葡萄干、提子干、杂果皮、果仁儿，它们的比例应该是多少？我加樱桃了吗？是两瓶白兰地还是一瓶白兰地一瓶朗姆酒[①]？这种回忆即使换作健康的人也颇费脑筋。把工作推到一边，我打扫了一下工作室，然后走到窗前，把窗户尽可能大的打开。我深吸着瑰丽的味道，肺里充盈着栅栏边泛起的毛茉莉初开时惬意的温暖，还有正缤纷盛开的金合欢那辛辣的气味。紫藤花顺着藤茎倾泻而下。

紫藤。当然。我找出记婚礼准备用的记事本，在“地址”旁写上“植物园”。紫藤在那里会非常灿烂。黛西会像天使一样美丽。淡雅的礼服衬着她那波堤切利[②]式的头发——礼服是粉红色，柠檬色

---

① 用甘蔗或糖蜜酿制的一种甜酒。

② 那波堤切利(Sandro Botticelli)(1445—1510)，文艺复兴时期意大利弗洛伦萨派画家，代表作有《维纳斯的诞生》、《春》等。他的画擅长展现女性美和孕育生命的能力。所谓的波堤切利式发型，是指其画中女性那样的发式，半散着或全部散着的中长卷发。

还是薰衣草的颜色呢？草坪充满了绿色的生机，天空湛蓝湛蓝，整个环境同她文艺复兴时期的美形成了鲜明的对比。

我几乎陷入了幻想之中。25岁左右的黛西，也许会把头发削得短短的，染成靛青色，除了黑色工装裤、有意划开口子的T恤，其他什么都不穿。我可爱的小女儿，曾经那么迷恋洋娃娃、宠物和所有带绒毛的东西，要是我允许的话仍会搂着小鸡凯蒂睡觉；和她的三只宠物老鼠玩过家家的游戏，还总是把其中一只装在口袋里。那个总是央求买小鸭子，用洗澡时玩的塑料鸭子玩具就可以哄好的女孩子。毫无疑问，二十多年以后，她会找到真正的性，会爱上一个爱尔兰男人，有个非常要好的爱尔兰女友，与之分享在身体上穿孔、秀宠物狗、板球单日比赛[①]。但是对婚礼上餐桌装饰和座位安排做得越详尽，就越觉得这一喜事不会发生。这更像是一个承诺在先的仪式，也许会在一个颇具讽刺意味的地方举行，比如殓房站[②]或是情人港的Hungry Jack's快餐店，还要带上戴蝴蝶结的宠物狗（都是毛绒玩具）。但是如果真的有婚礼要举行的话，确实需要列一张写有基础知识的单子。万一黛西真的想结婚，那我的努力也就派上用场了。

我思考着做了多年的蛋糕，记起白兰地和朗姆酒各用半瓶。但是除了买配料、把它们混合起来然后冷冻，再做其他的就真的像阿尔奇所说的，我成了操纵狂了。我宁可留下婚礼蛋糕配料，从脑海里勾勒出蛋糕的样子，然后恰当地写下制作过程。顺便也可以给那位新娘母亲看。

---

① 这种比赛每方只打一局有回合限定的比赛，也叫限制回合比赛，每方50回合。

② 铁路线上一个站点的名字。

我把配方搁在一边，开始做正经事。除了新娘母亲来信提到的要求，还有十封左右的电邮要回。

亲爱的德丽雅：

还记得我前些日子曾经写过一封关于购物单的信吗？我和高尔夫球友看了看你提到的碧顿女士写的书，觉得也许给家庭生活做个目录会是个不错的主意。家用纺织品，陶器，还有首饰、编织，可以留给孩子和他们的后代。当然，也是一种保险。

质疑者

亲爱的质疑者：

如果我没记错的话，当时你还告诉我你和朋友都65岁了吧。这个年纪上，你真的愿意让案头工作搅乱自己的生活吗？

12

在阿米塞斯特的第二天，我待在汽车旅馆里。外面的天气甜美而诱人，北方的秋天是如此的爽朗。不过，我花了很长时间洗澡，用尽了旅馆里少得可怜的洗发液和沐浴液。用其中两条浴巾擦干后，我用第三条遮住身体，没有穿浴衣。我躺在床上浏览当地的各种宣传小册子和干洗店、中式快餐店、宝石矿一日游的广告单。我突袭至微型酒吧，想要一小杯巧克力，但却点了杯袋装茶叶泡的茶，之后是一杯速溶咖啡，掺着存放已久的牛奶，然后把这两样东西都倒进了洗手间的水池。同我想的一样，它们味道很难喝。最后我穿好衣服，拿上一瓶矿泉水到阳台去，那里可以俯瞰开满睡莲的池塘，还有围在栏杆里的游泳池。旁边有空地和狗屋留给那只恹恹欲睡的拉布拉多犬。

我必须要想想如何去米切尔露营车公园，回到我的大篷车去，不过我要一步步来。我坐下来，脑海中回忆着路线，那里我住了 8

年,随后14年没有再见过它。我要从这个汽车旅馆开车出去,向左拐,向右拐,之后再向左拐。直直走,不到五分钟就能到那儿。那里会有一个标志——“阿米塞斯特露营车公园”,也许招牌已经褪去了颜色。之后要穿过前门的篱笆,穿过碎石路,经过米切尔曾用来做办公室的屋棚,我要沿着棕榈树林的边缘到洗衣服的地方。

就停在那里。不再向前走了。

我又拿了一瓶水和巧克力薯片味饼干。吃了其中一半,另一半丢给了拉布拉多狗。

住在那里的时候,我非常喜欢那个洗衣池,虽然它很古旧。其他的住户中,那对老夫妇在车房后装了个胡佛双缸洗衣机,退休的理事会成员每两个星期便把要洗的衣物带到自助洗衣店。一群从马戏团分流出来的年轻人,总在到处游走,晚上睡在露营车公园,平日用马戏团的洗衣机。所以,除了游客以外,我是惟一使用洗衣房的人,而且我把它视作自己的领地。我把衣物泡在其中一个筒内,用一个旧木勺来回捣,漂洗过后用手拧干。要是衣物太脏,我就点燃铜丝,放入木料和旧报纸,整个地方看上去感觉像个实验室,强力的液体嘟嘟冒泡,化学烟雾围绕其间。我成了巫师的徒弟。自己对付这些物件,谁知道能做出什么来?

当然是干净的衣服了。生下桑尼后,我常把他放在门前的篮筐里,这样太阳就可以亲吻他的脸蛋了,而我就在一边又洗又搓又拧。那时我一洗就是几个小时,床单、婴儿毯子晾在洗衣房后面的旧衣绳上,太阳落山前收起一堆堆吸满阳光味道的衣物,铺开旁边的熨烫板,熨好床单、茶巾之类不必要熨烫的东西。我知道这很无聊——好像一个婴儿也会在乎自己的东西是否好好熨过似的——但我每次都这样。桑尼的棉布围嘴儿和草地围垫我熨起来比真丝衬衫或长裤还要仔细。似乎这样做很重要。就像他再大些时,出门不能光脚也很重要。我从来不会让其他人误认为我是开垃圾车的,也不要谁对我或我的处境产生怜悯。也许正是因为熨衣物这样下工夫,米切尔开始让我做清洁员、管理员、全天候看管人。他在城里做起了新生意,总是长时间在外。或者也许他观察力更敏锐。

今后不容易啊,只靠着单身母亲那点补助。我生产几个月后他这样说。

补助刚开始发,因为我住的偏远,而且政府效率低也是常事。当时每两周的周四我都在城里的邮局等支票,第一个到银行里排队。桑尼大了,除了牛奶、婴儿服还需要其他东西,这些花费我想都不敢想。

就算我帮点忙,米切尔说,我们两个都假装不把它看作是慈善的救助。

米切尔没有告诉我他雇了个人修整露营车公园的草坪。一天早上,桑尼在我旁边的婴儿车里,我跪在门前除杂草,在这样一个暖湿的季节,它们似乎一夜之间就顺着小道溜了进来。我在洗衣房里找到了一把发钝的整枝剪,没用十分钟就满头大汗,双手发酸了。这时一个开着草坪车的男人停了下来。他走出来看了看我,然后拿出了一把长手柄的大剪刀。

这个更好用些,他说着把剪刀递给我。

不错,我说,把旧剪子扔在草坪上,很随意地接过大剪刀,转身背对着他,把婴儿车推走。

很高兴认识你,他叫住我,我叫阿尔奇。

他没有在意我粗鲁的态度。后来每次见到他,他只是挥挥手或说句你好,然后继续除草或修剪。米切尔只是让我把所有东西都摆放整齐,所以我就退到草地边上。我可以把地面打扫干净,让阿尔奇做修剪之类更专业的工作。一个蒸笼般的下午,我推着婴儿车从街上回来,又热又累,迫不及待地想喝杯冰镇啤酒,那是我藏在小冰箱里的一个小小的奢侈。我看到阿尔奇满头大汗,正修剪着大门旁的无花果树。天那么热,也顾不得啤酒的多少了,我给我们两个一人拿了一罐啤酒,坐在树荫里赞赏着他的劳动成果。从那之后这差不多成了习惯。很快我开始盼望这样的喝酒聊天,并带着一种谨慎的态度。他从未提到过女朋友,实际上,虽然我们知己般地聊天,两个人却都没有谈到过个人感情,那个时候还没谈到。后来他对我说起遇到过的一个女人,但那很难,好一段,分开一段。确实很难。

很难?什么意思?我问。

这么说吧,他说,有竞争对手。

你是说她另有人了?

差不多。

那她为什么不选择一个,你或他?

阿尔奇大笑起来,我第一反应是,也许她的另一个是个女人。我的问题听上去既迟钝又狭隘。

那不大可能。她爱着的是一个死人,我只能这么说,我已经有点厌倦了。

他靠着椅子的后背,闭上眼睛,长叹了口气。我很想问个究竟,他开始哼起不成调的曲子:温柔地爱我,忧郁地爱我[①]……

不会是珀尔吧?我问道。

你认识她?

当然了。我来这儿不久米切尔就建议我去她那儿了,我这里的书一半儿都是从她那里得到的。

珀尔是个肤色黝黑的漂亮女孩子,梳着雷鬼头[②]。她开的换书店——也是她白天的工作——就在她家的前厅,仿佛是个微型的"优雅园"[③]。她晚上的工作是主持阿米塞斯特及街区猫王歌迷俱乐部,街区范围很大,她要转很久,组织富有创意的探寻猫王足迹活动和纪念演出,恰逢猫王生平大事记时组织聚会交换东西,组织猫王歌迷们举行的任何其他活动。我觉得自己欠珀尔很大的人情,她让我随便翻看自己稀奇古怪的图书——大多数书都是从义卖集会、街边市场、跳蚤市场淘出来的,简直是白送给我。如果她和阿尔奇……如果真是那样的话,那我绝对不会与她争的。

也就是在那时,我跟他说起凡——当然,凡已经成了臭名昭著的人物,他也已经听说过所能了解的一切了——也就是在那时,我明确地说,不会再有男人那样渗透到我的灵魂了。

后来,桑尼非常喜欢阿尔奇,事情变得更加难办。几年里,我都

---

① 温柔地爱我(*Love me Tender*),猫王的一首代表曲目。

② 一种多辫发式,最初见于牙买加黑人中。

③ 优雅园(Graceland),是猫王的故居庄园。

犹豫不决，想到我和阿尔奇如果真的成为一对儿，想到有这种想法也许仅仅是因为这会让我和桑尼日子好过些。想到如果我同意搬过去和阿尔奇一起住的话，也仅仅是因为这样对我来说很合适，桑尼日渐长大，大篷车也日渐装不下了，却不是因为我需要他这个人。想到其实我不知道自己在想什么。心里就这样一遍又一遍地翻腾，像轮子里打转的老鼠。奇怪的是，阿尔奇对此并不焦急。也许这是读那么多书的结果。进入到另一个人的困境或问题或噩梦中很容易，却无法面对并解决自己的问题。

我只是把自己认为桑尼应该知道的东西告诉给他，因为我发现，完全的诚实，对于孩子来说并不是最好的选择。有一天，他的金鱼——一个住大篷车的母亲所能为孩子买得起的最佳宠物——漂在了鱼缸顶部，并且开始腐烂。桑尼似乎尽力接受扎珐[①]死去的事实，但是把鱼庄重地埋在沃土里——就埋在大篷车附近的一块地，旁边有一棵新栽的香蕉树——这样会有虫子、细菌，还有其他腐蚀成分攻击金鱼。这个事实让桑尼抽泣了好几个小时。

所以，关于他的父亲，我只告诉他部分筛选过的事实。编辑过的故事。《读者文摘》版本。这足够了，只不过桑尼已经八岁，越来越注意到大多数家庭都像故事书里一样有爸爸妈妈和孩子。没有爸爸的孩子几乎不存在。我估计他的问题源于操场上有人奚落，或是其他孩子天真但残忍的质问，或是老师们的要求里经常引起的暗示。一般手工课上，爸爸们总要加入帮孩子做太阳系模型的队列，

① 金鱼的名字。

或是在义卖会上总是爸爸们给烤香肠翻个儿。

并不是因为父亲节桑尼才会在那个麦当劳的下午问那个问题。并没有什么特殊的事情,除了早些时候我们吵过嘴,虽然错在桑尼,我生气是应该的,我却仍然感到内疚。那天早上我在洗衣房的时候他自己跑了出去。他想去马戏团看朋友,我告诉他现在没空,过一会才能带他去。我清扫地面,清空垃圾箱,做完兼职工作里的其他杂事。晾衣服的时候我让他帮忙,之后我们会一起去城里,还上图书馆的书后,就去马戏团。塔拉和其他朋友在举行聚会。但是,我回到大篷车的时候,桑尼不见了。我找到马戏团,怒气平息了不少,但没有完全平息。我把他从朋友堆里拽出来,他又哭又叫,说我是天底下最坏的妈妈,说他恨死我了。回到家时,我厌倦到极点,累得精疲力竭,几乎是把他从车门扔进去的。

这种时候我总会想,如果一个父亲在场会怎样,桑尼会乖一些吗?我会不那么生气吗?接下来的清扫工作,我摔摔碰碰的发出巨大的声响,扫完户外烤肉要用的地面,用水冲过洗澡的地方后,我冷静下来。朝大篷车里看看,桑尼正坐着用一副纸牌玩游戏。我以为他还在生气,或是闷闷不乐,或是要在接下来的一天里用沉默对付我。相反,他朝我笑笑,仿佛所有的愤怒都不过是一阵微风,吹来又飘去,你还没注意到空气的流动,它就消失了。内疚与母爱以同样的分量在我心里搅动,这样的时候总是如此。我想起他还没吃午饭。

想不想去麦当劳?我问。算我请客。

那天傍晚我们回家的时候，桑尼又绷起脸来，我意识到还没有回答他的问题。不过那时我已经决定好了。那个晚上我有一个令人吃惊的安排。太阳落山的时候，我们坐在户外，阿尔奇和我在铝质的折叠椅上，桑尼踏着滑板围着我们绕来绕去。手里拿着凉爽的饮料，微温的空气拂面而来，长尾鹦鹉在棕榈树上彼此爱抚着，啼叫着，在渐起的夜色里俯冲。对我来说，向他们宣布他们最想听的消息，这是绝好的时刻。桑尼会得到他想要的爸爸。阿尔奇，这个我拒绝了太久的男人，会得到我。

回到城里之前，我们在主路前左面的岔道下了车，沿着一条笔直的路向前走，两边树木更高些，树叶也更稀疏，似乎有些孤单，直到走到一片墓地，墓冢像疹子一样散落在干燥而平坦的土地上。这片墓地没有围栏，排列也没有规则，以大树、灌木和一块大砾石为中心延伸开来，那块砾石仿佛永远是土地的一部分。我总觉得，对于一个只有两万人口的城镇来说，它似乎太大了。我总在想，人们来此是为了死去吗？一百年前他们最初兴建阿米塞斯特的时候，是否标出了这块地让亡者与生者共生？

我们沿着路走了五分钟，面前的一条小石子路通向散乱的墓碑和生锈混沌的牌匾。虽然这个地方干燥、荒凉，却远非是一个萧索的墓地。一片片小树林，一堆堆石头，一簇簇灌木，让这里看上去只像是稍做过策划，绝大部分是自然排列的。墓冢偎依在大地的怀里，仿佛生来就属于它。我领着桑尼的手，转向小路上的岔口，继续向前，直到尽头。这里有三个立着花岗岩大理石碑的坟墓，其中一个粉红色，闪着金光的字母记述了桑尼曾祖父母的一生：艾薇和阿瑟，还有艾薇的母亲康斯坦斯。这是桑尼在这个城镇里除我以外最亲的亲人。

那时，我简单而明晰地告诉他关于他父亲的往事，向他解释说躺在我们脚下的人是他父亲的祖父母和曾祖母。向他承认我怀着他的时候曾和母亲吵架，之后就再没有见过她，现在也不让她来看我——或是说我们——虽然她定期总给他寄礼物，我也会把他画的画儿、做的卡片寄给她。

我跟随着你父亲的脚印，我说，或者说我想我是这样做的。我真傻。

你怎么来这儿的？他问我。之前他没有说话，我还以为他要不满、生气，或是要求直接去他外婆那儿。

我做公共汽车来的。

什么样的公共汽车？

我笑了。大客车。沃尔沃 B59。白色的，有绿色的边。

之后，就没有什么可说的了。再多的话似乎都没有必要，而且他似乎也不想听。所以我们只是在那里站了一会儿，牵着手，感受着落日在后背的温度，凝视着那几个标志着他父亲家族的坟墓，那个也许他永远不会见到的人。

我们以后去外婆那儿，我说，她叫简。有空就去。

我要宣布的其他消息，要留在那个晚上。

13

亲爱的德丽雅：

我姨妈把一个旧慢炖锅给了我，不过没有烹饪食谱。我不知道这东西值不值得留着。我明白也许你会建议晚上炖菜，早上起来就做好了。这样可行吗？

好奇者

亲爱的好奇者：

你有两个选择。一个是将慢炖看作是放慢一切的机会，不再每天早上急匆匆地去上班，不再一门心思扑在工作上，在户外坐下，欣赏黎明的微光，围着自己能找到的最大公园走上一圈。或者直接把锅扔掉享受当下，吃点牡蛎，每星期看三场电影，亲吻自己的爱人。

家是一个避难所。不过与此同时，却不必然总是安宁的，尤其是有了孩子。我早已学会在给每周专栏撰稿或是查找书籍的时候对付办公间外的噪音，有时还有办公间内的。对于电子邮件，我总是心怀感激，因为这会引起你对其内容的注意，或是自己也会提出一些问题，尽管你的孩子们则在恸哭，打架，在浴室里大喊，又听起“摇摆小精灵”①。难怪我找不到一份自己所谓的真正的工作。一个女人一边面试，背后带来的孩子拿迅普打印机砸电冰箱，固执地要爬上架子又摔了下来，没人会拿这种女人当回事儿。

安宁是一个病入膏肓的人所渴望的。但是从某种程度上说我不是病入膏肓。我将要死去。这对两个女儿来说有很大的不同，在她们看来，未来几乎是一个抽象的概念，似乎从不存在。她们可以看到，我仍好好地可以工作，可以操持家务，可以旅行。她们知道我不会活很久，但这同我将死去意思不一样。这也是我希望看到的。不过有时候，我只想坐在那里什么也不做，静静地听树叶脉脉地低语。有时候我想坐在后院儿里，让两个日渐长大的女儿坐在我的大腿上，凝视着池塘、草坪，还有鸡舍。什么也不做，什么也不说，只是默默地感觉她们的呼吸。

而且，有时候我真的特别不想听黛西练竖笛，尤其是冲着我的耳朵吹。这是所有乐器中最刺激人神经的，我的头都要炸了。医生曾解释说这很正常。声音，气味，甚至还有色彩，在手术治疗期间及治疗后，都可能会变得让人反感，还可能让人消沉。起初我不相信她的话，后来有一天下午，我发现自己歇斯底里地想夺过竖笛，把它

---

① 摇摆小精灵（The Wiggles），1991 年在澳大利亚悉尼创办的一个儿童音乐团队，创作了各种音乐、电视和现场节目。

掰成两半。

坐在房门紧闭的办公间里,我双手抱着头。

黛西打开门走进来。妈妈,你没听我练笛子。

我当然听了。

你不听,我没法练。

好吧。我紧紧托住下巴,又听了一遍刺耳欲绝的《友情岁月》。不知道简·鲁特[①]是否可以把竖笛这样的乐器吹得和谐一点。

吹得很好,不错,我说。

难听死了,艾斯黛拉大叫着。

你闭嘴!

你才该闭嘴!

黛西接着把竖笛吹得震天响,带着怒气的声音像锯齿一样刺耳。

又吵起来。别吹了,你个笨蛋。讨厌死了。简直就是个猪(黛西)。你怎么不打三角铁,你也就会敲那个(艾斯黛拉)。滚一边去,你这个婊子(黛西)。嘿,不许说脏话!(我)。你毁了我的生活(艾斯黛拉)。她确实是个婊子(黛西)。你才是婊子(艾斯黛拉)。我警告你们两个不许说脏话(我)。赶紧找个地洞去死吧(艾斯黛拉)。对骂再次重来:别吹了,你个笨蛋,讨厌死了……

这种对话上演过不知多少次了,其间还有些即兴改编。痴呆。白痴。你让人恶心。从我房间滚出去。笨蛋。这也是我的房间。快让她停下。

---

① 简·鲁特(Jane Rutter),澳大利亚知名长笛演奏者。

推搡着，挥舞着胳膊。大叫着，流着眼泪。倒在地上。踢打着。

她们就这么打下去，就在我的办公间外，我怎么恳求都没有用。但那天我实在是厌倦到极点。也不是因为完全没有力气。我从桌前猛地站起，真想直接拽住她们的头发，把她们拖到大门外，扔到大街上。然而，我只是冲着她们大发嘘声：

安静！我在这儿工作呢！

这阻止不了她们，我便使尽力气大喊：

实际上我在这儿等死呢！你们都不在乎是吧。

她们转过身看着我。突然的沉寂让我随后的话格外清晰。

死了至少还有他妈一点安静！就不用听这些混账话了！

我坐在后花园的走廊里，手里拿着一杯酸橙杜松子酒，其实一点都不想喝。我不在乎她们在做什么。我在乎的是现在屋里安静了。安静得都能听到自责在心里碾磨的声音，像生了锈的工具。还是做了发誓不做的事情：用逼近的死亡让她们感到内疚。

怎么了这是？阿尔奇问。

我都没听见他回来了。

怎么了，我是最糟糕的母亲。对付不了她们打架。我刚才告诉她们我宁愿去死。

你这是说什么呢？

她们现在可能在被子底下大哭呢。也许艾斯黛拉不会哭。她可能正在用大头针扎名叫德丽雅的娃娃。

我喝了一口杜松子酒，味道很难喝。

她们没有。快进来吧——外面凉起来了。

我叹口气，站起身。事已至此。

在一切安静下来之后，我坐在后花园里，意识到孩子多了给我带来的痛苦是，她们攻击对方时我两个都恨，因为她们受到攻击时我两个都爱。就像是被劈成两半，两半都如同火烧。即使身体好，这也让人吃不消。

而且，我还在她们面前说了脏话。

好了，阿尔奇说着，用胳膊搂住我。

黛西坐在餐厅里，周围摆满了彩色蜡笔、白纸、果汁软糖、涂了黄油的面包，数百个珠子糖撒在桌子上，地板上，黄油碗里，面包上甚至也有一些。夏洛特在电脑桌旁陪艾斯黛拉坐着。我都没觉察到她跟着阿尔奇一起回来了。

嗨，感觉怎样？她问。

哦，挺好的。

黛西饿了，我给她弄了点吃的，艾斯黛拉说着，眼睛一直盯着屏幕。

妈妈，看我给“中国”[①]画的画儿。

我差点忘了刚才所发生的一切。一分钟前还是死敌，一分钟后又情同手足了。这种遗忘的能力。原谅来得如此之快，如此自然，简直都无从原谅。活在当下。我更需要这种心态。

我想咱们今晚可以出去，阿尔奇说。夏洛特会看着孩子们。

谢谢，阿尔奇。主意不错，但我没心情去。

---

① “中国”是黛西养的宠物老鼠的名字。

夏洛特坐在艾斯黛拉旁边，帮她用 Photoshop 处理照片，把艾斯黛拉和朋友们的照片改得像野蛮的街头流浪儿，我帮黛西涂完她的画儿，阿尔奇做起了汤。她们上床睡觉后，我跪下来，拿着扫帚和簸箕，把每一点珠子糖都收拾干净。

亲爱的德丽雅：

我准备了一个蛋糕样子，但并不满意。确定把所有的配料都给我了吗？

新娘母亲

亲爱的新娘母亲：

生命是短暂的，不妨冒些风险。你用了多少白兰地？

14

因为米切尔流动更迭的旅客，我可以把大篷车装点得很舒服。他有一屋子别人留下不要的家什，欢迎我随便捡。我挑了一些床单、一条毛毯、几条毛巾、两个枕头，以及各种各样的厨房用具，没有一个是成套的，但都可以用。我清洗过织物，给大篷车通风并清洁，换掉窗帘，铺好床，它的样子和味道便都像我的了。几天后，我所有的食物供给吃完后，便去了商业区。牙膏、洗发水、卫生纸、书之类的东西也想着要买的。我爬上通向河流的斜坡，转弯向南，沿着街市溜达，看着那些朴素而宽敞的大房子，它们半遮盖在层层树木中——主要是棕榈树，很多品种，还有光滑的匍匐植物，香蕉树丛，边上还有赤素馨花——其间穿插着惊艳的色彩：木槿、九重葛、巴西茉莉，以及其他各种我叫不上名字的花。没有人走这条路去市里，这是工作日的一个早上，应该可以看到人的踪迹：邮递员、花匠、扫房前门廊的妇人，沿着小径蹦蹦跳跳的孩子，穿着开襟毛衫站在门垫上准备去门口取报纸的老人。我看到很多窗户敞开着,木质的百叶窗慵懒地随微风轻拍,草地上喷头慢慢地旋转。我看到很多门口敞开着,家猫卧在游廊藤椅上,我听到这些房子里模糊的回音,证明家里面有人。如果不是这些,就感觉仿佛只有我一个人在城中,在一个美丽的晚冬的早上。

靠近主要商店的一个街区,一切倏地全变了。一辆汽车冲我疾驰过来,转而向右,这就像是电影拍摄现场的导演,大喊一声"开拍",场记板啪地打下去,一切又都有了生机,奔忙起来。有人在我左手边开动割草机,一个妇女推着婴儿车拐到街上,正好在我前面,一排小学生手牵着手在前面走着,肩上还别着小手巾,准备去泳馆上游泳课,绵延不断的汽车漫游而过:一个正常的城镇做着每日必做的事。

只是,像我那天看到的,有些许不正常。阿米赛斯特是个甜美的地方,这里会毫不抗拒地包容你,以一种被动感接纳你。这种被动感意味着你会感觉到被举起,包含于其中。几乎悬空起来,像未破壳的鸡蛋。这种感觉并不是简单而轻易地回溯到三四十年前,那时快餐销售点和零售特许经营权的暴政还没有篡夺这个国家的每一个城市,还没有打上他们自己明显的烙印,没有把它们升级到24小时塑料打包和霓虹广告。这里有电脑和电子打字机商店,录像带出租店,带着炫目的紫色和银色新世纪展示橱窗的健康食品店,报刊店外堆放着特价简装书——这一切都证实了,无论是什么把阿米赛斯特俘获并塑造得如此独特,它绝对不是扭曲的时间。

绿洲街上有一个名叫克里夫便利中心的商店,是一个很小的杂货店，只有两排货架，上面整齐地摆放着物品。选择，这一20世纪末以来最隐匿的负担之一，顿时凸显了。我想买一管儿牙膏，这里只有两种：高露洁清新牙膏（红色盒子），麦克林斯清新薄荷牙膏（白色盒子）。站在那里权衡着两者，我对小店有限的商品选择心存感谢。当然，踏入一个狭小而昏暗的未知店铺也需要一种勇气。你也许会消失在大城市超市那琳琅满目的丰富陈列中，但在像克里夫这样的地方却无处藏身。

这里正是多年前我同米切尔·皮尔森第一次正式对话的地方，虽然拉扎勒斯把我和我新买的旧大篷车带到城里后，我曾见过米切尔。当时正是傍晚，米切尔一心只想着晚上要回他的酒吧，几乎没注意到我。最初我入住露营车公园并交了押金后，米切尔便让拉扎勒斯帮我收拾场地，通上电。第二天早上，他到我这里告诉我哪里可以找到丢弃的毛巾和床单，如果我需要的话。然后他又匆匆离开了。从那以后我只是在他从酒吧回公园的路上远远瞥见过他。拿着牙膏站在那里（我选择了麦克林斯），享受着放松与遗憾混在一起的快乐，在那短暂的时刻顿悟着关于购物、我的生活，以及整个20世纪末。我的样子肯定引起了他的注意。或者也许是因为我是商店里惟一怀孕的未成年少女。

米切尔带着他那希腊水手帽，压住了棕色的卷发（也许帽子下是秃顶；没人知道，因为他去哪里都带着帽子）。

嗨，他说。没有太亲切，也没有太警觉，在克里夫付款处，他扫了一眼我选的几样商品。没关系，我早已看过他的了：一盒红头火柴,两罐约翰·威斯特[①]烤牡蛎罐头,一卷铝箔纸,一盒玫瑰香型厕所除臭剂,一板黑巧克力,一盒低脂牛奶(和手提包一样,你可以通过人们放进购物筐里的东西来了解他的很多方面)。他对刚才没注意到我表示抱歉,告诉我更多酒吧的情况,这意味着露营车公园里的客人们没有了主管。不过他们也希望这样,他觉得我也如此。

来喝杯酒吧,他说,我在那儿比在公园的时间长,也总是一个人待着。我可以跟你讲关于小镇的一切。我在高速公路边还有个咖啡馆,不过有人帮我经营,所以可以顾着酒吧。

他认为我到了喝酒的年龄了吗(虽然我年龄快到了,但我知道看上去我没那么大)?他认为我现在的身体状态该喝酒吗?他是没注意到呢还是一点也不在乎?他从斜纹粗棉布的夹克口袋里掏了掏,拿出一张名片递给我。

酒吧在这条路上,下一个街区,楼上。有霓虹灯的标志。

我也许不会待很长时间。

好啊,他说,用力地点点头,人们不相信你所说的话时会这么做。不管怎么说,你去的话我欢迎。

他不会建议直接带我去的,我想,不会是那种直接的邀请。当然。

名片的正面写着:米切尔酒吧 电话(07)428282。反面是米切尔咖啡馆,印着另一个号码。没有地址,没有营业时间,其他什么都没了。我看着他的背影——消瘦,中等身高,海军蓝色的帽子歪到后

---

① 约翰·威斯特(John West),国际知名食品公司"亨氏"旗下品牌。

面，两个购物袋在双臂上来回摇晃——考虑着哪天晚上去那里。只要一个安静的夜晚，早些回大篷车就可以，这一想法打击了我。一个很随便的邀请让我意识到自己有多么孤独，我把一次去商店的简单外出搞得跟漫长而重大的仪式一样，以此来填满时间的空隙，而时间变得比一天24小时还要长。而且这只是来此最初的一段时间。接下来的星期和月份已经开始裂开口子，暴露出比我想象的更大、更空虚的东西。

他离开的时候我喊住他，

米切尔，城里有二手书店吗？

他看我的样子就像第一次看我整个全貌。我穿着围腰叠合蜡染印花裙和旧紫色T恤。头发挽起来盘在头上，有几缕掉了下来，有人也许会觉得这样显得随意而雅致，而我却觉得很散乱。我穿着凉鞋，提着一个大布袋，袋子装满了东西而垂了下去。我看上去正是一个真实的自己：不修边幅，毫无魅力，少不更事，没钱，没希望，除了两个月后那个显然要呱呱坠地的生命。

有两个，他说。还有一个私人借阅处，和图书交换店差不多，你可能会感兴趣。你要去那儿的话可要准备好：开店的女人是猫王的疯狂歌迷。

15

亲爱的德丽雅：

我的女朋友说我的浴室很恶心，我不收拾的话她是不会在我这里过夜的。有些地方有棕色的污渍，但在我看来已经很干净了。我试过了很多产品，比方说喷雾后用水冲洗的那种，她都不满意。要是这个周末浴室还不干净的话，我真不知道该怎么办了。请给些建议。

绝望者

亲爱的绝望者：

据说95%的男性都患有“选择性视力缺陷”，有时候也叫做“厨房–浴室盲”。这种状态可以让男人熟练地刮胡子，把啤酒放进冰箱，把成罐儿的菜豆放进橱柜，却注意不到淋浴喷头上的霉斑或是厨房里成堆的快餐盒子。人类的裸眼是很神奇的器官，几微秒内就可以分辨出比萨里所有细小的配料。不过还没有确凿的证据证明视力功能在性别上有什么区别。现在是21世纪了,“绝望者”,也是像你这样的男性摆脱这些滑稽之谈的时候了。

第二次手术、第三次会诊后,我不得不向现实屈服:最新一期《居家指南》将是我写的最后一期,细数着在那之前我还可以再写几次专栏,这时一个绝无仅有的绝妙想法一闪而过。我不必一定要放弃《居家指南》。我给南希打电话留了言。两个小时后她打过来,恳求我好好放松,忘掉工作,忘掉那个酝酿的想法。

你只是不想跟一个一年内就会死去的人签合同罢了,我半开玩笑似地说。南希很善良,但同时她也是一个商人。要是她同一个行将就木的人签了合同,她的会计会说什么?

还是好好享受余下的时间吧,她说。

这就是我享受的方式,我说。我热爱这份工作,而且我是写这本书的最佳人选,我提醒她。她认识的人中,又有谁擅长写这类书籍,并且还有死亡方面的切身经验?

想想题目吧,我说。《死亡居家指南》,听上去多容易记啊。

容易记?南希反问道。你不会是指有悖于常理吧?甚至是古怪?谁会买那样一个题目的书呢?

这具有独创性。每个人都会死,南希。想想潜在读者吧。

电话那边她沉默了。趁着这个机会,我综合了一下自己的理由:完美无瑕的调研,个人经验,市场一片空白(说到这儿,我听到电话那边气息震荡了一下),我的记录里从未超过最后期限迟交稿件。

我并没有拿“最后期限”开玩笑，虽然想这么做：南希有着不可预计的幽默感，同时也对那些拒绝认真对待自己生死的人有着相应的恐惧。我又把市场空白方面进一步补充了一下。她的竞争对手中谁出版过这样的书？在所有的自助性图书和实践指南中，谁写过指导如何离世的指南？不是死亡。不是要让人悲痛。是如何离开人世。从专业的角度。

我几乎能听到细胞冒出了火花，南希的脑子里已经在盘算多次大量印刷，广告中的卖点，展销用的货架，光鲜的杂志上一段段摘录了。

南希，两个月就行，最多不超过三个月。

我要看书面方案，她说。

商业出版人是一群奇怪的动物。他们活着，呼吸着，思考着，跟图书较劲儿。他们甚至可能抱着图书入睡。他们从图书里大笔大笔地挣钱。但是他们不读书。杂志出版是南希生意中基本的业务，这意味着整页整页的单词，整本整本的单词，像狡猾的鱼一样溜进篇章。这些单词只是开发读者需求或出售产品的手段，对于南希的团队来说，就像野生鲤鱼一样既要有创意又要富于启发。如果它们可以被根除的话，早就根除了。南希不同——她喜欢书，并且读书——不过她终归是商业上的领导者，这个行业的底线同篇章的一行行文字一样重要。她常提醒我说读者不读书：他们只看单词。这样，一份新书方案，她可能要拿给市场部经理（他以前在橄榄球运动行业做事）看，拿给财政顾问（曾是甜甜圈的特许权持有者）和宣传员(化妆品行业)看。这份方案必须要重拳出击。一页纸。别写满。半页即可。章节提纲同上。

出版策划方案

死亡和纳税,是生活中的两个必然。有数不清的指导告诉你如何纳税,有充足的专业人士帮你纳税,但是,又有多少读者能找到针对死亡的书面帮助呢?我们都会死去,这是个无法逃离的现实。然而死亡是个讳莫如深的话题,在面对它的时候,我们失去了应对方法(如果我们曾经拥有的话)。

实践方面,《死亡居家指南》以富有同情且富有机智的方式,为那些惧怕死亡的人量身打造。同之前广受欢迎、备受喜爱的居家指南丛书一样,本书将会揭开死亡过程的神秘面纱。

从面对死亡的第一时刻到应对家人对此的反应,逐渐减少照顾家庭的实例到为葬礼作计划,《死亡居家指南》将带读者经历现代家庭生活中死亡的每一个方面。

换做其他场合,我一定会因为写了这样油嘴滑舌的市场推销词而满脸通红,但是我时间不多了,不想浪费在更富想象力的策划方案上,而是可以更专注于这本书本身。南希的市场部经理、宣传员,以及其他注意力广度和虎皮鹦鹉不相上下的人,要么会看过不足二百字后同意,要么多少字也不会同意。

市场部想知道目标读者群是谁,其实只要让他们相信不只是即将死去的人会买这本书就可以了(理论上讲这意味着每一个人:这正是市场部经理梦寐以求的)。照顾临终病人的人。家庭成员,爱人,姐妹,母亲们,朋友们……谁都有可能买,不过我确实必须谨慎地列举出市场目标受众,越精确越好。他们可能会让我给受众定个数量。仅仅指出有临终的人及其亲人是不够的。

对于其他题目,南希总是让我写个具体题目或是当即同意我的建议,但是这次她要求我写一个书面方案。我估计这里面另有原因。也许她觉得这个想法很愚蠢。要求写方案,是她力图阻止我的方式,现在的状态让我变得令人同情,需要以比正常情况下更温和的方式来对待。

亲爱的德丽雅:

你觉得自己聪明过人是吧,我告诉你,我和唐仍然在一起。那个最近离婚的老朋友拐走了我的丈夫,而不是像我以前猜测的那样是那个新助手。天呐,我从来没想过会是她。你也想不到吧?

怀疑者(上封信的名字)

另,桌布洗得很干净。谢谢。

亲爱的怀疑者:

一针见血。

另,祝贺你。

16

结识米切尔的八年里也为他工作了八年，我期待着他讲自己的故事，但对于他的过去，我知道的并不多。他就像个贮藏室，从这一点上讲，他倒是开酒吧的最佳人选。我们经常在露营车公园聊天，通常会在周一的下午或是周日的早上，那是他从酒吧出来喘口气的时间。他会打开自己房车的大门(是个豪华型 Jayco[①]，自带浴室)，伴着格拉姆·帕尔森斯[②]，或是玛丽安·菲斯福尔[③]，或是艾米罗·哈里斯[④]，坐在车门的台阶上，抽着烟，喝着黑咖啡，凝视着他的领域。

如果我步行至城里，米切尔在酒吧又太忙拔不出腿，他便会叫住我让我带些生活用品回去，比如浴池区的卫生纸，或是调马丁尼酒用的去核橄榄。有一次他叫我去五金店买一卷多孔橡胶垫，放在

---

① 美国著名房车品牌。

② 格拉姆·帕尔森斯(Gram Parsons)(1946 – 1973)，美国乡村摇滚乐的代表人物，26 岁时死于毒品服用过量。

③ 玛丽安·菲斯福尔(Marianne Faithfull)，1946 年至今，英国歌手。

④ 艾米罗·哈里斯(Emmylou Harris)，1947 年至今，美国乡村音乐歌手，曾与帕尔森斯合唱。

酒吧后面，应付健康安全检查员下午的检查。

五金店真的很让人着迷，就像父亲的老工具房，简从来不整理那里。里面有各种我叫不上名字的物件，平平常常的东西却有着最奇怪的名字。成卷的布料叫纱幕。叫“笔尖”（突棱）[①]的东西和钢笔、墨水一点关系都没有，但屋顶铺瓦却必不可少。很显然，房屋维修的世界有另一套语言，而且这套语言是阳性的。大篷车厨房的水管恼人的漏水越来越大，正好在临产前，特别不吉利，我再次来到五金店，想找点东西修修它。

需要垫圈，我形容过毛病后，柜台那边的人这么说。

垫圈？对，是那个。

你的水龙头是绞盘头的还是管套头的？

唔，我不知道。

那用了多久了，20年还是更长？

挺旧了，是我大篷车里的，车的确很老了。

你的大篷车？从拉扎勒斯那儿买的？

对。

怪不得，他嗤之以鼻。随后他就打开了话匣子，什么他有一半顾客恐怕都是从拉扎勒斯那里买的大篷车，什么我的修理就此没头儿了，什么我会一次接一次地来。

那就是绞盘头的了，波士顿垫圈应该行，不过你的特拉华[②]垫圈应该是最好的。他从货架上取下一个黄色的盒子。

---

① 用以防止屋顶砖瓦掉下的设施。

② 特拉华（Delaware），美国一个州的名字。

波士顿？特拉华？水管装置和美国地名有什么关系？五金的神秘不仅是阳性的，而且还很复杂。

你要带密封圈的吗？他问。

啊，要。当然。我猜应该要。

最后终于自己换了水龙头。第二次我来给大篷车后面床上方的窗户换扣件，这次我把要换的坏扣件带给店里人看，免得暴露自己的无知，买错了物件。这次知道了伙计名字叫道格。

玻璃窗销扣把手，他说。后面可能还有一个。

我修好了销扣把手，知道什么是埋头螺钉以后，感觉非常有成就感。大篷车年头久了，我自然是五金店的常客，买修理工具、油漆、密封圈或是叶合，道格时不时地抛出些技术上的新词，慢慢地无论是谈起还是做起基础 DIY 来，我都有了自信。米切尔让我维护大篷车公园时，我懂的就更多了：十字头螺丝刀和一字头螺丝刀有什么区别，什么是爪型扳手，有什么用处。修理物件变得越来越容易，甚至还很有趣。同时也是这一行的语言让这种工作变得很吸引人，这些伪装起来、独成一体的术语。我认识了曲柄钻、天花板灯线盒、垫层垫圈、倒角边、尖嘴钳和扁嘴钳。这些词听起来很有意思，富有创造性，甚至有些好色。防雨板、内六角扳手、波形钉，更不要说螺柱寻、木工划线规了。我和道格谈话里遇到这些词时，总要坚持面不改色心不跳。我明白了为什么“砖墙平行”非但不是语法错误，而且是防止风化和压强的重要技术。这也是我慢慢学会的。这一切也意味着多年后，在我提笔写居家指南丛书时，我已经了解了很多房屋维修方面的知识，还有这些富有奇特诗意、带着男人味儿的术语。

17

亲爱的德丽雅：

我想我明白你所说的棕色污点和霉斑指的是什么，不过我用什么来打扫浴室呢？我去了超市，看到整排货架都是清洁产品，我拿不定主意，又回家了。

绝望者

亲爱的绝望者：

秘方是这样的：你待在浴室，武装上磨砂清洁剂、一瓶漂白剂，还有一叠百洁布。要是不到一个小时你就出来了，那说明活儿还没做完。可以试着听听乔治·佛姆比[①]的磁带让时间过得更快些。那也许会让你一起把玻璃也擦了。别忘了佛姆比当时还是个明星，如

① 爵士蓝调的乐手。

果擦玻璃对他有好处的话,对你也会有好处的。要记着让房间通风。要是朋友哪天晚上来你这儿,看到一个亮闪闪的干净浴室(这不大可能,我知道),还有一个窒息的你,那就不好了。祝你好运。想到你的厨房,我都有点不寒而栗了。

那些降低家庭生活的重要性甚至抛弃家庭生活的人,实际上给世代的女人们帮了一个大大的倒忙。当然,在男性文化中男人们把家庭劳作的重要特性减至最小,甚至与之划出一道代沟。阿尔奇有一次吵架后离家出走(很平常的吵架,为了钱还是性什么的我已经记不起来了),是在黛西出生六个月后。一周后他回来了,一副凄凉的模样,多天没有换洗,而且营养不良。我很心疼。把他带回来,欢迎他(我确实不想一个人过,尤其是还有两个很小的孩子),帮他恢复元气,为他洗衣服。非常坦率地讲,能证明自己这样有能力,我感到很高兴,能够照顾他,让他知道我是个有无限技能的女人,有能力应对家庭责任,不管是最细微的还是最重大的。多少个世代的哺育角色,让我和其他很多女人一样,低估了自己的技能,而且把这些技能视为理所应当的,正如阿尔奇所想的那样。

死亡让人清醒过来。写书也大有帮助。拿晾衣绳来说吧,这里面有大学问,虽然它居于日常生活的中心,但却被人忽视,而且忽视它的不仅是男人,还有女人。西尔斯升降旋转晾衣架设计很巧妙,是个榜样。还有林·欧纳斯[①]挂满大蝙蝠的晾衣架。除此以外就没

① 林·欧纳斯(Lin Onus)(1948－1996),澳大利亚土著艺术家。其一幅代表作画的是一个晾衣架上挂满了蝙蝠。

什么再创造了。对于曾一度流行于每个后院里的西尔斯升降衣架，从来没有人调查过它真正的意义和作用。提到晾衣绳文化和洗衣服，确实有一定之规，这体现了女性的作用和其独立性，而两者却常常被男性否定。男人对着洗衣机和难以理喻的使用说明便丧失了勇气。他们会开车。他们会修车。但是熨烫衣物仍然让人费解。他们会换水龙头垫圈，却不知道另一只袜子放到了哪儿。

或者说，是以前不知道。晾衣绳文化里的规矩随着世代的演变也逐渐宽松。我小的时候这些规矩处在变革之中，但在我母亲的年代，这些规矩仍很严格，沿袭成文，并有截然分明的性别区分。衣服总要早上一早洗。只有名声不好的女人才在九点以后晾衣服。午饭时间晾的话则表明这个女人有严重的道德过失，比如睡懒觉或一早上只顾着看电视。

而且，对正确的晾衣顺序也有行为规范。袜子、内裤、汗衫，要晾在最里面，然后是孩子的衣服，之后是男人的衬衫和裤子。男人的衣服要自己独占一排衣架，代表着他们在家庭和洗衣过程的严格等级中所具有的重要性。

规定还涉及夹子。只有异常的家庭才会把衣服夹子留在晾衣绳上。马虎的主妇会这么做，一个毫无顾忌的女人会这样，她从来不会费心把白色衣物同带颜色的衣物分开洗，她甚至会邋遢得把抹布和内衣放在一起洗。简曾经告诉我，她小时候可以从一个女人把夹子留在晾衣绳上的习惯总结她的所有品性。在家里她很有可能像在外面一样马虎和懒惰，会把食物留在罐头听然后直接搁进冰箱，从来不会先转移到塑料容器里；她两个星期才换一次床单。这种女人周五晚上会出去买硬邦邦的馅饼做晚餐,她的孩子睡前都不洗漱。而且她很有可能穿尼龙的内裤而不是棉布的,会在睡觉前吃巧克力。所有这一切看一眼晾衣架就可以证实,夹子褪了色,布满了蜘蛛网,凄凉地待在晾衣绳上,像被遗弃的雏鸟……这种女人不能邀请她参加每周举行的网球比赛或特百惠[①]聚会。你不许和那种家里出来的孩子玩儿。

规定还延伸到技术。你要把每一件衣物抖一抖,摊平,把它从旋转式脱水机的扭曲折磨中解放出来,然后想办法让晾晒的衣物最大限度地接触阳光和微风。毛巾要摊开,捏着边儿晾起,不能让中间塌下去,否则晾干后就走了形。内裤要夹着边儿晾,不能夹裤裆处(这样太阳可以透射以发挥除菌作用),而且男人的内裤一定要用两个夹子夹住腰际。男人最讨厌裤裆处有夹子印儿了。

另外,在郊区,把洗完的衣物晾在绳子上过夜是家庭内务里一个严重的错误,甚至有可能是完全不道德:家里女人呢?在妇女休息场所喝山地鸡尾酒呢,毫无疑问。这也是明显地向小偷和色狼发出邀请,他们会越过栅栏偷走你的蕾丝胸罩或褶边内裤,如果你够愚蠢够自负拥有这种衣服的话。

最后,永远不能使用烘干机。那是给懒人和败家娘们儿用的,或是给那些不得不住在公寓[②]的可怜虫用的。在郊外,阳光充足,空气清新,不把衣物晾在外面简直是一种罪过。人人都知道阳光和微风可以杀灭细菌,是天然的消毒剂。如果下雨就糟了:你像个陆军

---

① 特百惠(Tupperware),美国著名家居连锁店。

② 很多家庭房屋都是独门独院,住楼房公寓的是少数。

军官在战场打了胜仗,洗好晾好了衣物,却又在起居室里、暖气片边(如果是冬天的话)、木马上把衣物挂得到处都是,而且,如果你洗得太多,连门框上临时架在房顶的绳子上都有。如果衣物还不干,就把它熨干,因为你总是要熨衣服的。

也许正是洗涤让我彻底爱上了阿尔奇。我们第一次一起洗澡是在搬进租来的公寓当晚,第一次向彼此介绍各自成箱的家什和古怪的家具。他按摩我的脚趾,然后吮吸它们,随后是身体的其他部位。我们用不成对儿的酒杯喝着红酒,一个是装蜂蜜的罐子,另一个是旧货商店里淘来的波纹琥珀杯,那一套有四个,在商店里卖时只剩一个了。后来快感如此剧烈,凉下来的身体里灵魂几乎要晕过去。我看着他麻利地收拾起刚才慌忙脱下的衣服和湿毛巾,扔进他那小洗衣机敞开的进口。那是个自信而稔熟的动作。我骨子里相信,眼前的这个男人会继续朝洗衣机里塞更脏的衣物,打开开关,倒上洗衣粉,然后让它启动。他会洗一大堆衣服,许多堆许多堆衣服。那个抛衣服的动作,很随意地由一个身上只有残留的肥皂泡沫的人发出,预示着很多堆衣服。可能一周不止洗一次。

这样的夜晚,在销魂的共浴之后,他对我说,你去读你的书吧,我会把衣服晾好,再煮点爱尔兰咖啡。这个时候,我觉得自己飘飘欲仙简直如同进了天堂一般。那时我在读《包法利夫人》的最后一章。

所以,当南希建议围绕洗衣服写一整本书的时候,我立刻明白她的意思了。我已经斟酌这个题目很久了。市面上家庭指南、便携小册子,还有 DIY 之类的书汗牛充栋,但这一本将会是一部灵感之作。每个人都可以给居家小帖士列提纲,从调味汁到修鞋都可以——实际上他们也是这么做的,但只有富有远见卓识的人才会针对现代家庭中的一项工作构思一本书。南希就是这样一个富有远见卓识的人。

威斯利·安德鲁斯放弃的那本《维修居家指南》我还没写完,南希就向我征求这个系列下一本书的建议。毕竟,《家庭语录》分发到成千上万的家庭中,南希认为进一步的指南丛书会有广泛的潜在读者群。她觉得这些读者可以推动,鼓励他们聚焦于一个领域。而且我也可以有一笔可观的额外收入。

于是我写了《厨房居家指南》,随后在阿尔奇的帮助下写了《园艺居家指南》。这两本书都取得了成功。不过就最新的这个题目,《洗衣居家指南》,把出书的设想又向前推进了一步,这一步南希也没想到。迄今为止,没有人会将洗衣服这样枯燥的活儿描绘得充满情欲和诗意,而我也是偶然间才做到的。有个评论家把这本书叫做“洗衣黄书”,意图并不友善,可是接下来的几个星期书的销售量却增加了两倍。我全身心地投入到这本书的写作中来。首先我描述了“理想的洗衣”,建议读者注意地点的选择,注意绝缘、通风、排水,便于使用,对于难控制的洗衣机还要注意发水灾的可能。我比较了一下室内洗衣和室外洗衣的利与弊,对于自己的偏好(大洗衣机,室内,有独立的排向后院的出水口)采取了保留意见。

我希望每个人都能读读这本书,不管是男人还是女人,把他们最后一分钱花在他们认为无关紧要的这个小洗衣间上。记忆中阿尔奇洗衣服时的性感形象,我全都融入这本书里。他把我们的脏衣服和毛巾放进洗衣机,而我则躺在浴池里看着肥皂泡泡嘶嘶冒着。洗涤在我的笔下变得激动人心、无法抗拒,甚至有点俏皮。

把第一章的书稿电邮给南希后,我有些疑惑。要是她觉得内容很傻,太想入非非,不适合她的目标读者群读怎么办?因为这样的疑惑,我有些气馁,同时又对她的沉默感到不解。于是我开始为写书做调查,从克罗伊登巨大的大型家用电器集散地开始跑腿儿,那是我做产品评价所设定的路线里的第一站。像很多现代零售集散地,这里有很多地方都塞满了存货,却几乎看不到工作人员。所以整个早上我在一排排洗衣机和烘干机里自由地逛着,积累文字材料,自己评价每种品牌和型号的相对优点。要到洗衣用电器的货区,必须先经过陈列在地面上的厨房用具。这种折磨与享受并存的感觉,难以言说又无与伦比。比方说那些可以发出警报声的不锈钢炉灶和烤箱,体积巨大,银光闪闪,还有神秘地冒着烟的魔幻黑色大理石操作台,所有这些都很棒,精美而现代。我的《厨房居家指南》里面的章节都有些过时了。

18

你到底为什么回来？米切尔开口问我。

我是在第二天下午去酒吧的，在赛天堂汽车旅馆待了一天，无所事事，胃疼却加剧了。没人能像米切尔那样调鸡尾酒。就算是金汤力也是他调的最好。这些日子里，我调的鸡尾酒很淡，酒精的味道比起化疗药水儿的味道简直是小巫见大巫。我再也不想再喝一口“化疗鸡尾酒”了。

我耸耸肩。米切尔，我一直不知道怎么处理那辆大篷车。这么多年你肯定不止一次想把那块地方租出去。

没那么严重。

有些东西我想取回来，桑尼的东西。再去见些人……

我把酒杯小心地放在吧台上，让杯底和杯垫吻合，然后用吸管戳着杯子里的冰块。

她不在这儿，他说。

他知道我要寻找某个人，一个我从未谋面，却是我生命中一部分的人。

我轻轻地说，你又不确定。

米切尔手跨过吧台，握了握我的手，他很少这样做。你找不到她，他说，以后也找不到。

可是现在我必须要找到。你不明白吗？

阿尔奇怎么想？

我又端起了酒杯。他不知道。

你是说他不知道你在这儿？他肯定急疯了。

我给他打过电话了，我说。告诉他我很好。我很快就会回去。我需要一些时间。

你是怎么大老远开车过来的？要是病得那么厉害的话。

回光返照，我回答。

说吧，德丽雅，到底是怎么回事？

事情的真实情况是，我感觉还可以，尽管间或会疲倦。我现在每个月化疗两次，就是放射线治疗。决定来之前，刚从治疗中恢复过来。回去后我想一切都该结束了。这一趟也许值得，也许不值得。也许会让我多活上几个星期，或几个月。或者什么益处也没有。能不能再来一杯？

那么说……

在扩散。癌细胞转移。去年切除了一个小肿瘤，维持了六个月。现在又有一个。虽然他们给我化疗，我知道这个肿瘤在长大。就像我说过的，已经是生死关头了。

他们没有别的办法了吗?

我已经做了三次手术了,两年里断断续续地化疗,放射用来发电的话足够让一个第三世界国家用上一年。阿尔奇和女儿们不得不看着我经受这一切。我想要是他们看着我平静地死去可能更好。

他给我调起另一杯金汤力,这时吧台另一端的电话响了。他没去管,安静下来后,他走过来把酒递给我。

这个女孩,他说。如果你找到了她,有没有想过要怎么做?你要说什么?你觉得她会希望和你有什么关系吗?

我的眼睛噙着泪水。我摇摇头。不知道,米切尔,我只是想见见她——我必须要见见她。

你怎么会觉得她就在镇上?

我只是知道手术后,她的家人决定在这里安顿下来,他们非常喜欢这里。我们当中有些人就是这样,你应该记得。

尽管米切尔看上去很冷漠,他还是在很多方面帮了我。我生产后的第一天,他就来到医院,带来一束粉色的康乃馨。那是安全、中性,送老年妇女的花儿,适于像米切尔这样不习惯送花的男人送给我这样不习惯接受花的年轻女人。我想康乃馨带给我们两个人的尴尬要胜过我当时躺在床上的样子:穿着一件过紧的T恤,本来我以为可以当睡衣穿的,生育后乳房突然胀得像小山,T恤上还渗着一片一片的奶渍。米切尔转而注视着小肉球,稚嫩的皮肤,毛茸茸的头发,被紧紧地裹在纯棉华夫格织的毯子里。米切尔像平常一样直奔主题,他问我要给孩子取什么名字。在此之前我想了好久,但一直无法决定。女孩子的话的名字就好起了,我可以从人名表里从头到尾选一个。米切尔抱起襁褓，放在臂弯里轻轻摇着。

摇摇晃晃……搡搡捏捏……又一星期……我们要给你取个名字呀。

这名字不错，我说。

什么？“星期”吗？

不是。是搡捏，后面接星期，让人想起星期天。只是我要把字改成“桑尼”。

这是星期一的早晨。我的宝宝是在前一天夜里出生的。

19

亲爱的德丽雅：

又是我，绝望者。在卫生间里收拾的那一整个小时都要把我累死了，不过很有效。现在我的女朋友在那里待的时间超过了30秒，而且不再捂着鼻子了。厨房方面你是对的，我承认里面乱成一团，也许我是个懒鬼，谁知道呢。不管怎么说，我已经扔了所有装食品用的一次性空盒、空盘子，垃圾箱也放外面了。她还是说有异味儿，还说夜里蟑螂比整个“第三大锅”的还要多，也不知道那是什么意思。

绝望者

亲爱的绝望者：

不是“也许”，你确实是个懒鬼，而且是一个无知的懒鬼。你的女朋友指的是“第三帝国”，是希特勒在二战期间领导的政府。这里她的意思是，你的厨房里滋生着体型较小的一种棕色甲虫，学名叫

“德国小蠊”。因此，如果你想维持同女朋友的关系，那就最好努力在厨房上多下些工夫。这次两个小时吧。你至少需要一个小时来清理炉灶。冰箱的话，我觉得要是不买新的话，最好把它拖到外边，用浇花的水管强力冲洗。这会让蟑螂疯掉，因为冰箱是蟑螂最喜欢的藏身之地。注意要先喷射。

鉴于最初南希并不同意，随后却接受了我写死亡指南的建议，这转变迅速得甚至让人觉得她另有他图。之后她着手于新书的宣传，早早地向营销人员介绍了基本情况。像她这样的出版商，早上一觉醒来接着转入生意场，不遗余力地推销他们前一天可能还嗤之以鼻的创意。这一点真的很让人惊讶。她问我是否能按时完成，以便在接下来的十月份发行。我在想，赶在圣诞节发行会不会更好。虽然我对此比较乐观，圣诞节市场总感觉比较古怪，让她决定好了。

接下来的几个星期里，我写了一个详细的提纲，列出大致章节和下一步要读的书。因为是我要写的最后一部指南，我决定要采用一种更具有创造力的方式。我收集了一些铭文，作为章节的开头。幸好我没有着手整理、摘选诗集，以准备大量的素材。西尔维亚·普拉斯[①]很明显该选，她笔下狡猾的拉撒路曾说“死亡是一门艺术”[②]，这种艺术她处理得尤其出色。还有约翰·多恩[③]的豪言壮语：

① 西尔维亚·普拉斯（Sylvia Plath）（1932－1963），美国自由派女诗人，有诗集《冬天的船》、《巨人的石像及其他》、《爱丽尔》等。逝世后于1982年获普利策文学奖。

② 出自普拉斯的著名诗歌《女拉撒路》。

③ 约翰·多恩（John Donne）（1572－1631），17世纪英国玄学派诗人，作品有《歌与十四行诗》、《挽歌》等。

死亡,不要骄傲,尽管有人称你做神圣,怕你三分。是什么让多恩在自己面对死亡之前就相信,死亡是个懦弱而微不足道的敌手?而且,死亡还有生命?——死亡,你会死去。

我在珀尔的书店里,在一卷诗歌中发现了多恩。像其他二手书店一样,她的书大多是中学课本:各类翘了边角,脏兮兮的,没人想去读的书。似乎世界上已有人规定,中学生永远必须读《哈姆雷特》、《杀死一只知更鸟》,希罗多德的《历史》、《麦田里的守望者》,以及《玄学派诗人》。我是在初识阿尔奇时才知道玄学派诗人是什么样的。记得我跟他说,我发现了一个叫安德鲁·马维尔[①]的诗人,他写过园艺方面的诗,甚至还写到了割草。

割草?阿尔奇当时还说,让我看看。

我给他看了那首诗,讲的是一个男人一边割草,一边哀叹他狠心的爱人对他如同他对青草。

所以,草地,阿尔奇念道,我思想的伴侣,如今更为青翠;现已变作了徽章,将用来装饰我的墓地。你觉得这是什么意思?

我不知道。是说他的爱人要杀了他,然后把他埋在草地下吗?

阿尔奇把书递给我。草地清新而快乐?不知感恩的草地?这个叫马维尔的老兄显然一辈子没割过草。

但我总会想起割草人用青翠的思想装饰坟墓那一诗节。倒不是我在假装自己读懂了它的意思。

幸运的是还有很多诗人以乐观的态度面对死亡。济慈迎接死

---

① 安德鲁·马维尔(Andrew Marvell)(1621-1678),十七世纪英国诗人,玄学派代表之一,著有《花园》和《致羞怯的情人》等。

亡的温和贯穿了眼下这一章节的基调。多少次，我因死亡的安逸而对其产生好感。再次读着这些诗行，感觉死亡可以是令人向往的。也许死亡的确是一种财富[①]。是一种渴求的东西，迫切地、热诚地渴求，而不是不情愿地屈服。我翻了翻《悼念集》，然后把它放到一边：不想用丁尼生[②]的诗，甚至要对所有维多利亚时代的诗人都敬而远之。我的书不需要沉闷或阴郁的情结。普拉斯的拉撒路非常有吸引力，我都在考虑以她的名言来做书的题目了。《死亡的艺术》听上去很有感觉，恰到好处，庄重，有文学色彩。但已有人用了。

我以一种愉悦的焦灼来写《死亡居家指南》，想到这么多年来那么多最后期限，现在确实遇到真正的一个了。我从自己的死亡中汲取了一些有用的东西。死亡，无法避免，毫无意义，我们每个人都要面对。我并不想让任何人从我即将离世的状态里打捞任何意义、希望或慰藉。不想让他们继续在死后的世界感到战胜了死亡，或在未料想到的地方找到安慰。我不同意多恩的说法。死亡就是死亡。死亡自身无法死去。我与死亡的较量，最后得分将会是：德丽雅：0分；死亡：1 分。但我可以留下这本死亡指南，让人们通过它看到死亡的过程。我希望在自己的葬礼上开始发售这本书，南希可以在遗体告别时放个垃圾桶或展示架。不过这一点我还没有向她提过，因为我知道，和其他人一样，她会觉得这个想法很没意思。

这本指南不会描画死后的世界，也不会告诉送别的亲属送葬是

---

① 出自济慈的《夜莺颂》。

② 丁尼生(Tennyson)(1809 - 1892)，英国维多利亚时期代表诗人，主要作品有诗集《悼念集》、独白诗剧《莫德》、长诗《国王叙事诗》等。

什么样子——这些最好留给心理医生和顾问。我决定把重点放在实务上：选择棺材，离去前把冰箱贮满食物。注销信用卡。结算纳税申报单。临终关怀中帮助病人排便。删除硬盘驱动器。病人的饮食。取消报纸订阅。策划女儿的婚礼。给宠物猫找个新家。选择下葬时希望穿着、并且死后会永远穿着的衣服。器官捐赠。尸体防腐处理。土葬还是火葬。

碧顿女士28岁就去世了，我想她涵盖面颇广的书里一定会有护理危重病人的建议，只是二十几岁的她如此健康，如此活跃，知识如此渊博，前方的死亡像一片童话之地，出没着狮鹫和九头蛇，太过怪异而遥远，经不起认真思考。几个月前，我的感受同她是一样的。

从我的治疗计划来看，情形像俄罗斯的消费合作社一样糟糕。在一个并非完全公立又并非完全私人的医疗体制下，我这样的“顾客”（病人在语言称谓上改了名）可以给医生打分。这些医生相信自己毕生的主要任务就是要增加你的词汇量。我的肿瘤医生，李医生，通过随意地解释五六个音节的专业名称，让我们之间的对话活跃起来。我去她那里，往往是一手拿着尿样和血样，一手抱着本袖珍医学词典（我确实不介意这么做——你都不知道什么时候“desquamation①”、“neoplasm②”之类的词会派上用场；甚至，能查出“thermoanesthesia③”这样的词用在对话里，我还会因此小小激动一下）。

---

① desquamation：脱皮，剥落。

② neoplasm：肿瘤。

③ thermoanesthesia：温度感觉缺失。

最后一次去李医生那儿后，我认为除了开药方以外，完全不需要她了。她没有什么建议可提，也给不了什么安慰。她对病人的态度，刻板中带着一种奇怪的胆怯。那个干瘪瘦小、灰不溜秋的女人，像个豚鼠一样缩在超大的办公桌后，而且从不看我的眼睛，仿佛她那使命的重任正慢慢地、冷酷地压向她，仿佛作为一个肿瘤医生，她不可避免地要和死人打交道。这是多么沉重而不公的负担！这是我惟一可以认同的一点。不过，反过来说，就我现在的状态以及随后几个月会出现的症状，她解释得相当清楚（我带着辞典去她那儿时，对话还是比较愉悦的）。手术后去过几次后，我对自己的病情已经了如指掌了。

像她所预计的那样，治疗期间我有时状态良好有时状态很差。很差时我会感觉比以往任何时候都要难受，对治病感到绝望，没有食欲，不停地呕吐，床也爬不起来。之后，药效改变，或是说停止，细胞便有机会复生。随后我便有良好的状态，可以吃饭、走路、洗澡，身体恢复正常功能。甚至可以考虑出去吃午餐。良好的状态下完全没有糟糕的状态里所持有的症状，我的精力会超常。身体没有疼痛感，不再呕吐，不会感觉身体里的每一滴血都像被抽干，再被换之以铅水，我会感觉比实际情况好得多。我可以骗过很多人，却骗不了自己：我无法用钱换来生命，只是在生死簿上多延长几个月罢了。然而，状态良好的几个星期里，我感到似乎自己可以做任何事情。孩子们去学校后，我总是径直到办公桌前。

起草章节的时候，我着力要写一本南希的团队无法抗拒、很想推销的书。想到推销，你总是不得不选出关键词，别忘了，“关键”本身就是一个关键词，同推销结果相关的任何方面——又是一个关键。所以这里我就不提引用诗歌的问题了。尽管南希不排斥诗歌，我也要偷偷地把诗歌塞进去。诗歌对任何事物都不是关键因素。诗歌不是关键词。实际上，也许诗歌几乎根本不能提。它代表晦涩和妄想，同时也代表着没有商业回报。所以，在策划方案和样章里凸显诗歌没有用。眼下先把这些作古的诗人搁置在一边，很快我就会搭建好这本书的骨架。我想它会是一本有价值，甚至还可以给人以启迪的书，同时也是一本实用的书。

我写到饮食、娱乐活动、环境宽慰的重要性，还有足够的鼓励。我写到与家人和朋友谈及死亡，给工作做个了结，扔掉生活中所有的琐屑——倒不是为自己，而是要在自己离开后省去家人的麻烦。我写到计划和要列出的单子，以及这样做的重要性。我写到书籍和音乐，作者和歌手——你希望在弥留之际或是葬礼上读到或表演的东西。

我继续写下去。写到所有的事物——疾病、药物、疗程、医生——都威胁着要控制你。写到最后从他们不断提供的治疗手段中退出，从最后的治疗机会中退出，从他们唾手可得的其他良药中退出。写到对他们说“不”需要多么强大，治疗对生命所能延续的几个月或几分钟并不值得。写到药效的幻觉，死亡的临近，要拥抱而不是拒绝它……写这一些是因为我已经历过，我知道是个什么样子。我写啊写啊，所有的都囊括了进去，至少我是这么认为的，因为我是当事人，有权威性。直到有一天，我再也写不出来了，因为一觉醒来，发现要驾驭的东西比我想的要多得多。

一天，我意识到自己在欺骗自己，意识到要写如何系上那断落的线头，必须先要亲自去做。一天，我钻进车门，独自开车离去。

20

幕布上的影子像一颗四角的星星：两个胳膊，两个腿。它慢慢地旋转，随后变快，然后又慢下来，和着音乐的节奏。幕布是深蓝色的，但是在帐篷另一端聚光灯的照射下有了一层亮彩，而幕布上的影子则黑如墨迹。

另一只聚光灯打下来，照着旋转的杂技演员和观众，尽管人不多，大家仍不约而同地发出了巨大的惊叹声。她穿着闪闪发光的粉色紧身衣，轻松而优雅地旋转，转圈，弯曲，如同芭蕾舞演员在地面用脚尖舞蹈，只不过她离地面 15 米高，吊在一条从顶棚中心垂下的细绳上，仿佛除了脚趾甲，其他任何部位都悬空着。表演结束后，她从绳子上跳下来，鞠躬，跑开，一闪身消失在幕布中。仿佛音乐盒的盖子突然关上了。幕布上的灯光淡去，马戏团主持人再次出现在舞台上，身后三个小丑翻着跟头。那个闪闪发光的粉红身影，在如此高的绳索上做着几乎不可能的动作，这一切都如同梦一般。

随后，我找到了她。那时已近傍晚，天空散着破裂的云朵，她正在马戏篷后的围栏里给一匹小马驹洗刷，戏篷竖长的影子正逐渐消失。

塔拉？

她敏捷地转过头，瞬间有些惊讶，像每个人见到我时一样。

嘿。她走到我面前，紧紧地搂住我。过了好一会儿才松开，眼睛片刻不离地看着我。多久没见了？

差不多14年了，我说。

哦，见到你真好。她说。我们两个都已泪光闪闪。

我就知道还会见到你，知道总有一天你会回来。你好吗？

挺好的，塔拉，我挺好的。

第一次见到她时，她还是个十几岁的孩子，即使现在从远处看，她还像是十六七的样子。一样的匀称身材，一样的马尾辫。她没有再长，也没有变瘦，只是从近处看她的肌肉更结实了。多年前，她是表演高空秋千的家族里最小的一个，里面的杂技演员是整个马戏团的核心。

起初她和母亲一起表演。下面有保护网，不过她母亲设计了一套动作，把塔拉扔向戴眼罩的姐姐。姐姐接住塔拉后，在空中荡一次，在秋千第三次荡起时抛向她们母亲。我最初结识塔拉时，她们仍在表演这套动作，不过一个年轻小伙子代替了她姐姐的位置，姐姐那时已经离开马戏团，也离开小城了。塔拉也在物色一个较小的孩子代替自己，以便代替她的母亲。母亲也离开了小城。其中的故事最好永不为人知，那时没有人知道，恐怕现在也是这样。

记得盲抛表演吗?

嗯。她在裤子后面的口袋里翻了一遍,掏出一包皱巴巴的英国鼓牌手卷烟丝。没什么了不起的,她说。只要把握好时间。如果你能数数,你就能表演高空秋千,戴不戴眼罩都一样。而且我们没有保护网就不表演,开始没有,等我稍大些就有了。不管怎么说,比起丹尼所做的,那根本算不了什么。

谁是丹尼?

他是康丁尼斯家的,塔拉跟我说,全家多年前就离开马戏团了,那时她还是个小孩子。丹尼四岁的时候就和哥哥们一起表演一个节目。他们从跳板上跳起来,落在另一个人肩上,小的在上,大的在下;丹尼是第三层,也是最上面的一个。他们练习了成百上千次,动作炉火纯青,整个杂技世家的孩子们扮成俄罗斯娃娃的模样上场,一个叠在另一个上面。只是在第一次正式表演时就出了问题,丹尼没像多次排练的那样落在他哥哥的肩上,而是向一边飞了出去。

她狠狠地长吸了一口烟,长叹了口气,烟雾顺着气息而出。

后来呢?我问道。

他飞到了一边,她说,落到后面一块垫子上,打了个滚,站了起来。我们都吓坏了,我也不例外。当时我只有六岁,很讨厌他那么大胆,但是观众爱看,尽管都是设计好的。那个小畜生还鞠了一躬。

她又卷了一支细细的香烟,点燃了,懒洋洋地靠在椅子里。她的无袖衬衫露出了晒得黝黑的胳膊和结实的肌肉,像个老牧场工人或熟练的羊毛工在下午的抽烟时间里回忆往事。我和塔拉后来成为朋友,那时桑尼对马戏团的兴趣日益剧增,后来发展到痴迷的程度，最后甚至想参加演出。塔拉喜欢桑尼来马戏团玩，和马戏团里的孩子们在一起。这些孩子中，有些为了表演接受训练，有些待在那儿则是因为他们属于那里。

我们坐在夕阳的余晖中，一起喝着一瓶健怡可乐。现在马戏团里看不到一个孩子了，比我记忆中的要安静很多。

这么多年过去了，她说，有些家族搬走了，改行做了更赚钱的事，带孩子去了更好的地方，至少他们这么认为。

那你呢？

我？她迟疑了一下，然后说，我永远都不要孩子。

我不是这个意思。

我知道，她说。对不起。

21

亲爱的德丽雅:

我注意到你在专栏里几次三番地写到清洁的问题,尤其是写给男人。你好像有点问题。我也把空盒子扔进垃圾桶,收拾起报纸和其他东西啊。女人和清洁的关系是什么?

迷惑者

亲爱的迷惑者:

不仅仅是女人。清洁是一个动词。正如一位男性作家巧妙地指出的:“动词总有大胆之处。”如果你没意识到过的话,可以进一步解释为:动词,是表示做动作的词。偶尔把东西扔进回收桶,和面对霉斑、油渍、锈迹、灰尘又拖又擦又刷的勇气和胆量相比,根本算不上什么。

兰伯特先生在后院发现凤头鹦鹉后大发雷霆。确切点说，鹦鹉在房顶上，那是鸟雀惟一可以栖息的地方。它们每天下午飞来，聒噪的叫声打破了他餐后的宁静。他示意我该对此负责。从某种意义上说他是对的，因为我选的花树都最招鸟雀。然而，他指责我把盛水的盘子留在后院也与此有关（至少他对阿尔奇这么说过；他已经不和我说话了），这一点我认为与鸟雀毫不相干。还说这是我故意气他的招数。说这是为了报复他对母鸡的侮辱，因为两年前我们隔着围墙最后一次对话时，他说过母鸡毁了他的生活。

什么鬼日子，艾斯黛拉咕哝道，语气里充满九岁小孩的讥讽。

还有，你的孩子是我见过的最粗鲁的，在他的秃头脑袋消失在围墙下之前，他丢过来这样一句。不久，我的木麻黄树，本土生命力最顽强的树，就变黄死掉了。紧接着是阿尔奇种在后院角落的竹子枯萎。后来我知道，有人半夜暗地施用除草剂。我什么也没说，有些担心我的母鸡，还有更担心的：他发出嘘声，轰走在房前滑旱冰的女儿，让她们离他那一尘不染的白色卡罗拉[1]远一点。

我知道，兰伯特先生对凤头鹦鹉的憎恨由愤怒转化而来。是我无意间火上浇了油，在那次隔着围墙的口角后，我在他的前门廊上留了六个鸡蛋，以示言和。结果三天后，地方政府的卫生检查员登门拜访了，这个年轻人满脸歉意，解释说兰伯特先生写了一封长信，抱怨我的家禽数量超过了法律规定的郊区后院可以放养的数量（他认为法定数量是三只）；说我养了一只公鸡，每天早晨都吵醒他；说

① 丰田的一款汽车。

到处满是腐臭味儿,他都没法去自己的后院;说整个地方都成了害虫(即老鼠)的避风港;说我的鸡舍离围墙太近了(一点五米),这也违反了什么法律(没人听说过的那种);最后说所有邻居都反对我养鸡。

他提到过鸡蛋吗?

鸡蛋?

我送给他一些鸡蛋。一些漂亮的棕色鸡蛋。

哦,想起来了。他又查了下记录。有一条是说将食物以不卫生的方式留在地上。说不得不把鸡蛋扔进自己的垃圾桶。

那可是新鲜的!我只是放在他门口。

年轻的检查员叹了口气。很抱歉,他说,但我有责任向您报告这些,就这么多。能看出来您的母鸡没什么问题。

您要不要到鸡舍彻底检查一下?

不必了,谢谢。

卫生检查员并没有要求我处理掉母鸡,这让兰伯特先生非常沮丧。随后他又向地方政府炮轰了一封长信,重复了以前的意见,又加了其他抱怨:树桩,阿尔奇没有拔掉,而是混搭成展示蕨类植物和附生植物的地方(显然这里可以窝藏白蚁);池塘,阿尔奇收拾了好几个月,而且特别引以为荣(生满孑孓,比规定的深度深八英寸,没有围栏);还有屋后非法走廊,被说成是我们搬来后不久后阿尔奇搭起来的。兰伯特先生从未到过我们的后院,也不知道他怎么那么肯定池塘太深了(我觉得还不够深,睡莲长势不太好,但我没向阿尔奇提过这一点),而且还能从那么远的地方隔着高高的围墙看到蚊子的幼虫。

卫生督察员第二次来的时候，又一次表示歉意，并说这次他得检查一下后院了。他称赞我的母鸡养得好，注意到没有异味，解释说我想养多少都可以，只要保持环境清洁。他注意到鸡群里没有公鸡，通过我对所谓的害虫的描述，确认那是土老鼠褐袋鼩，在这一带随处可见，几乎算得上国家保护动物，杀掉一只会招致一千元的罚款。他对照记事本上兰伯特先生列出的东西，认为在一个满是饥饿的鲤鱼和水泡眼金鱼的池塘里，蚊子幼虫是无法生存的；确认所谓的非法走廊建筑不过是一个小小的修缮，走廊原来就有，我们搬来不久就坏掉了（这一点他可以让同事——建筑检查员出具书面证明，如果我需要的话——事到如此我也同意了）；确认了树桩的角落里没有招白蚁。也永远不会招白蚁，因为这是一棵柠檬桉的树桩，而白蚁讨厌这种树的树脂味道。

查看完整个后院，记录下众多树木（这些兰伯特先生都没列出来，因为他知道单子会进行夸大的），红屋顶的鸡棚，黑色、白色和棕色的母鸡一边刨土一边自大地争吵，阴凉的院角，特色水景，几处风吹日晒多年的砂岩，一簇簇鸢尾花和睡莲，中心的草地像一块平整而舒适的围裙，周围的景致簇拥着像一家子任性而可爱的小孩子。在检查员看过整个这片，看过这片凉爽而肥沃的静谧之地后，他对我说：

你居然没养青蛙，很理想的条件呵。

好主意，我回答道。

与此同时，几乎每个下午凤头鹦鹉都会不请自来，吵闹着飞到邻居那边,像一群流氓阿飞急踩刹车轮胎摩擦地面的声音。这绝对不能让兰伯特先生知道:其实我也不怎么喜欢这些鹦鹉。阿尔奇也极其讨厌它们。它们剥落银桦树的树皮,弄碎开花的树胶,以同样的方式毫无歧视地把檐口板和松木栏边儿捣碎。然而,我很高兴兰伯特先生的注意力在它们身上,这意味着他就顾不上我的母鸡、树木和孩子。我只想知道,凤头鹦鹉离开后他又会把矛头指向哪里;我相信这些鹦鹉会离开,它们特别反复无常。

一天,我饶有兴致地看着凤头鹦鹉停在兰伯特先生的电视天线上,一场滑稽而费力的表演上演了——我不明白他究竟为了什么,因为我确信兰伯特先生从来不会看电视——他拿着杆子舞来舞去,想赶走那些鹦鹉,又竖起一个旧木梯,在上面歪歪晃晃地又是大喊又是挥手,全然徒劳。凤头鹦鹉也冲他大叫。这样沮丧至极的几分钟过后,一大块白色鸟屎当头落在兰伯特先生脑袋中央(这一目标怎么瞄都不会有偏差);而我则坐在走廊上,一边喝茶一边看书,嘿嘿地笑着。兰伯特先生对我怒目而视,甚至扬起了拳头,不过很快手就去抓排水管了,因为梯子差点歪倒。我怀疑他是不是真像我想的那样不会对我们构成伤害。如果他狂躁地致力于砍树、拔树根、毒死绝大多数生物,不但是他家的,也不放过我后院的。我离开后他会有所收敛吗?我怀疑。如果他的内心只有一丝善意,那恐怕就很难实现。至今为止,我病入膏肓的情况下也看不出他有一丝的善意——阿尔奇在第二次会诊后告诉过兰伯特先生,但他只是点点头,随后继续给草浇水——所以我想,即使跟他说我要死了,也不会有什么改观。

那天下午看着他对微不足道的凤头鹦鹉大光其火，企图操纵，自然又只落得白生气一场。我也看到了自己的憎恨与愤怒，在看着他荒谬地破坏一切的过程中，这种憎恨与愤怒始终在我心中。我意识到自己并不想把这种憎恨和愤怒带进坟墓。我对他毫无影响，今后也不会。我的死亡也不会改变他的行为。但是我可以利用这一点。我可以报复，不过会以一种无罪的方式。我可以激怒他，不过会以最良性的方式。我可以骑在他头上，让他怎么也摆脱不了。

我找不到合适的方式给书开头。不是资料的问题；书桌上有的是厚厚的文件夹。不是内容的问题；内容唾手可得。是开头的问题。我找不到合适的词来描述某些事物。比方说临死的状态，可用的词是：死。我死。一个勇敢而简单的词。我将要死。我会死。我死了（如果死了还可以这样说话）。或者说，她死了。我们的语言中还有另一个同样勇敢的词，用来描述生命旅程的另一端，生命的开始。我降生。我出生。不过，对于生产的女人来说，这个动作语言使用上更为复杂。没错，可以“降生孩子”，但没人这么说。总是“孩子降生”。

南希曾想出一本育儿方面的家庭指南。孕育，分娩，产前，产后，婴儿，儿童……像许多没当过母亲的人一样，她想把各个阶段和经历都汇集到一起。她认为，丛书的下一本，在洗衣、厨房和园艺方面的家庭指南获得成功后，自然当育儿莫属——缺了这样一本书，整个系列里将会有很大的漏洞。她曾认为，以我为人母的经历，满可以写出这样一本书来。我以完全不同的建议推翻了她的想法，打出了最后的指南这张王牌，这本指南是其他所有的终结。养孩子我一点也不擅长。对为人母我也知之甚少。生过几次孩子只会让你更清楚地认识到自己这方面多么糟糕。为母之道是个无底洞，我只是站在洞口，惴惴不安地窥探着里面无尽的黑暗。

也许是题目的问题？有一次她这么问。如果我们不把它叫做《生育居家指南》，换个其他名字？这样读者就不会拿你当育儿专家或助产士这样的人了。

那我们叫它什么呢？我问。

《育儿居家指南》？

听上去像上世纪50年代的。

《母爱居家指南》呢？

母爱？开玩笑吧。（我希望她是在开玩笑。）

唉，她叹道，要有一个便于推销的名字。要和整个系列相一致。

我不想跟南希说最后这本指南遇到了麻烦，这是我坚持要写的。等待死亡，根本没办法描述。"生前"？"临死"？也不确切。太宽泛，也太精细。我们从出生开始就走向死亡，所有的生命都是这样。我们说"临死"，更确切地说是指躺在床上，打着吊瓶，输着氧气，插着导管，在最后几周或几天，身体慢慢停止运转，亲戚开始围在身边。可是现在呢？哪个词可以用以描述我确切的状态，有活力，清醒，多数时间里感觉良好，却要在几个月内面临生命的终点？

这种讽刺将我牢牢套住，而讽刺本身也同样是那么无力、苍白、可鄙。一定有一个词，然而，纵然我藏有大量辞典，热衷于具体语境下找最精准的词，甚至没有语境，我对字词的痴迷，对新词的热爱，对字谜和生僻字的关注，所有这些都无法让我找到那个词。我，人群中的一个人。一个专业校对，一个以读辞典为乐的人。在初为人母的孤独岁月里，在大篷车里如饥似渴地读任何书，感觉像个女神，仿佛词语便是生活。谁知道 nidification[①]、gelogenic[②] 是什么意思？谁会遇到 afflatus[③]、ephetic[④] 或 sciolism[⑤] 这种词，而且不会把它们和 affluence[⑥]、mephiti[⑦] 还有 scoliosis[⑧] 混起来？谁能把 deliquescence[⑨]、sesquipedalian[⑩] 信手拈来，理直气壮地使用这些词？完全是个字痴，而且为此骄傲。如果那个词真的存在，我却如何也无法找到它来形容这种过程：接近死亡又感觉仍在生存，在衰败、腐朽和疾病如此巧妙而强烈地集中在一个人身上，每一天的生存都如坐针毡，如履薄冰。

写死亡指南的作者有责任找到那个恰当的词，我这么觉得。我希望以积极的思想来完成这本死亡方面的书，这样，一个大胆的动词便很有帮助。一个恰当的名词也会有帮助。不是病人。不是居民。顾客，客户，申请者。我想，这些词都沾边儿，但却不恰当。

亚瑟·史塔斯[⑪]找到了那个恰当的词。多年以来，这个让人捉

① nidification：筑巢。
② gelogenic：制造笑声。
③ afflatus：灵感。
④ ephetic：悬置未决的判断。
⑤ sciolism：一知半解的学问。
⑥ affluence：富裕。
⑦ mephiti：臭鼬。
⑧ scoliosis：脊柱侧凸。
⑨ deliquescence：潮解。
⑩ sesquipedalian：冗长的。
⑪ 亚瑟·史塔斯（Arthur Stace）（1884－1967），澳大利亚一个流浪汉，皈依基督教后，用粉笔在悉尼的人行道上写惟一一个证道词：eternity（永恒）。

摸不透的无家可归之人,只要有可能,就随处写下这个完美的词。他的行为让所有的悉尼人都迷惑不解。永恒。这个完美的词,他给悉尼的礼物,这个坐落在古老土地边角上的年轻城市,在他身处教堂时,仿佛上帝的启迪,他想到了这个词。他说这是惟一一个传达神谕的词,惟一一个能让人们停下来思考的词。

这个词仍在那儿,在他的墓碑上,我们去卫沃里公墓时我发现了它。亚瑟·史塔斯几乎不识字,却达到了文学的极致。“永恒”包含了所有他要说的东西。用这一个词他作了一整首诗,一首不会遗忘的诗。他在这个城市的人行道和围墙上用粉笔写下,一天50次,一连30年。如果是你,也会这么做的。

22

我翻着赛天堂旅馆里当地的电话簿,查找着过去至今的人名,这时手机响了。是简。我把电话簿还给前台,回到楼上的房间,单独和母亲说话。

谢谢你过去照看家里,我说。一切还好吧?

还说得过去。要是你天天给女孩儿们打个电话,她们肯定就乖了。

我想不打电话会更好,我说。让她们习惯我的离开……

德丽雅,别傻了。她们能习惯才怪。

也许。

夏洛特也帮了不少忙,简说。她快期末考试了,不过有时候下午会过去。周日晚上还去过呢。孩子们都很喜欢她。

是的,我知道。

她好像对艾斯黛拉那些计算机的东西都懂,“我的房间”,“剥壳”①,还是其他什么。

好多叫法呢。她 28 岁,对那些自然熟悉。

她还要坐下来和黛西分享那一大盘可怕的鸡尾酒开胃菜。

我几乎都能听到简在摇头了。她第一次领教鸡尾酒香肠,是在艾斯黛拉五岁生日上。你可能会以为那是蟑螂。

对了,她说,你知道黛西那孩子一星期吃多少番茄酱吗?

我知道。

她维生素 C 差不多全靠番茄酱了。

我知道黛西不怎么吃水果,不过现在我没精力管这个。毕竟,她比我健康。

你小时候一点也不挑食。

简说的没错:那时我吃的东西几乎全都是天然的,都是家里做的,没有加工处理过;后来在中学吃食堂,身体慢慢变差了。

没错,看我现在的样子,可以证明癌症不是饮食不良造成的。

哦,孩子,她说。我很清楚她的感受。她理解我千里以外在电话另一端的沉默。

你在折磨自己。为什么不能不想它呢?回家吧。

沉默越发膨胀,直到最后胀破。

妈妈你当时也在,我说着,哭了出来。你记得所发生的一切。我是不是做错了?

---

① 指微软的“我的空间”和谷歌的“Blogger”,都提供网络日志服务。这里祖母简并不太明白这些新鲜词儿,故有误解。

你做得完全正确。这一点你很清楚。

可为什么我内心还是煎熬？我为什么要回到这里？

你该试着休息一下，她说，然后想想回家的事。我可以时不时过去照看一下，替阿尔奇管着孩子，但她们需要的是你。

我知道。但现在，我需要她。我需要找到她。不会永远找下去。只在这儿再多待几天。

也许不完全是你找她。

什么意思？我一边擦眼睛一边问。

也许她也需要找到你。在她准备好后。

也许那时候已经太晚了，我说。

可是阿尔奇也需要你，别忘了。

我和阿尔奇确定了一种谨慎的恋爱关系后，我的脑子里还是有些疑问。最后我问他，他坚持说和珀尔已经结束了。

珀尔，是个很出色的女孩子，他说。但是我们没有共同点。已经结束了，她也知道。

我们有共同点吗？

至少我们能合得来。

你和珀尔合不来吗？以前一定也合得来的。

能和猫王相提并论的女人是谁？他问。

不知道。玛丽莲·梦露？

正确。所以假设你下半辈子每天都要听到她的声音，到处都会看到她的照片。即使在他妈床上亲热时也这样。要是一个男人这样迷梦露，你和他一起生活，会是什么滋味？

痛苦。

懂我的意思了吗？这很悲哀。但无论珀尔说什么，她永远不会为我或任何其他人做出牺牲。她已经有了猫王，这个对手对我来说太强大了。而且不管怎么说，我爱你。

呵。他说出来了。他爱我。

阿尔奇，我也爱你。但是……

为什么，他边说边握住我的手，你总要带上个“但是”？

如果塔拉照看桑尼和其他马戏团的孩子一起睡，我便偶尔在阿尔奇那边过夜。但我拒绝了他的建议，没有搬过去和他一起住。在我除了身上的孩子外一无所有的时候，内心的倔强让我一直保持着独立。那是焦灼的自我，宣告着自己不需要男人。我不会依附于他们，这是我的骄傲。我永远不会再被欺骗，再被抛弃，再被否认。

但是“永远”是年轻人的一个蠢词，最终有一天我醒来，意识到自己已从凡的阴影中走出。我意识到即使他那时没有离开，以后也会的。我总是喜欢稳定。我是个书虫。家是固定的、永恒的，即使那只是一个大篷车。然而凡是个吉他手，是个歌手，作为观众，我一个人远远不够。他会一直游走四方。也许他是对的。我想象着他在爱尔兰各个酒吧深夜演奏一个月，然后去外滩街头卖艺，最后在哥斯达黎加的海滩上开一家酒吧。当他老了，皱纹横布，当地的女孩子会比我对他更好。

一直拒绝着阿尔奇这样的男人，我究竟在做什么？我准备接受他，同时也希望带上桑尼。阿尔奇晚饭前要来我们这里，我要让他们两个人都惊喜一番。

23

亲爱的德丽雅：

还是我。谢谢你所有的建议，现在厨房看上去相当好了。上周五晚上我和女朋友还在厨房做饭呢。意大利牛肉酱面和沙拉。你能告诉我如何正确使用熨斗吗？还有洗衣机似乎也有毛病，我所有的衣服都变灰了，真奇怪。

绝望减缓者

亲爱的绝望者：

你错了，你仍然是"绝望者"。难道你的生活中就没有一个榜样，一个可以询问基本生活常识的人吗？我无法用文字描述如何使用熨斗，那需要实际示范出来，不过我想你可以找到这方面的录像。

YouTube[1] 应该有些用处。至于洗衣服，问题不在于洗衣机，而在于你。和全世界的男性一样，你不会想到要把衣物分开处理，不是说衬衫和内裤不分。我的意思是白色衣物要和带颜色的衣物分开。没错，有用的老办法，让所有衣物相安无事的关键一步。还有，别再把桌布和内衣放一块儿洗了。的确，这是一条相当古老的建议，对于让各种衣服相安无事至关重要。

我注视着橙黄色的液体穿过导管进入我的胳膊。这种毒药般的颜色足以使人相信它有杀死任何东西的能力。两个小时后，还要再输入生理盐水，再冲洗药物两个小时。但这并没有杀死癌细胞，杀死的不够多。这是最后一次，我已经决定了。然而，我仍不完全明白，既然是最后一次，为什么自己不直接把针管从胳膊里拽出来，从这里走出去永远不再回来。输不输500毫升的甲氨蝶呤有什么差别吗？

我躺在化疗椅上，在药物侵入时尽量放松，但是这很难。一两天后我就会吐酸水。上次化疗后留起的稀疏毛发又会慢慢掉光，我又会成天躺着，病怏怏的，憔悴得无法用言语形容。也许会很累，但仍睡不着。我会讨厌别人打扰我，一个人待着又会心烦。我读不了书。香皂、咖啡、鲜花的香味儿会让我觉得恶心。有些颜色，像橘红和紫色，会让我觉得刺眼。大家带给我漂亮的玫瑰花，而我甚至无法忍受它们在房间里。嘴里会像灌了铅。还有溃疡，有些会布满我

① 一个可以上传和在线观看电影、电视剧和其他影音资料的网站。

的消化系统。随后，身体感觉好起来后，我会想吃零食和快餐，这些都是我平日没有兴趣的东西，而那些我最喜欢的菜会让我觉得特别难吃。我会变成一个浑身肿胀、性格乖戾、秃头眯眼的怪物，大口塞着外卖比萨和碳酸饮料。所有这些过后，癌细胞仍会快乐地争分夺秒地复制着自己，瓜分着、占领着剩下的部分：非普罗米修斯[①]式的肝脏、大脑、脊髓和咽喉。

是的，这是最后一次化疗。

化疗椅很豪华，软软的，很宽大。在这个肿瘤诊所，我们是不卧床的病人，顺从地挂在监测仪和静脉注射仪器旁，兴冲冲地一边看着杂志一边等待这些毒液滴进我们的血管。这些药物闯入之前，我们还吃着三明治，闯入后想到食物就会痛苦不堪。今天例外，我没有再注射长春新碱或卡氯芥，去抵消甲氨蝶呤的剂量。今天我喝着一杯简单的鸡尾酒，不带任何装饰。没有橄榄，没有活泼的阳伞。随后，我没有看书，也没有做报纸上每天都有的晦涩字谜，而是拿出随身带着的笔记本，充分利用现在的经历，记下对这个地方的所有真实感受，供写死亡指南做参考；要确保各个细节都准确，现在还有机会，以后就要一走了之了。我更为仔细地观察整个环境，惊讶地发现这个肿瘤诊所里病人们是多么自给自足。有十几个病人在同一时间注射，大家都很安静，却几乎看不到一个护士。我们自己待

---

① 普罗米修斯是希腊神话中创造人类和造福人类的天神。他按照神的形象用泥和水创造出人类，并赋予人以生命。他又违抗宙斯的禁令，使人间有了火；还把各种技艺、知识传播给人类，使人类得到文明。他因此而触怒宙斯，被钉在高加索山顶峭壁上，每天有一只大鹰来啄食他的肝脏，到夜晚肝脏又长出来，恢复原形。普米修斯这样受折磨达三万年之久。他忍受一切痛苦，始终没有屈服，后来被赫拉克勒斯所救。

着,留意着器械,确保自己注入了足够的药液,自己推着点滴架到厕所去取尿样。我们甚至在器械“嘀嘀”直响时自己调试好。我自己开车来这里(虽然阿尔奇提出过要送我过来),又自己开车回去,并为这一特殊待遇付不菲的停车费。要是我们能自己取血样,自己肌肉注射,我相信他们肯定也会让我们自己做的。我剥了一只香蕉,翻过一页笔记。

就在那时,李医生走进来。她很少在诊所露面,更喜欢隔着一丈远的大写字台和病人打交道。没有了那办公室家具的包裹,她看上去像赤裸了一样。

像往常一样她对我做了检查,显出略带惊讶状。我做她的病人都将近三年了,经过了第一疗程、第二疗程,现在是第三个疗程,她还是表现得像我入侵了她的职业领地。总起来说,我觉得要是她不必面对现实的病人,应该会是个出色的医生。她盯着袋子里的甲氨蝶呤,仿佛那是一条蜥蜴。她小心翼翼地问我感觉如何。

很好,谢谢。

好,好,她说着,脸上露出了微笑,仿佛世界上最轻松的事便是坐在肿瘤医院的化疗病房打毒药点滴。而要治疗的疾病最终还是会杀死你。然而,从某个古怪的角度看,这确实是正常的。至少对我来说已经变得正常了,所以我在这里一等就是几个小时,周围围着一群陌生人,身体连着仪器,攥着吃了一半的香蕉。在我看来这些代表着我能接受的部分现实。

我们采个血样,她说。然后预约个下次治疗的时间。

不,我说。我不再来了。

离开的时候我路过儿科诊室。通常我总是匆匆而过，不愿看到那些一两岁就不长毛发的孩子，那些干净的塑料婴儿床里的婴儿，那些憔悴的少年。所有的眼睛和嘴唇，所有的五官，都因为化疗后的秃头而无限放大。在一张床上，有个婴儿坐在那儿，吮着指头，因为类固醇的缘故，她的脸颊通红。她的胸前插着一根导管，连在静脉注射仪上。她的粉红背心显得胳膊更加肉嘟嘟的。我透过窗户凝望着她。她也凝望起我来，手指从嘴里拿出来，流出一点口水。她的目光与我的相扣，坦诚而没有任何自我意识。她差不多只有八九个月大。我估计她和我注射的药类似，至于是什么病则无法确定。急性白血病，也许吧，是儿童最普遍的癌症种类。让这样一个柔弱的机体、一个几乎还未曾在这个世界上伸展的生命承受这一切，这简直是一种暴行。我迈步走出了病房。

我的孩子小时候多么纯洁而健康呵。我想象着那个婴儿的母亲看到导管插入孩子身体里时会是怎样的纠结，一周接一周地看着血液被抽出。每一次为腰椎穿刺、为针吸检查、为活体检查而进行的全身麻醉，对这位母亲来说都像一次次短暂的死亡。一次又一次，她躺在熟睡的孩子身旁，同她一起呼吸、吸气、呼气，尽可能长久地珍藏着这种感觉和气息。

我现在是否还记得新生儿的气息？我能找到一个词形容它吗？

我想自己记起的是孩子出生时的味道，我的鼻子和嘴巴里全是药物的金属味儿，婴儿的味道也许不太可能，然而那种气息穿越过孩子的婴儿时代来到我这里，来到我将要嘎啦嘎啦地走向生命尽头的时刻。她们还是婴儿的时候，头部似乎被无形的光轮所包围，充满了神圣感。尤其是颈后的部分,散发的人类新生命的味道是那么精致。闻起来很健康,很温暖,略带着甜味儿。有些泥土的芬芳,同时却又那样纯净,宛如来自天堂。这是一种不曾闻过的气息,却又那样熟悉。这种气息直到你把孩子抱在臂弯里的那一瞬间才感觉到,却立刻能识别出来,仿佛那种味道已经刻入了基因,一直存在于生命中,直到最终被发现。每个婴儿都有不同的味道,但是每一个都同样芬芳怡人。你抱起自己的孩子,深深地吸一口气,日复一日,年复一年,都是如此,直到最后完全满足地呼出。任何香水、药品,都没有婴儿的味道。新修的草地,新鲜的咖啡豆,一杯陈年波特酒,一片手中碾碎的柠檬叶,一滴香奈儿5号,一本新书。生命中我们所回味、所真爱的味道,这些令我们因为嗅觉而快乐的平凡事物,稀有事物,感冒鼻塞时则太痛苦了。

我的身体将逐渐开始登上死亡的天梯。或者也许应该是走下,因为整个过程更像是做着陆准备,飞行员关掉仪器,关闭系统,慢慢熄火,熄灭舱内的灯光。所以我考虑更多的是生命的气息,因为我猜死亡会带来它自己的味道,而且没有一种是让人喜欢的。

这一点是一天晚上我偷偷溜出去的时候想到的。几个星期前,我想好了要给兰伯特先生留下怎样独特的记号,并从此准备起来。时间拖得很长,这种夜访零零散散的,因为我总要等合适的机会。我的身体状况要合适,不能卧病在床、浑身没劲儿、呕吐不止的时候,也不能在药物作用下虚弱头晕或不能集中精力的时候。还不能有月亮,这是当然的。而且每个人都要睡着了,包括兰伯特先生。

他这样的孤寡老头，总是很晚才睡。

我一直在看书，时不时地把书放下，偷偷看看前方兰伯特先生家的灯是否已熄灭。光线会从他那卷帘百叶窗的缝隙里透出来。最终那些光线也融入了黑暗。我光着脚，身穿暗色的运动裤和T恤，轻轻走过前门廊，绕过会发出吱呀声的木板，每一步都不发出声音，像世界上所有的小偷一样。只不过我是要给人家放东西，而不是从人家那里拿东西，若不是这样，我还真会感到内疚。不过，每次这样的夜游我都特别有成就感。

确实没有动静了，我走进兰伯特先生的前院栅栏时又听了听。没有收音机的声音（他喜欢半夜三更播出的频道节目，这是他的传统，我从来没有听到过哪个电台名嘴在他厨房里响起过）。他的前门矮得可笑，我都不用打开（门也不会发出吱呀声，因为他肯定上了油）。山梅花的气味非常强烈，像药物一般，而他从没有出来闻过这里空气的味道。我迈过大门，来到他的水泥旁道上，这条路在门前草坪旁边，笔直地经过房子，直接到后院门口。他的门前草坪如同处女一般，没有小径，除了栅栏旁被剪得无比顺从的山梅花外，没有任何树木。没有引至前门廊的踏步石，只有完美的空草坪。

我的手脚不够麻利，冬天的夜晚太冷了，不过活儿一会儿就做好了，接下来要做的就是等待。这次一个晚上，下次一个晚上，我惟一需要的工具便是一支空圆珠笔芯。躺在兰伯特先生的草地上，亲手摸着沙发般松软的表面，以某种方式宣告自己的存在，这些个晚上的秘密行动，让我感觉这里会是一个死亡的理想场所。让兰伯特先生发现一具尸体毁了他完美的门前草坪，细胞毒素从七窍流出，他不得不打电话叫救护人员来把我抬走。他们的靴子重重地踩在草地上——这将是个完美的报复,谁让他毒死我们的木麻黄树,剪掉我们龟背竹的叶子,砍掉我们的竹子。他还把那些可爱的鸡蛋扔进了垃圾桶。

他这沙发般的草坪是休憩的好地方。松软,馨香。是最柔和的那种绿色。没有一颗杂草。赤脚踩着非常舒服。草地的味道,当然,也是非常清新的。是大自然可以馈赠的最好的礼物之一。我用空圆珠笔芯掘开土壤(这土壤也肯定富含有机肥),笔芯里灌满了种子,顿时青草和湿土的气息扑鼻而来。这种气味只能用“诱惑”来形容。回归土地,很快我就会这样了。

同时,为了找到一个词来形容婴儿的气味(我已经放弃努力,不再试图寻找描述死前状态的词了),我转而注意起死亡的味道。最近我对周围的气味儿有点着迷:不是化疗期的气体,不是化疗反应剧烈期里放出的腐臭粪便和浊气。我认为那非但不体面,而且也是完全不正常的。化疗期结束后,一切都正常起来。身体做着该做的,也许是多少年来生长结束后能做出的最好的:转而开始衰退,当然绝大多数人衰退得比我慢,不过都在走下坡路,都要回归土地。

死亡的味道,我想不会和死尸、腐尸一样。那种污秽而又奇怪地带着甜味儿的气息我很熟悉。我处理过无数死老鼠和死因不明的母鸡,知道腐肉的味道。会发生的是,也是我不愿看到的是,陈腐的味道会缠绕在病重将死的人身上。我查看过医学插图和癌变器官的高科技电子图片。那种腐烂不可能没有味道。然而我也读过或听说过一些弥留之际的人,在他们滑落至生命尽头时,会重新获得一种清纯而新鲜的味道。我已经准备放弃寻找形容死亡或是婴儿的词了,还是着手写指南中的章节吧。快了。

24

马戏团在大萧条时期来到阿米塞斯特，并从此安顿下来，后来这里成为他们全国巡演的大后方，就这样过了一年又一年。很多像塔拉这样的人，一半以上的时间都在路上。不过他们回到阿米赛斯特时，也愿意为这里寥寥无几的观众每周表演上一两次。这些观众是因为马戏团长久以来的声誉才慕名而来的。团里有些家庭注定要永远奔波，不过多年来他们频繁地往返，使得马戏团在这里逐渐变得更加稳定。一小部分家庭从来没离开过，靠着最低生活补助，发挥聪明才智，以各种最具创造力的方式从政府嘴里哄骗失业救济、伤残补助、单亲补助，或是任何其他形式的补贴。无论奔波与否，马戏团里的家庭都保留了住大篷车的生活方式，虽然马戏团里也有洗衣房和浴池，甚至还有一个很大的公共厨房。大篷车和大篷车之间花草丛生，共同环绕在马戏团周围。塔拉的大篷车所在的地方，一边是她姐姐的大篷车，另一边是她母亲的大篷车，掩映在长势旺盛的草丛中,大篷车在其中仿佛慢慢成了巨大的蘑菇。这些大篷车是上个世纪六七十年代的古董,比我的新一点,虽已破旧但还不至于散架,是那种退了休的人开着慢吞吞地去钓鱼用的,随后就会扔进后院不再理会的那种。塔拉给大篷车的外面刷上鲜艳的粉色,里面刷成黄色,爬进去的时候就像钻进了贝壳。

她的车也是从拉扎勒斯那里买的,所有人的大篷车都是从他那里买的,马戏团和他的蹩脚生意之间有一种共生关系。大篷车不能用了,要换了,不是买新的,而是买个比以前那个稍微新一点的,都是从城南高速路上的拉扎勒斯那里买。不过这不是他赚钱的方式。他独一无二的赚钱方式是回收循环使用的奇迹,也是供需平衡的典范。整个过程始于成百上千的拿退休金的人,他们中不断有人从墨尔本出发,决意要摆脱寒冷,去那些他们在书上或电视上见到过的地方。当然,还没等到达昆士兰州的北部,他们就已经厌烦了,等到他们来到阿米赛斯特城郊,看到拉扎勒斯的欢迎牌——拖车货车房车现金收购立即支付你来定价(不完全是真的,但是意思在那儿)尤其欢迎退休人员前方三公里处——这时,他们已经开始准备打点行李,放在房车后备箱里,盘算着最近的火车站或机场有多远了。

他们来到拉扎勒斯的场院后,已经十有八九想卖车了,无论是从感情上还是从心理上。最后,拉扎勒斯只需快速地打消那最后一成犹豫。他确实付现金,摇着脑袋,叹着气,嘟囔着买大篷车要注意的地方,还不知道能不能再卖出去。不过他今天大方,愿意帮他们一把,他看得出来他们已经绝望了……他会给他们指路到最近的汽车旅馆,没过一两天便会大赚一笔,把房车卖给年轻的旅行者。他们从北方搭便车一路走过，厌倦了在满是蟑螂的青年旅馆凑合过夜，脏兮兮的鞋子发出臭烘烘的味道；不愿再随身背着所有的家什到处走，像个重心不稳的乌龟。

拉扎勒斯很无耻，他很少整理到手的房车，经常连门也不踏进一步，头一天从退休的人那里买到车，下一天就会卖给头一个出现的一对年轻人。他们多半腿疼脚痛，走够了路，在小城北边几公里处看到拉扎勒斯的另一个招牌，上面写着出售廉价优质房车，汽车也欢迎背包客，仿佛这对年轻人是两个圆桌骑士，而房车则是他们苦苦求索的圣杯[①]。

一个个年轻男女拉起了房车，这些车曾由退休的人装备，里面有暖水瓶和折叠购物推车，有大字排版的历史传奇和发旧的扑克牌。小厨房里有无糖果酱、齿得丽假牙牙膏、速溶汤粉，还有保质期很长的牛奶。如果房车的新主人们在南方的贝克斯雷或巴拉瑞特定居下来，后又追随梦想退休的时候北上旅行，到了阿米赛斯特又对旅行厌倦了怎么办？这种事确实发生过，塔拉就知道这样的事。因为她的祖父母曾因为年轻叛逆的冲动，决定离开马戏团和阿米赛斯特，去了南方消失了十多年，直到有一天突然回来，拉着同一辆大篷车。他们卖了那辆大篷车，换了一辆较大型号的，继续向阿米赛斯特走去，发现自己以前的地方仍然空着，除了多了些杂草，其他的一切都在等待他们归来，仿佛他们只是去度了几个星期的长假。

---

① 参见《亚瑟王与圆桌骑士》。亚瑟王是六世纪英格兰的一位传奇国王。欧洲民间流传着许多关于亚瑟王和他的圆桌骑士们的故事，他们成为了家喻户晓的人物。

马戏团里很多人的故事摞起来比戏团场地的顶棚还高,塔拉的故事算是最少的,但是这一个我相信是真实的:在我来到阿米赛斯特的第一周从拉扎勒斯那里买下的大篷车,就是塔拉祖父母曾用过的那辆。

25

最近一份 Blair & Sons[①] 调查发现，将近 65% 的受调查者喜欢修剪草坪。55% 以上的受调查者承认修剪草坪时有一种宁静和愉悦之感。大约 50% 的人认为修剪草坪是一个超脱当下的机会，能够减轻压力，甚至可以冥想。差不多有 50% 的人认为修剪草坪提供了难得的独处机会；对他们来说，割草机的噪音简直就是音乐伴奏，以合理的方式排除了同伴侣、孩子、邻居、宠物交流的必要。

“修剪草坪的艺术”

《园艺居家指南》(2004)

一天下午，旋转式割草机“嗒、嗒、嗒”的声音让我从午睡中醒来。阿尔奇已经不用响声巨大的电动割草机了。女儿们聚精会神

① 一家始于 1919 年的建筑公司。

地看着下午档的节目秀,几个月来我分配给她们看电视的时间越来越长,以便有更多的时间躺在床上,这一点我很惭愧。不过今天我恢复了精神,感觉很好。我来到后院走廊,端着一杯苏打饮料坐在没有阳光的地方,尽情看着一个男人料理他的草坪。这样的景象看多少也没有害处。

我曾认为是因为阿尔奇洗衣服方面出色我才爱上他的,不过现在想来是不是还要再加上园艺。看着一个男人照顾花园,料理草坪,在上面大步迈进,宣告着这里属于他,这本身就有一种无法言喻的诱惑。男人除草,女人熨烫,这两个家庭画面中的原型形象,已被极化,无法调和。但两者有什么区别呢?把草丛修成草坪,把皱巴巴的布熨成平整的被单。也许所谓的家庭中的两极,传统的家庭角色,实际上更是相容的;也许他们的共存是因为其基础性、强大性,甚至还有情欲性。

也许其他人可以把这个问题探个究竟。我太累了,无法再深究理论的问题。

我们还未到中年,状态却早已逾过中年。我坐在走廊上,阿尔奇在后院草坪上向前推动身体和割草机,来回迈着平稳而强有力的步子。他旁边是工具棚。他的工具棚。满是神秘的男性工具,我看着都觉得稀奇,何况我还了解些工具。对他来说这些东西是不可或缺的。生了锈的铁格栅,一节节黑的、银白的覆层。巨大的电钻一样的东西,当然了,再大的电钻都不算大。一卷又一卷的电线、皮管、绳子、软管。垃圾,我相信,所有的都是垃圾,但却是最整洁的垃圾,每样东西都摆放得整整齐齐。阿尔奇的工具棚旁边是一块菜地，然后是鸡舍，四英尺高的电线围栏上爬满了佛手瓜的瓜藤。

我穿着超大的T恤和有弹力的裤子，我现在喜欢穿着这个闲逛。阿尔奇穿着褪了色的“金吉斯①”，一脚蹬的靴子，赤裸着上身，结实的肌肉，蒙着一层薄薄的汗水，在阳光下显出熠熠的光亮。虽然脏兮兮的带着汗臭，阿尔奇充满了神圣的味道，像新刈的青草的香味儿，像他的职业中泥土的味道。

以修剪草坪为生，这注定了他不会经常去欣赏草坪浪漫的一面。我们刚搬来的时候，他清理掉了所有的野牛草并进行园艺美化。后院成了一个工程项目，代表着他从园艺人和割草人向风景设计者的转化。红砖以人字形铺在地面。花园地基抬高，英明地种上了棕榈树，还设置了水景：黑色的瓮坛，缓缓地流出清水。美丽，宁静，不做作。并且还很实用。晾衣绳在栅栏的一端，是固定的，但不显眼。工具棚在最后面。几年后，我发现阿尔奇会无限向往地注视着后院。我明白他在看什么：一片蓝灰色的柔软草毯。或是一片长方形的蓊郁靓绿。他从来没有想到这一点，但他很想念除草这件家务。他意识到实际上这不是件家务，而是表达自我、静默沉思的机会。这时他悟出了除草的禅宗，又着手大干一番。砖砌小径撤掉。他挖土、翻耕、松土，然后施肥、浇水，种上新型杂交草种。待草长出来后，一遍又一遍地修剪，让手感柔软适中，然后我们会像孩子一样坐在上面，感觉手掌下的草坪，让草渣沾满衣服。我们也会和女儿们一起坐在那儿，她们皮肤都没有因为草坪而起皮疹。

---

① 服装的品牌名。

阿尔奇的草坪是最美的杰作,不会因为太软而让你不忍心踩上去,也不会因为太硬而在赤脚时感觉不舒服。旱季里他会虹吸出洗衣间的废水,自己用手浇灌。雨季时会用一根杆子绑上特殊的园艺叉给草坪透气,叉子的齿又长又细,可以松动土壤而不破坏表面的草坪。他割草的时候,会有一种味道随着和煦的微风扑面而来,那是童年时假期的味道,是生日的味道,圣诞节的味道,是每一份快乐的味道。无法去描述它的整体,亦无法拒绝。坐在走廊的那个下午,我呼吸着这样的香味儿。假如它可以用瓶子装起来就好了。

又在消磨下午的时光了,呃?阿尔奇说。

割草机割完草坪正中间最后一块后停了下来。有时候阿尔奇的逗乐里还带点尖锐。

好吧,我来做点小事,我说着,站起身走下游廊的台阶,在他正耙土的地方走过时重重地跺着脚。我走到鸡舍旁。拾鸡蛋是我能搭上手的为数不多的几件事之一。虽然这里早上还是一片喧闹和炫耀,窝里却只有一个鸡蛋。

母鸡不下蛋了,我吆喝着。

不是时候,他说着,弯下腰铲起草沫。他用脚压了压,把草末丢到栅栏这边。五只母鸡立刻跑上去,探究起里面藏虫子的可能。阿尔奇说的对:母鸡会在早春下更多的蛋,而不是更少。

我把鸡蛋递给他。我要收拾一下这里,我说。

我对花园的贡献便是这些母鸡,我本来想让它们在草地上随便跑,这让我们关系紧张起来,直到阿尔奇装好了铁丝栅栏,安好了鸡舍大门。尽管我喜欢看着棕的、黑的、白的母鸡和翠绿的草坪相互辉映，但还是接受了母鸡要关在鸡舍的现实。如果我对此还有疑虑，那么看看它们住了没几天的鸡舍，会给我以新的启发。任何绿色的、有草味儿的东西，不管有没有毒，最后都被啄得稀巴烂。我知道它们不出几周就会把整个草坪变成粪土和砾石。然而不知为什么，草坪上的母鸡，这一形象总是挥之不去，它代表着家庭中的某种完美，或是自然中一种理想的和谐状态。因而我偶尔会把简放到草地上待会儿，坐在后面欣赏着它熠熠的囫囵，映衬在饱含叶绿素的草地上。它像传令官身上的徽章那样绚烂。

我用铲子铲了些新鲜的草，放到鸡窝里。鸡群像往常一样慌乱起来，这不过是装装样子罢了。我没有什么值得它们慌乱的；我是它们的主人、它们的饲养员，是从小把它们养大的人。这是个原则问题，代表着不管它们地位多么卑微，它们仍有自尊。我注意到，即使是最邋遢的母鸡，也有她的尊严。也许这是因为它们能下蛋，毕竟这不是每个人都能做的。我在凯蒂的身体下面又发现了一个鸡蛋，她轻轻啄了啄我，抖了抖羽毛，从产蛋箱里跳下来。她几乎是解脱般地冲出去的。孵蛋的艰巨任务，最终都是要极务实的。如果有人将你从这一重任中解脱出来，你表面上抗议抗议，但很快就忙着做手里其他的事了。而凯蒂要忙的，便是在饲料盘旁边抓刨，看看有没有剩下的饲料，或者是虫子。真是乐观主义。

草地是我终结的地方。更确切地说，是要入寝的地方。和死亡联系在一起，草地便有了无限生机。世界上任何地方，草地都意味着死亡。绿色的土丘。古人的坟冢。那些竖满白色十字架的田地，曾混合着泥土和肉体，遍及法国各地。那些墓地和火葬场，繁茂而温暖，馨香而安宁。全世界所有的公园中、花园里纪念死者的地方。我所生活的城市公园。这些地方的草地都被人细心地照料、分割、施肥、除杂、浇水、修剪，无穷无尽地修剪，以纪念死去的人。没有人能够挽回死亡带来的损失，尤其是战争中的死亡，但割草机刀片的每一次挥动，水壶里的每一滴液体，都是人们关怀的表现。草地实际上已远非草地，而是一张痛苦与希望交织的毯子，我们将其覆盖住过去，希望历史不要再重演。

我知道我无法埋在自己的草坪下——就算家里人愿意这样，法律也不允许。但是我想，要是以家里草坪的图片做书的封面，那该有多漂亮。如果能把这一点和主题联系起来，我将会非常高兴。一个棺材置于草地上，我想这样的图片会有点不协调。还有品牌的问题。打破丛书的品牌认同是不明智的。我猜这本指南会和其他几本一致起来，同样的深红色封面，沙黄色书边和书脊。我进一步考虑到其中的细节。《洗衣居家指南》封面上是一块白色亚麻餐巾在晾衣绳上微微摆动，背景是鲜艳的草地和宁静的蓝天。形象并不陌生，虽然已经没人用亚麻餐巾了。这会给书的品质增添分量，突出了家庭生活中一个细小的方面，亚麻餐巾主妇们不会再用，但也并不陌生。这种细节，无论是对内容还是封面都很重要。没有多少人会注意到这一点，但是南希和我明白，这些图景的微妙排列——湛蓝的天空，所有人都会觉得自由而熟悉，加上洗净的餐巾，还是白色亚麻质地，会给人一种神圣感——对于我们要推销的产品来说都至关重要。因为我们卖的不仅是家庭常识，还有范围更广的东西：家庭的理念。家庭的整体性、永久性、安全性,这是丛书中所有家庭指南所要传达的理念。

同样,《厨房居家指南》的封面上是一排器皿摆在架子上,下面是优雅而简朴的不锈钢灶具,一条格子抹布搭在一角,很有讽刺的效果。很少有人能买得起那种炊具(大约要六千块钱,还不包括换气扇和不锈钢防溅板),但是谁都买得起格子抹布。而且可能还有人恰好就有格子抹布,在两元钱商店里这种抹布还不到两块钱。如果你有这样的抹布,便会联想自己也会有个美诺[①]炊具,至少可以幻想一番。就算无法拥有那个炊具,至少还有那条抹布,这也算是一种安慰。要把这一层一层意义的重要性解释给阿尔奇听,我是不在行,这也是我不和他讨论封面设计的原因。南希和我这方面是一致的。她对这些细节的重要性一清二楚,都不用和她讨论这一点。也许说到底这还是个性别的问题。不过,阿尔奇挠着脑袋,告诉我红色蕾丝内衣或黑色胸罩放在晾衣绳上要比一排白花花的餐巾好看时,我还是可以理解的。

然而我还是不敢肯定南希会同意用草坪上的棺材做封面,实际上也许她不会同意用任何有关丧葬的图片做封面。虽然题目和死亡有关,她仍会强调画面要突出生活、希望、新生。也许用没有棺材的草坪?极可能的情况是,我等不到最后作决定的日子了(操纵狂),所以我要好好想想。怎样说服南希呢?有个离奇的封面一直在脑子里挥之不去。有人曾经从墨西哥寄给我一张别致的明信片,上面敞开的棺材里有一具风干的尸体。虽然尸体已经腐烂且皱缩,

① 美诺(Miele),德国顶级家电品牌,已有109年历史。

它看上去仍很平静,微笑着安眠的样子几乎是平淡无奇的。那种静默的平凡,是要表达简易棺材里露出的干尸,在墨西哥任何街角都是。而事实上,据我所知,也正是这样。这具尸体——男性还是女性已经无法辨认——一只手里拿着一本小书,也许是祈祷书,另一只手里握着一朵看上去像是百合的干花。

这让我灵机一动——一个绝好的主意闪现出来。封面上我可以在一个敞开的棺材里摆放上自己的遗体。很多作家都用自己的照片为他们的书皮增光添彩。这是有些自我本位,那又怎么样呢?我永远成不了名人,何不假装一次,哪怕就一次!毕竟我已经打算要自己买棺材了。这会让想法更快地付诸实践,会让整个事情更有意思。我已经在幻想自己带着红紫相间的亚麻围裙躺在那里了。一个普通的家政女神安息了。诸如这样的主题。

这时,潜意识里我感觉到阿尔奇可能会犹豫。对于他老婆将个人的死亡过程用作权宜之计和商业用途,他已经感到不自在了。我想让他明白,事情远非如此,而且和钱一点关系也没有。但他仍拒绝接受这一说法。我知道他无法理解为什么我本可以平静而舒服地死去,却要在临死前忙着写关于死亡的书。

问题就在于此。死亡的过程没有舒服可言,至少我没发现。躺在床上等待,营造出一种平静的姿态,这是最糟糕的死亡方式。想到要擦洗的碗橱,要看的书,还没去过的地方,要投稿的论文,还想再看一遍的电影,要做的事数也数不过来。那些长时间以来幻想要尝试的冒险活动——从桥上蹦极、乘坐热气球,或是任何你未尝试过的刺激,或是所有特别的享乐——去巴黎马克西姆餐厅[①]吃一次饭,只穿着丝绸内衣,每天在香奈儿5号中沐浴,或者开一瓶离开人世前很想尝一尝的葛兰许[②]——到头来都没有意义。所有这些都毫无意义。有意义的是继续做我擅长的事情。而且更重要的是,继续这么做也是因为我觉得艾斯黛拉和黛西需要生活尽可能正常地进行下去。她们已经被迫要面对我生病的状态,不在家而在医院的现实,以及行动迟缓、总要休息的趋势。如果我消失了去跳兔子舞,或是去学手风琴,她们肯定会认为我完全神经错乱了。

况且我不是在写自己的死亡。也许我该让阿尔奇看看其中几章,让他相信这一点。在其他人面前,诸如他的朋友或生意伙伴,他会让我不要把这本书的性质说得太详细。就跟他们说你在写一个家庭方面的题目,他会这么建议道。他们会想到任何题目——很多书都和家庭有关,不是吗?尤其是在他的朋友间,像是建筑商、开发商之类的,那些他从园艺匠转做庭院设计师的这么多年里结识的人,或是他的橄榄球队友间,我扮演家庭主妇的角色其实也自得其乐。我绝不敢在烧烤时,在他们一边预先焙烧一边谈论纤维强化混凝土或是快速传球时插话,问他们奥妙和汰渍更喜欢哪个;不过也不介意间或打破饭桌上的沉寂,对大家说最近我在研究塑料晾衣夹子或是三明治烤箱。随着身体情况逐渐恶化,这些熟人有些也慢慢疏远了,对此我也没什么可遗憾的。

不知道对于自己生活的叙述,是不是缺少人物,显得有幽闭恐

---

① 法国著名餐厅。

② 葛兰许(Grange Hermitage),澳大利亚产的顶级葡萄酒。

惧症结。我想这是因为在你弥留之际所有人都会弃你而去,除了自己最亲密的朋友(这一点可参见死亡指南的第六章)。那些人内心充满了恐怖、内疚和害怕(这一点抓人眼球吗?),或者他们觉得无力可助,便不想记起你的存在,更别说你曾经是他们的朋友了。

与此同时,对于我要设计的封面,想必阿尔奇仍会犹豫。我决定采取渐进式做法。我要把棺材买来,这是写作的相关研究,应该没有问题。随后我便会做阿尔奇的工作。之后等天气晴好、日光柔和的一天,我便会把棺材拉到草坪上,用些砖头把棺材头部垫起来。我会在其周围放些垫子,也许还可以铺几张毯子,以达到自然的效果。也许我会带上20世纪50年代那种镶褶边的围裙,不是那种大红大紫木槿图案的,还会一只手握着搅蛋器,另一只手端着鸡尾酒。我要倚靠在棺材里,而不是躺在里面,而且我要睁着眼睛。我会微笑,很灿烂地微笑。

亲爱的德丽雅:

卫生间,检查过了(我一定要注意淋浴区的霉斑)。厨房,检查过了(我们多数时间都在外吃饭)。洗衣间,检查过了。没什么大问题(你觉得蟑螂会不会对洗衣机也感兴趣?)。可是我的卧室有霉臭味儿,连我都注意到了。我敞开了窗子,还有其他所有东西。

谢谢。

绝望者(我都有点习惯这个名字了)

亲爱的绝望者:

我早就习惯这么叫你了。你想过换床单吗?

26

在阿米塞斯特，阿尔奇绝大部分时间都在修整草坪，除杂，修剪，主要还是割草。那些年月，他常常一连几日自己工作，只有他、他的草坪车，和一片要为开发商清除掉的马缨丹，或者是他、割草机，以及要修剪的公共草地。有一天，他要在河的东岸刈出一条小路，这里开发得还不足以成为一个公园，不过周末的时候很多家庭来这里，间或还有流动工人在这里露营，直到当局把他们赶走。阿尔奇做着自己最喜欢的事情：对大地施以最少的秩序和技艺，从“甜蜜的大地沉睡着遗忘[1]”的地方培育、塑形。几番思索后，我觉得马维尔说的有道理，尽管阿尔奇不同意。割草是人作用于自然最多、也是最少的东西：其他一切都是非自然的，是一种恶行，古怪扭曲，掺了假。

① 出自马维尔的诗《割草者》。

我和桑尼从麦当劳回来经过墓地的那个下午，阿尔奇在修剪草坪；那个地方穿过城镇，在新开发区的边上。天色渐暗，影子在草地上飞快地划过，他一直等到把活儿都干完，这样第二天就不用再过来了。我们的安排是，阿尔奇工作结束后来大篷车，我们可以一起喝啤酒、桑尼可以吃根冰棍，玩玩踏板，或在公园喷水器上跳来跳去。很显然，对一个八岁的孩子来说，这还是很有意思的。

我和桑尼从墓地回家时走的是主大街，顺便去租盘录像带。我们刚过完马路，他是个活泼的孩子，总是不安分，突然间他又折回到马路上去。虽然只跨出去几步，但已足够远了。在那个关键的时刻，是什么挡住了他的视线？是什么抢去了他的注意力？是他发现了一辆特别的汽车（眼下很多人都迷恋宝马）？是头上的长尾鹦鹉在椰枣树间飞来飞去，像在挑战彼此？是见到了他认识的人？这些足以置他于错误的地点，而那辆蓝色福特也同时出现在了错误的地点，在主大街上跑得飞快，突然转向人行道这边，紧贴着路缘。虽然司机迅速急刹车，但仍不够迅速。车撞向桑尼左前方，人撞飞到空中，而后头朝地面落在路中央。

很多人围了上来。我被另一片时空吞噬，似乎桑尼会立刻爬起来，然后说，逗你玩！然而，他什么举动都没有。我听不到任何呼吸，看不到任何动作。连周遭的吵嚷似乎都是假的，我就这样眼睁睁地看着他躺在我面前。相信自己的眼睛，却又不相信自己的眼睛，直到救护车赶来，这种状态才被打破。15 分钟后，他由手推车送到重病监护病房，不用重病护理的专家跟我说什么，我自己就可以看到孩子金色卷发的脑勺后一片血肉模糊，伸手就可以感觉到他无力的肢体。随后,他们把桑尼拴在了一排仪器上。

五金店的道格开着送货车去找阿尔奇。似乎阿尔奇瞬间便出现了,应该是半个小时过后,因为我透过医院的窗户看着夕阳沉下了树林。他带着青草和汗水的味道,走上前来抱住我,没有说话,他知道此时任何话都没用。直到这时我才明白为什么桑尼那么喜欢他。才遗憾为什么自己要犹豫那么久要不要接受他,现在拥有的,一切都那么残酷,一切都迟了。

后来我想,会不会是因为光线。因为影子。因为午后阳光渐变至暮色造成了假象,轮廓被扭曲,图像被模糊化。也许那个司机车开得并不快,也没贴得路缘那么近。也许是桑尼出了差错,低矮的烈日晒得他没注意到汽车。或者也许是日光经过汽车挡风玻璃上的尘埃折射了出去,瞬时间司机眼前只看到一片白光,把孩子误当成一个影子,或者以为前方什么都没有。我无法问他们两人中的任何一个,也没有证人。虽然当时周围围满了人,事情发生得太快了,没人能有把握说清究竟是怎么回事。警察询问了十几个人,有十几份不同的证词。那个司机是外地的,此前驾驶记录良好。没有判决。其实,那又有什么用呢?

离开阿米塞斯特前的最后几天,在一切都已处理完毕。除了离开再没有其他事情可做时,我总会一次次地在午后回到那条街的那个地方,看着那条道路,周围所有的道路,想象着自己是那个福特司机或是那个孩子,竭力想搞清楚整个经过。光线是有强烈的地方,金色的光芒,这一点我确定。随后的暮色持续得比平日长得多。这是十月份北方常见的现象。可是再往后,那天的一切都模糊了,我所闻到的、所听到的,我知道它们都不曾存在,所以当时看到的也不是所发生的,而且,最终,也无法看到。

27

给打算自购棺材者的建议:留出充裕的时间,考虑买库存,做好吃惊的准备。另外,记得网上购物的优点,把种种疑虑抛到九霄云外吧!谁都不会晕了头一下子订购几个棺材,不会像在易趣上买电影海报、新奇袖扣、裸瓶红酒[①]或是其他东西一样,一买就买一大堆。

“葬礼前的准备”

《死亡居家指南》(即将出版)

我了解到的第一件事便是,“棺材”已经不存在了。现在它叫寿器。这是殡葬业神话里一个重要的区分,也自在情理之中。能有更诗意的、更高贵的、更抽象的词可用的话,就绝对不用迟钝的、乏味的、实用的词。所以“死”变得“没了”,还有用得越来越多的“过

① 指无商标和外包装的葡萄酒,价格便宜。

世”，暗指到了另一个世界，给丧亲的人以安慰。最近还常用一个美语化的表达——“逝”。如此简洁，如此高贵，如此富有诗意。“逝”。让人想到亡者的生命像一阵神秘的风一样拂过。

棺材暗示着死亡中肉体的方面。一具尸体，显然，既然死亡了，便处于腐烂的状态：这是丧亲的人不愿去想的事实。棺材让人想起硬邦邦的木材——也许还很廉价——这种基本原料。它的用途令人心情沉重，又缺它不可。它更令人想到死亡的气味儿和水汽，散发着霉味儿，带着恶臭，令人恶心。棺材里装的是没人稀罕、没人在乎的骨头。是身无分文之人的尸体。裹在寒酸的衣服里或罩着白棉布做寿衣。棺材是穷人用的。他们的灵魂在宇宙间不停地游荡，处于悲惨的境地，找不到合适的安息之所。

而寿器的意象不仅惬意，而且给人以安慰：装饰、雕花、盒子上自然凸出的面板、镀金的把手、内藏式合叶、白色绸缎里衬、褶裥、褶层、铺垫。像一个上好的乐器，只散发出蜂蜡抛光剂和红木的香味。寿器里装的是一个人留在世间的东西（不是遗体，也不是尸体），他当然早已找到安息之所。甚至有理由相信，这个在深色木质寿器中安详地倚靠在绸缎靠垫上的人，他的灵魂已经得到许可，可以通过天堂之门到达另一个境界，在那里死亡谁都没听说过，甚至连这个词都没有。

这些都是我在静雅殡葬店学到的，那是近郊的一个小店。这一地区有三家经营殡葬的，而静雅提供了一个熟悉殡葬业的绝好窗口。熟悉和“过世”打交道的行业。这里很多方面我已预料到了。言语谨慎的气氛，乏味的陈设，从隐蔽的扩音器里钻出的软绵绵的笛声。逢迎讨好的店员。店面里决然没有这一行的任何标志——

这一点倒很像妓院。要是灯光再昏暗一点,陈设再深讳一点,音乐再活泼一点,那便和妓院没多少区别了,至少在接待处都一样。

本以为可以看到这一行业里的行业气息的。让人失望的是,看不到寿器的影子。我站在接待处,上方竖着一块彩色玻璃假窗,设计比较现代,光从后面发出来。接待处的桌子上摆放着当地的鲜花,很显眼。没有百合:这是好征兆呢还是坏征兆?有人悄无声息地走进来。他轻轻带上身后的磨砂玻璃门,遮住了一小群人离去的背影,显然是由侧门带出做葬礼的。这个人异乎寻常的年轻,穿着淡灰的西服,整齐的头发简直灼煞人眼。左衣领上一块黑色小工牌上有他的名字:詹姆斯。

请问您需要什么,夫人?

我想买个棺材。

直接切入正题没什么不好。丧葬业的人素以娴雅的镇定而闻名,而眼前这位此类人群的代表明显是吃了一惊。当然,只是一瞬。这一行里无论接受的是怎样的训练,与顾客打交道显然是重要的一课。詹姆斯眨了眨眼睛,又眨了眨眼睛,张开嘴又合上,又张开嘴。

呃……好的。一个寿器。他把这个词读得很重,表示当前的这种关系下,他只能通过会意来纠正顾客——或是客户,我想应该这么叫。

能否问一下,是为……他继续道。他的眉毛挑起,表情里写着问句的后半部分。直接问给谁买棺材也许不合适。

我决定不配合。棺材,我重复道,当然是为人买的,一个死人。

他吞了口吐沫,喉结明显地上下蠕动着。他向周围看了一眼。我在安息者神圣的领地说出了带"死"字的字眼。是不是上司要过来叱责他违背了行业礼仪,违反了行规?

他又吞了口吐沫,随后挤出一丝微笑。他咽了咽口水,飞快地笑了一下。

是的,当然,一个……寿器……(他把这个词读得更重了,我敢说他已被击倒,但还没有出局)给一……一个……过世的人。他又笑了笑,似乎是让自己放心,说那个词是迫不得已,他不会遭雷劈,也不会被炒鱿鱼。不过我们是不是在说某个具体的?或者……

我打算给他解围。

当然。那个具体的人就是我。我想买个棺材,给自己买,死的时候用。

他的眼睛乍蓝,不过也许是因为瞪得太大了,和嘴一样张得大大的。我看到他口腔里滑嫩而可爱的粉色,嘴里小巧的牙齿。我开始为他感到过意不去了。他闭上嘴巴,第三次明显地吞了口吐沫,喉结上下摆得像个悠悠球。

但是您还……还……

还没死?当然,我还活着,这你可以看得出来。这回轮到我微笑了。不过我会死的,很快。你要知道,我得了癌症,很快就要死了,我想提前安排自己的葬礼。买棺材是第一步。

尽管我一再用不合适的字眼,尴尬的气氛还是缓和了些。一听到"提前安排葬礼",詹姆斯就像失事的船只上落水的水手遇到了漂浮的木片,打起了一些精神。他职业的一面占了上风。

哦,夫人,当然,我们可以帮您。许多人到我们这里来提前安排葬礼——这可以让丧亲的家人在那个悲痛的时刻来临时压力不是那么大。

呃，你误会了。目前我只想买一口棺材。

寿器，他嘀咕着，仿佛已感觉出此次交锋败事已定，但有些东西就是不能让步。

我当然会为自己的葬礼做准备，但还不是时候。现在我只想买个棺材——（我不会、也不能屈服，现在不可以）——所以我想看看都有什么样的。

直到那时我才发现静雅殡葬店没有展示厅，大多数殡葬店都没有。也许这是给太多本家庭指南做调研后的习惯，从仓库到大型商场再到展示厅，跑遍了整个城市，我以为可以直接走进任何有点模样的殡葬店，踱步看一看地上放的商品什么的。也许是因为静雅的一边是经济型家具店，堆满了没刷漆的廉价松木家具，另一边是二手车代理的门铺，亮闪闪的汽车们在等待着买家，它们上方都飘着鲜艳的旗子，前面超大的荧光漆牌子上全是数字999。也许是因为我对殡葬业存有不切实际的想法。

因为根本看不到实物，所有的产品都是服务方面的。詹姆斯只能提供产品目录。从柜台里面递过来各种各样的广告册子，这让他有了恢复姿态的时间。同时，我放弃了自己消费者式的幻想，不再期望能在过道里踱步，亲手摸摸各种棺材的亮漆表面。要是能这样的话，说不定我会被说服改口叫它们寿器的。我仔细看着他递给我的广告册子，他解释说有好几种风格的寿器，价格从高到低都有，可以满足不同的预算。他还说其实他们不单独那样卖寿器，他们是殡葬服务公司，购买他们质量上乘的寿器只是整个服务的一部分。

有一份彩色小册子里面有很多看上去很不错的棺材。但没有价格,而且棺材都是出自一个厂家:质优寿器,远在西部的一个地方。詹姆斯似乎不愿意透露任何价格,而这对于调研来说至关重要。最后他承认,虽然这一地区至少还有五个寿器制造商,静雅殡葬店只选用其中一个。还说价格从五千到八千元不等。太迟了,我意识到自己嘴巴早已张得老大,虽然时间很短。

这么说,用买一辆崭新的二手汽车的钱,我能买个最基本的棺材?

呃,这我不太清楚。他的语气似乎是说,他很少将寿器和二手车联系到一起。我可以向您保证,这些都是质量上乘的寿器。而且没人嫌价格过高。实际上,我们卖得最好的都是那些价位高的寿器。人们都想给自己深爱的人以最好的送别。

现在是我买棺材,便宜与否对我很重要。

如果我想买便宜的棺材也没人会说什么。和詹姆斯的对话我已经说够了,这里面八成有回扣。所以如果我想要其他类型的棺材,或是便宜些的,便要穷追到底。这有可能意味着我会找到做棺材的人那里去。

我决定再去两家店,然后回家继续通过黄页或互联网调研。联邦丧葬也在郊区,不过是另一边,高速公路再向南一点。水泥底子上画的是联邦建筑中太阳升起的标志,上方巧妙地刻着1901[①],下方

① 联邦建筑是澳大利亚的一种建筑风格,主要流行于1890年至1915年。澳大利亚宪法于1901年1月1日生效后,以前独立的殖民地联合成为澳大利亚联邦。文中殡葬店刻有1901,除了强调自己的历史外,也契合了自己的店名:联邦丧葬。

刻的是“家族产业”。我怀疑其真实性。大多数殡葬生意都是跨国公司经营的。主要是银行，源自美国。联邦丧葬的棺材种类更多，但仍没有样品，只有广告册子。那些册子很精美，但我这样的消费者仍想亲手摸到实物。之后我又去了W.B.斯莫尔合作商店。情形一样。每个地方都是软绵绵的笛声，柔和的光线，金光闪闪的摆设，惟独没有任何与盛装或运输尸体相关的东西。在W.B.斯莫尔也有一个年轻人，穿着深色西装，系着灰色领带，名叫约翰。他们看上去是一类特殊的物种。

我快死了，我说。活不了几个月了。我想自己选个棺材。可以吗？劳累与烦躁让我开门见山起来。

约翰看上去也被“死”字吓了一跳，和詹姆斯的反应一样。我几乎都要崇拜这个行业不提实物、生意照做不误的能力了。这里的委婉语无穷无尽。约翰没有直接回答我的问题，而是从柜台里拿出一把小册子。其中一个还是斯莫尔自己的宣传册。既然我都身在这里，再看这个简直就是多余。我翻看着册子，约翰在电脑前点着鼠标，浏览着玫瑰、十字架、蕾丝纱的照片。所有图片四周都模糊一片，只用大字号写着小段话：永垂不朽，永远安息，爱人长眠。我突然想到，也许这个行业有我想要的答案。

你们有形容死前状态的一个词吗？我的意思是说，一个贴切的词，用来形容像我这样的人。我指了指自己。穿着自己最好的牛仔裤，虽然日渐消瘦裤子还不算太肥大，加上上身的丝质衣服，我看上去很正常。我化了妆，裹着头巾。没人会想到我即将死去。

约翰张开了嘴，又合上了。

我的意思是，看我，快要死了，但仍正常生活着。仍然活生生的。这样的词是什么？可以用什么词来形容？我以迫切的眼神盯着他。

呃……他摇了摇头。呃，我真的不知道。

你不觉得干这一行应该知道吗？

这一行里我们总是以敬重的语气称呼已故的人，他说，听上去像在引用第一堂课上的殡葬业者第101号原则。而我们的客户则是丧亲的人。

都是人，我说。

什么？

都是人。已故的。丧亲的。没必要用书面正式语。我们都是普通人，都会死。都是人而已。

没找到那个词，只攥着一把宣传册子回家了，开始下一阶段的调研。但是在网上搜了半天，发现了些有关人类所需最后一份家具的有趣信息后，我感到很累。"入土"棺材店提供环保型棺材，保证棺材在入土两年内生态降解，但他们不往澳大利亚发货。"自掘墓"公司提供风格化棺材的拼装材料，但建议专业木匠把材料拼装好，我不想这样。"纸板寿器"在西部郊区，用回收的纸箱做成便宜环保的棺材，但他们网站上的棺材看起来像超市货架一样花里胡哨的。还有木丛丧葬公司，坐落在马奇①，另类庸俗到了极点：我想象不出有哪个客户会选择树胶叶子形状的棺材，或是人造革编织的棺材，

① 澳大利亚新南威尔士州的一个城市。

或是其他砍树枝、剥树皮后做的棺材。他们甚至还提供亨利·劳森[1]豪华版，在棺材两边的相思树嵌板上刻着劳森著名诗句里描述的情景。

随后，翻过这些以后，我发现了一个熟悉的名字，一个我永远不想记起的人。

① 亨利·劳森(Henry Lawson)(1867－1922)，澳大利亚小说家和诗人，澳大利亚本土文化创始人之一。

28

有些时候，纵然有那么多的争吵和日益膨胀的怨恨，纵然多年来彼此杳无音信，你仍迫切地需要母亲。我生产的时候特别希望简在身边，然而却要压抑着这个愿望，不能让它愈发膨胀。

儿子生命危急的时刻，我同时也为失去母亲而恸哭。那是我们最后一次争吵，她跟我说凡不值得我那么做，去北方找他是浪费时间，说我应该堕胎，否则把自己的一生都毁了。我跟她说我恨她，恨她的计划，还有她那完美的成功者生活。我使劲儿把门甩回去，甩得上面的饰物乒乓直响。

我把桑尼出生的消息作为第一个和解的信号寄给她，之后我们便偶尔有些联系。我觉得简只是在桑尼生日和圣诞节的时候才会想起孙子，权当是尽祖母的义务。然而，我在桑尼的病床边打电话给她的时候，周围医疗器械嗡嗡作响，护士们啪嗒啪嗒地进进出出。电话那边她的第一缕声音一响，我的喉咙便哽咽了，顷刻间说不出一句话，只是叫着，妈妈，妈妈。我哭着断断续续地说着，直到那时才明白她是多么爱我，无论发生什么，她也无法停止爱我。自己的孩子受罪，就像一块磐石压在胸口。我离开家时，她便是这样的感受。现在轮到了我，看着桑尼受罪。

第二天早上，简像魔术师帽子里的鸽子，出现在了医院。我们相拥而泣，彼此说着对不起，又对彼此说没有必要说对不起，之后她就开始做起自己熟稔的事情，照顾我的换洗和头发，还有棺材的置办。桑尼的棺材只要简单、实用就好，虽然会小得令人心痛，却是必要的。

于是我们来到"维塔罗木匠世家"，场院在马戏团的最南端。简带我到那里，知道我希望亲自为桑尼选棺材。这一点当时我自己都没有意识到。我服用过医生坚持让我吃的安定，因为突如其来的打击而麻木，对于允许他们对我惟一的孩子所做的这一切，我已经语塞。我已是一个僵尸，一个活着的死人，在生存和死亡的混界处游走的、在感官临界点上的生物。简的治疗法就是行动。面对。此外，还有一个需要加急赶做的小棺材。

维塔罗的场院前有一排低矮的铁丝网围栏，中间塌陷的大门像是因为丛丛野草而永远敞开着。小木棚低矮破旧，不过房前有一个天竺葵花坛，两边还有一排香蕉树。如果不是那个不起眼的招牌，谁也不会想到"维塔罗木匠世家"会和殡葬业联系在一起。后院电钻的噪音把我们引到那里。如果我和简以为会看到一个移民商人，操着浓重的口音，卷卷的头发，还有三个结实而寡言少语的儿子，那我们就大错特错了。一个中年男子俯身在长长的支架台上方，维塔罗先生瘦高的个子,头发卷卷的,有口音,没有孩子。

这几个是我的孩子,他指了指三只懒散的狗——两只牧羊犬,一只小杂种狗,短短的棕色的毛——它们客气地冲我们大喘着粗气,转而去舔自己的球了。

比尔、鲍伯,还有花生豆,他说。那只小狗听到喊它的名字时,温顺地摇摇尾巴。我是阿奥,他说着,伸出没拿电钻的一只手。

听上去很像意大利人,简说。

他笑了笑。是阿奥多的简称。

这么说我猜对了。

“维塔罗木匠世家”听上去更好些,他一边解释,一边把电钻放下。干这一行,尤其是这一地区,家族生意很重要。人们觉得要是一个家族都参与这个生意了,那你的生意就很值得尊重,值得信任。

阿奥·维塔罗以前曾经是房地产销售商,间或做些房屋维修的生意。这让他成了一个业余木匠,木匠是他真正喜爱的工作,还有家具制造,都是他在晚上工作之余学的。棺材是近来才开始做的生意。碗碟厨、餐具柜、桌子、床,这些他都擅长。他的祖母 93 岁的时候平静而安详地离开了人世,临死前她让阿奥给她打个家具做棺材用,后来接受了几个定做后,阿奥决定把棺材加入到自己的产品目录里。没多少人来过这个场院,他们大都是在葬礼上听人推荐的。

也没人愿意死前就看到棺材,他说着,眼睛看着我。

我们想自己选一个,简代我把话都说了。我们需要这么做。她快速地解释了一下原因。

阿奥眉毛抬高了起来。我记得当时自己对此很欣慰,他没有说安慰的话,没有搜肠刮肚地表达无法言表的东西。他只是简单地、平和地问了问木材、罩面漆和尺码的问题,向简提问,但眼睛看着我。我心里充满了感激,他省去了我作决定的麻烦,因为那只会带来痛苦,同时又没有仅将我作为出资人排斥在外。

阿奥接的活儿主要是定做,所以也没多少存货可看。棺材大多堆在他工作棚的后面,有几个在院子里,沿野草丛里的围栏堆起。日晒雨淋,棺木已变得发灰,上面的盖子平平淡淡,没有任何装饰,它们像一队散乱的试修生[①],在外受着磨练,直到晚祷的钟声响起。阿奥似乎没兴趣推销,在我们转着看时又开始满意地钻木头、钉钉子。简查看着木材的样品,我回到阿奥身边看着他干活。他给最后一条短木腿上好钉子,搭起来后是一个小咖啡桌,大小正好够架在搁板上。他站起身扫了扫桌面,上面带着木纹和涟漪纹,并不是完全的平板,而是像微风拂过水面的纹路。那是一个充满爱意的下意识的动作,同时又带着遗憾。这样一件简单家具里所投入的热忱和努力也是显而易见的,甚至还有家具交出去后的遗憾。

买家下午就来取,阿奥说。我做得有点迟了。

很漂亮。

木材上有一个暗斑,差不多在中间,几乎烧焦的样子。那里应该是树干的最中央,也不知道是什么树。

赤桉树,阿奥说,似乎看出了我在想什么。我认识的一个家伙从内地捡回来的——树桩啊,已经放倒的树啊,大树枝之类的。

---

① 教会法规定有志入会做修士、修女者,应先有相当时期之考验,故名望会期、试修期或见习期。合格者可入初学期(Novitiate),期满发愿后,始称为正式的修士、修女。

我很高兴阿奥用大自然遗弃的部分做原料。我算不上什么环保主义者,不过专门砍树做棺材仍让我感觉不舒服。

怎么样?决定了吗?

我说不出话来。有什么关系呢?结果早已摆在那里,这只是一个必经的手段罢了。简站在我身旁扶着我,对于孩子已死的躯体,我说不出一个词去形容他的大小。抽噎再次涌起,虽然克制着,可势头还是很猛,哽咽如同块块巨石在胃里升起,堵住了胸腔,堵住了心脏,堵住了喉咙。

阿奥低头看着自己的靴子,靴子周围是刚从木板上刨下的馨香的刨花。

我去医院看看你的小孩儿怎么样?他说。然后我就可以做好。大小正好。朴实的那种,如果你喜欢的话。

我点点头。那些巨石移开一点了,虽然仍压着不能说话,但已足够让阿奥感到我因这理解的脉息而产生的感激。

29

在掘第一块土皮之前,要先考虑一下你希望种在花园里的植物种类和预期寿命。有些土壤适合种的植物未必让人喜欢,也有些土壤可以种自己喜欢的植物。比方说,木麻黄会在沙壤环境里疯长,在瘟疫中也能活下来,而玫瑰土壤太松的话就会枯萎。仔细考虑好你希望花园里什么植物存活下来。

“计划在前,掘土在后”

《园艺居家指南》(2004)

在实地调查去过殡葬店后,我只能定下自己不想要什么。我不想要任何铺张浪费的、华而不实的、俗不可耐的、价格不菲的、过分装饰的、镶金带银的。换句话说,我想要的是殡葬业无法提供的。但是,当我看到维塔罗这个名字时,便明白也许下这个结论为时过早。他离开阿米赛斯特了,这我知道。他的网站上说,阿奥现在在塔斯马尼亚[1]做着生意。招牌上去掉了“世家”二字,不知道他是否还养狗,或者,还是不是那几只。

打给他的电话里,能听到远处有狂乱的狗叫。不需要什么提示,他就记得我是谁。

你最近回去过啊,他说。

是啊。他是怎么知道的?

他也是听说。我想他还听说了我为什么要回去,听说了我没找到想见的人。

我到了南方,和玛丽在一起,他说,是我的新老婆。她老家是德文波特的。

我能听出他语气中的遗憾,似乎他从未想过要离开北方的家乡。我能理解。

那我现在能帮点什么忙?

噢,我想,有些事他还不知道,他不知道我要死了。我告诉他这个消息,他只是说,噢。我脑海中勾勒着他的样子,在电话的另一端,站在木材边角料和刨花中,低头看着自己的靴子。我直接问他棺材方面的问题,免去了他找问语回应这一消息的麻烦。

我们谈到了材质,阿奥解释说现在最流行的是生态棺材,不过他不做那种。那是用压缩过的回收材料做的,完全没有漂白剂,只用可生物降解的胶,没有金属钉子和扣件,包括插头、把手在内的所有物件都设计成在下葬后两年内完全腐蚀,土壤里不会留一丝化学

① 澳大利亚南部的一个州,下文的德文波特是该州北部的一个城市。

毒素。

都有质量保证书的，阿奥说。可是他们怎么知道是不是完全腐蚀？难道人们还能挖开自己亲人的坟墓检查腐烂的进程？难道有人会要求索赔？别笑，他说，这是和他们对着干，他们非要了我的命不可。噢，对不起……

别那么说，我说。比起我的尸体遗留的化学毒素，棺材上的简直微乎其微。管它呢，反正我不准备用生态棺材，我跟他说，这也是我给他打电话的原因。

我说我想自己装饰棺材，他的回应听上去很高兴，在我解释为什么要这样做时，他打断了我的话。

你想让自己和它融为一体？

嗯。

自己说了算？

嗯。

我猜你也想写几行字什么的。

当然。我想写……

冷嘲热讽？

没错。机智，冷嘲热讽，就是我这样的。

我们都笑起来。知我者阿奥也。一如既往。

亲爱的德丽雅：

以前我写过一封信，询问用瓦罐可以做什么菜。你建议我把瓦罐扔掉，直接吃牡蛎什么的。几个星期后，我在 RSL 俱乐部[①]遇到了一个真心喜欢的男人，后来我们一直约会。有意思的是，他想和我一起用瓦罐做饭，而我现在已经没有瓦罐了。

好奇者

亲爱的好奇者：

通常情况下，我建议你把那个以瓦罐做饭为乐的男人也扔了。不过现在我的建议是，到附近的义卖商店或旧货商店去，他们总会卖瓦罐之类的东西。我想，你的男朋友一定有瓦罐食谱。

---

① RSL 是 Returned Services League of Australia 的缩写，意为“退伍老兵服务俱乐部”。最初是澳大利亚退伍老兵聚会的场所，后来逐渐扩大经营范围和服务对象，里面大都有酒吧、餐厅、舞厅、博彩机、台球、乒乓球、泳池等，是多数澳大利亚人经常光顾的地方。

30

这个世界充满了伤痕累累的普通生命——这些生命没有受到企业扩张那点石成金的恩惠,相反,却受到它的诅咒。在这个世界上,很难发现一个没有曾被叫做"过程"的东西所通达的死胡同,看不到经济转轨之前,理性主义时代里旧有的遗迹正日益恶化,就更难珍视这样的死胡同。在这个世界上,马戏团着实是个避难所。它是一个真正的社会主义理想模型,在摇摇欲坠的辉煌之后它仍吱呀着前行,仍庇护着孤独的社会遗弃者,免受经济、社会发展的血腥大嘴把他们嚼碎,而后从牙缝里剔除的厄运。

阿米赛斯特的马戏团在变革和发展停歇的空当还留存着些人性的残余,现在发展速度快得像一阵阵旋风,那些被甩落在旋风尾流的尘埃和瓦砾中的人性残余,便显得愈发耀眼。马戏团接受每一个人,并为他们找到一个位置。它让每个人都觉得自己做着重要的事,而且,很简单地把每个人都变成了明星或英雄。它自给自足,大家同甘共苦。桑尼还小的时候朋友很少，而马戏团接受了我们。没有人问及他的父亲或我的过去；他们不用问。我想凡既然可以离开自己的家、自己的亲人，离开这个马戏团的世界，这里面应该有敌意，还有小城市对陌生人的怀疑，尤其是来自南方城市的陌生人。然而，马戏团的人偶然发现，是这个地方吸引我前来，并且我希望留在这里把桑尼养大，这让他们很感动。他们很高兴地看到阿米赛斯特成为了我们的家。依他们简约的习惯，这一点不必明说，我和他们接触久了他们自然就清楚了。像塔拉和她的家人，还有蒙蒂小丑，他们都为我和儿子静静地敞开了生活的大门。

这是一个安静的下午，和其他人一起看了演出，观众总共只有三人，然后和塔拉坐了一下午。

随后我觉得自己准备好回大篷车了，准备好打开房门，开始收拾、装箱，最重要的是，抛弃需要抛弃的东西。

需要我和你一起去吗？塔拉问。

谢谢。不用了。我自己可以。

我知道自己可以，我可以回到那里，做完多年前无法去做的事情。我跟塔拉说会再来找她。

第二天早上我离开了赛天堂，车开到半路，我想走一走。从前总是徒步的。因而我把车停在绿洲街克里夫的店边，然后下了车。时间还早，便利店还没开门，透过窗户向店里望去，里面几乎还是老样子。克里夫总是在每个星期天晚上摆上货物:和安迪·霍沃尔[①]的浓汤罐头画儿一模一样的罐装粥,排成金字塔的形状,成盒的麦片或洗衣粉砖一样砌成一堵墙。还有一个更有创意的布置。有人——也许是克里夫店里比较年轻的人——模仿洗手间的样子,在靠窗的空中分挂起很多手纸卷,底下一个破茅坑,纸卷的一端拉下去汇集到里面,看上去像茅坑里喷出卫生纸的样子。

以前要走上整整20分钟,那是我怀孕的时候,推起婴儿车的时候,或身边带着孩子逛的时候,对孩子来说,终点和路上的乐趣比起来根本算不了什么。现在则用不了15分钟,走上绿洲街,经过宽敞的木房子,它们离马路很远,房前种着棕榈树,房檐爬满了藤蔓。在街道的尽头向左拐,随后再向右拐,便来到了露营车公园。一路上没觉得有什么变化,然而每一样事物都不同了。除了陌生,我认不出任何地方。一段记忆模糊的距离。

到地方的时候我已经累得上气不接下气了。在晴朗的一天,在一个安静的城市,很容易让人忘记你是个病人。我没带水。公园前面的花园水管藏在蒲苇丛中,我弯下身大口喝着,而后坐在门前栅栏上。这排低矮的栏杆以前是白色的,现在脱了漆,露出灰色的木料。早晨的时候,露营车公园是小鸟的天堂,现在时间还早,它们还没开始在公园周围的棕榈树丛间争争吵吵。米切尔的拖车门关着,他或者还没起,或者是在酒吧那边过夜了。场地里有五六个大篷车,还有两个露营车,很难断定有几个里面有人住。我走到洗衣房

---

① 安迪·霍沃尔(Andy Warhol)(1928-1987),波普艺术的倡导者和领袖,认为艺术应该商业化。他将浓汤罐头与可乐瓶图像直接作为艺术作品。

和洗澡的地方，在公园中央。洗衣房旁边是那棵橙色的老木槿，依然孤零零的没人在意，依然活着，依然在草地上落满惊艳的花。洗衣房是水泥砌的，上面罩着有瓦楞的铁皮屋顶，已经很久没人用了。木门上有瘪下去的金属门闩，开门时合叶总会吱呀作响，现在木门已经从合叶上掉了下来。房里阴凉没有光线。有两个旧铜桶和一排很深的浴缸，每一个上方都有一个黄铜水龙头。窗下的架子上以前放着长条肥皂。现在整个地方都很干。似乎多年来没人打开过水龙头。铜桶盖子也没有了，桶自身也蒙上了一层灰尘，树叶和虫子尸体落在桶底。架子上的一小块肥皂，化石一样裂了口子。旁边有一个圆木棒，我捡了起来。它看上去像是那把大木勺断掉的木柄，我曾用那个木勺搅过桑尼的尿布。洗衣房旁边，就是我的大篷车了。

它就在公园的最后面，靠近栅栏，上面仍长满了牵牛花，我曾经一度要把牵牛花砍掉，害怕它们会把我和桑尼吞噬。砖墙残垣四周的草很高，而大篷车周围的草坪则修剪得很整齐。大篷车从拉扎勒斯那里买来的时候年头就已经很久了，十多年后，它又朝地面陷进去了一些。边房已经没有了，不过那很难称得上是边房，不过是搭起了一块遮光布，在那里放着一盆垂叶榕，桑尼为数不多的户外玩具，还有我们的鞋子。现在什么都没有了。垂叶榕已经死了，也没人愿意费神把门旁的花盆挪走。

大篷车的外壳要多轻薄有多轻薄，油漆颜色要多单调有多单调。铝皮窗框和门框已褪了颜色表面坑坑洼洼的，窗玻璃蒙上了一层灰尘。然而除此之外，仿佛我只离开了一周。门钥匙在我包里，挂锁摆动了几下，打开了。我敞开门，闭上眼睛，准备将14年饱含辛酸记忆的空气吸入胸中，14 年的痛苦，14 年的内疚，14 年的空落，时常想去填塞，却总是无法填满。而空气中的气息没有任何味道。

地方很小。有了近郊的大房子，有了阿尔奇漂亮的花园，有了自己的办公间，有了女儿的卧室，有了比这个大篷车还大的厨房，难以相信我和桑尼在这里住了那么长时间却从未觉得拥挤。里面很整洁，东西都井然有序。离开前，简帮我清理并打点了要带的一点东西，我则仪式般把所有书都装起来，随后运回家。这些书排满了大篷车。便宜的简装书，还有带了霉斑的硬皮名著——大多数都是人家卖旧货时讨价还价得来的——它们是我的至爱。我轻轻地把它们放入纸箱，撒上樟脑球，决不想失掉任何一本。也许我不会再读《艾凡赫》[1]或《日瓦戈医生》[2]或《万里任禅游》[3]或所有那些二手书店的常见书，但我不想丢掉任何一本。

没有了书，大篷车显得赤裸而脆弱，并且没有生气。窗帘褪成了灰蓝的颜色。红色的聚乙烯长椅裂了缝。水池旁的碗柜里我们为数不多的盘子和炒锅还在里面。毯子和毛巾整齐地塞在床上方的架子上，现在也只是发霉的满是尘灰的纪念。水池旁的操作台上仍有我那惟一一个花瓶，红色玻璃的质地，里面附上了棕黑的一层。我应该是只扔了最后一束鲜花，但没倒掉里面的脏水，多年的蒸发过后，就有了那样的锈迹。

地板上，折叠桌旁，是那个棕色的旧箱子，当时从一个杂物店用

① 英国作家司各特代表作。
② 苏联作家帕斯捷尔纳克代表作。
③ 美国人罗勃特·M·波西格 70 年代写的一本美国游记。

两块钱买下来盛桑尼小时候用的物品。后来他把自己的宝贝藏在里面,我也时不时地放一些特殊的东西进去。我蹲下来,打开锁扣。离开阿米赛斯特的时候,本打算在准备好面对这一切时就立刻回来。然而准备却一直没好。和简住的时候没有,阿尔奇宣告我是他的人时没有,我们结婚有了家后也没有。

艾斯黛拉出生后,内心中的空壳一段时间里塞满了些。随后黛西来到世上,我仍拖延着没准备好面对。而现在,在我临死前,这里把我拉回来,仓促得让我不再去管她们。我只是某一天突然开车离开家,留给阿尔奇和两个女儿一张纸条,至今也没怎么和他们通话。再次不像个称职的母亲,所有这一切,都是为了再次握起星星点点的衣服和玩具,书籍和图画,为了轻抚着它们,去捕捉儿子的脉息、味道和声音,为了最后一次靠在他身边,趁着现在还来得及。

而现在,我一件一件地拿出他的宝贝——我为他做的衣服和演出服,他写的一个故事,还用图画画了出来,夹在一本书中,麦当劳的玩具,一双牛仔靴——他长得太快,很快就不能穿了。我拿出这些,举到光线下,所能感受到的,只有空白。

我离开了家庭,撇开了工作,一路开车而来,为了在死前重新拥抱儿子,重新收起他所留下的任何东西。然而,他不在这里。桑尼最重要的东西在某个地方,是他生命中至关重要的东西,但不在这里,不在大篷车里。

对女儿的思念猛然刺入胸中。此时此刻,跪在桑尼的箱子前,我只想抱住艾斯黛拉和黛西,脸庞紧贴她们的脖颈,呼吸她们孩子所特有的温暖的味道,再次感觉她们黏糊糊的小手贴在我的脸颊上。我想让艾斯黛拉扯着我的头发,那是我讨厌而又从不制止的动作,让她做任何想做的事,用别针和彩带尝试各种样式。我想让黛西直接对着我的耳朵再吹一遍找不着调的《小船轻轻划》。那首折磨人的曲子,此刻多么想念啊。

我叠起桑尼的东西再次收拾起来封好。金色的套装,是我用便宜的布料缝的。训狮员的整套行头,还有塑料条带辫成的鞭子。《破碎的童话》和《打鸭子》,是他惟一想留下的两本书。一套魔术道具和一件小丑服。几乎所有的东西都是自己做的,都是凑合着用的,仿制的东西,却有点魔力。我扣上箱子盖,捡起箱子。我知道现在自己要如何处理它。而且我要尽快行动以回到生活中去。

离开的时候我看到米切尔的房门开着。我在外面喊了一声,他走到门前。他仍穿着酒吧里穿的衣服,带着希腊水手帽。他看到了箱子。

这么说拿到你想要的了?

你知道我回来不仅是为了这个。我举了举箱子。

我告诉过你,你找不到她的。

我还没打算走。要再看看。会再见到你的,我说。

大篷车怎么办?他朝车那边努努嘴。

我转回身看看大篷车。这个长时间以来我一直不敢返回的地方。它现在看上去那么简陋,像一只宠物兔子一样单纯,在高高的草丛里蹲得矮矮的,仿佛要躲起来一般。

看来它要留下了,这样可以吗?

好,他说,没问题。

31

记住,虽然寿器(或棺材)的式样和价值最终没什么用,但这是家人和朋友关注的重点。很多人从寿器(或棺材)上找到表达痛苦的出口。因此,你和你将要失去的爱人定好的预算,是个敏感而实际的问题,也许会迫于初衷的压力而预算不足。避免失落和冲突的最好办法就是尽可能多地让周围的人参与到临死前准备寿器(棺材)的过程中。

"葬礼前的准备"

《死亡居家指南》(即将出版)

棺材快递过来的时候,天正下着雨。我在兰伯特先生质疑的目光下签收了货物,他正在门口查看邮箱,随后我沿着小路把货物拖拽到门廊,等阿尔奇回来。根据之前订好的,阿奥做好了扁平装的拼装板,加上了简易安装说明。我知道阿尔奇一定想在这件事上一试身手,同时我也知道寄希望于他做整个棺材简直是开玩笑。虽然他手脚利落,但一遇到木料便束手无策。他可以以一个外科医生的敏捷做很多事,但我亲眼见过他劈裂了无数相框,毁坏了无数园艺家具,把无数书架当柴烧,次数多得我都懒得记了。

我坐在小凳子上,一边听着兰伯特先生的大剪刀大规模扼杀着擅自闯入沿路草地的杂草,一边看一看说明书。阿尔奇则在一旁把A边插到D头,砸上一排阿奥准备好的十字头铜钉子。剪刀的喀嚓声一直持续着,雨丝静静地飘着。同女儿们的电脑桌比起来,组装棺材简直易如反掌,花了不到半个小时。这显然不是寿器,更称得上是棺材。

阿奥承诺过的个人风格也很明显:每块木板都是边角料或是做其他家具剩下的。自己没有吞噬森林,没有滥伐任何一棵树,这样我才躺得安心。一边是无色节疤装饰松木,另一边是双色泪松松木,像黄油上飘着蜜糖。底部用的是深色发红的木料,我叫不上名字。阿尔奇说是昆士兰枫木,他说的也许是对的,但我知道即使那样他也是歪打正着。头部是橡木,能从木料的纹理和坚果的气息中分辨出来。尾部好像是旧包装箱做的。

棺材的盖子带给我一份小小的喜悦:是一块苍银色的樟木板,对于我浸满化疗药水的嗅觉来说,这是神圣的气息。这种气息猛推我穿过生命中所有的冬季,越过所有的毛毯和毛衣,还有撒过樟脑球储藏各种家什的橱柜和箱子。这种气息带我回到小时候的樟木首饰盒边,那里有我珍藏的各种小玩意儿。回到父母床头的大木箱,我常常得意地一个人藏在里面。回到一箱箱破旧却珍爱的书籍前，我在阿米赛斯特的时候积累起来，最终跟随我来到了这里。这一切阿奥都无从得知。他也不知道兰伯特先生砍掉了自家后院那棵靠近我们两家院墙的香樟树，这让我很难过。香樟是一种有毒的植物——身为一个园艺师的妻子，这一点我怎么会不知道呢——但我就是喜欢它的气味。我暗自笑笑。将一个不为人知的玩笑带入坟墓也没什么不好。

棺材里铺了沙子，呈斜面——同艾迪·本德仑[①]的一样，但我希望自己棺材的下场能好些——罩面漆刷的是丹麦油。家里摆下这个有点挤，不过前门游廊上空着。在户外门前坐着晒太阳的习惯郊区早就没有了，不过我在那里放了一把藤椅，还有一个小桌子，用来放书和蚊香。

两个女儿对棺材视而不见的态度着实令我惊讶，也许她们是在争吵和抱怨中看着阿尔奇装上了棺材，所以没什么可吃惊的。没过几天，棺材便成了家具的一部分。艾斯黛拉开始把自己的东西放在上面：练习册、CD、手链。黛西摆上了她的彩色铅笔和白纸。

几天后，我给盆栽浇着水，黛西画着画，我问她，

你们愿不愿意一人画一边？

可以吗？嘿，艾斯黛拉，妈妈让我们在她的棺材上画画，她朝屋里喊。

艾斯黛拉从门口露出头。我不画，她说。

为什么？会很好玩，黛西说。

---

① 福克纳的小说《在我弥留之际》中的女主人公。

艾斯黛拉只是瞥了我一眼,便消失在了门口。

你可以自己画,黛西,我说。拿出颜料,然后……

颜料都干了。

那用你的标记笔呢?

我找不着了。

又是这种对话,我还是暂且作罢。

我决定把棺材盖留给阿尔奇。这样的安排意义很清楚。但是跟阿尔奇说过后,他的反应和艾斯黛拉一样。

然而,黛西在床底下找到了她的绘画盒,接下来的几天她便又涂又画,画完又擦掉,擦掉再画,直到星期天艾斯黛拉走过去跟她说让她别改来改去的,都快把她逼疯了。

照着一个图案画,呆瓜,她说。

责骂中带着怜爱,她坐在妹妹旁边,帮她涂着颜色。随后艾斯黛拉去拿来了自己的颜料。她甚至允许黛西用。我再次走出来时,她已经在属于她的那一边写了她最喜欢的歌词,是一个大概叫"濒死物种"[①]的乐队的。我表面上装作可以接受,黛西则忙着涂一组模仿《小小马鞍子》[②]的画。我死的时候流行起来的有可能是贝兹娃娃或海绵宝宝。或者忍者神龟也有可能重振江湖。不过现在看来,我所要下葬的土地,一边要面对的是电吉他杀死弹吉他的歌词,另一边则是粉红色的马蹄铁。阿尔奇还没开始在棺材盖上动笔。

---

① 濒死物种(Dying Breed),美国的一支流行摇滚乐队。

② 小小马鞍子(The Saddle Club),是2001年的澳大利亚儿童电视连续剧,讲5个小姑娘骑马的故事。

从最后一次化疗逐渐恢复过来后，我等着病痛再次到来。现在感觉良好，但我也知道这种状态不会长久，因此我把每件事都做得尽量完美。对于持家的主妇来说，这很难。对于有孩子的人来说，这不可能。这个结论不是我自己得出的，而是从阿尔奇身上反映出来的。面对着他，我可以从他的眼睛里看到自己的死亡。意识到这一点的那天，并不应该是个糟糕的清晨，但我在院子里感觉到了这种痛苦与恐惧。

他看着我以精确的色彩区分晾起衣服。他应该是刚从浴室走出，满怀着乐观，这种心情总是在他清晨沐浴后随之而来。他站在后院游廊上喝着咖啡，清晨足够晴好的时候，他总会这样。

我用颜色相配的塑料夹子夹起女儿们的柠檬黄色校服。洗衣房里有整整一盒各样的塑料夹子，大多数都是红黄蓝三原色，再加上绿色。有生产衍生色夹子的厂家，证据就在我的夹子盒里面：墨绿色，乳白色，砖红色。我说收集这些夹子是为了做调研时用，阿尔奇早就不信了。

我已经晾上了他的内裤：Jockey 的，都是单色，每一条各都用白色、蓝色和红色的夹子夹住腰部。我洗了白色的、带崧蓝染料的，然后是带颜色的。颜色深的放在最后，如果晾衣绳上还有地方的话。衣服堆积的速度惊人，就像实验室里培养了一夜的孢子。他应该会这么想，而且还会想，这是我一周里第二次或第三次洗衣服，可是仍有至少五件内裤挂在里面的晾衣绳上。还有数不清的袜子，全是他的。我一直不穿袜子，冬天也这样，只是近来才穿，因为脚总是冰凉。我不得已为这双不怎么用袜子的脚买了几双滑稽的厚棉袜。

女儿们的袜子,淡黄色,粉红色,白色的,挂在阿尔奇的旁边。

你又可以买粉红的夹子了,淡粉色。

他品了一口咖啡,他总喝黑咖啡,一次喝两口。他喝 Lavazza①,浓烈而不刺激,用滤压壶做成。我们都喝 Lavazza。一直是这样。而现在它的气味让我厌恶。我已经把这个大咖啡牌子挪到了煤气灶上方碗橱的最里面,还有电炖锅、锯齿电动厨刀、制面机,以及其他几乎不用的器具。它们是展示我们烹饪生活的时光宝盒,也不会再用了。

衣服差不多要晾完了。他的衬衫是最容易洗的:用力抖一抖,带水的布料发出一席清脆的"唰唰"声,然后用颜色吻合的夹子夹住底襟。衬衫干得很快,也不用熨烫。我背对着阿尔奇,弯腰起身,动作流畅,却不再觉得这很平常。两天前我的动作还无法这么麻利。他注意到,也许在想,为什么我早上穿戴妥当后的第一件事便是洗衣服,刷拖鞋除外。我稀疏的缕缕头发盘在头上,用围巾包住。他也许在想我是不是太瘦了。我把最后一件衬衣摊开。没人会说我厌恶洗衣服,然而我真的这么喜欢吗?或者,这个动作是不是做给他看的?我甚至都没在意他站在那里,在门口喝着咖啡,趁着绝好的机会在穿衣服之前轻轻地、尽情地抓抓浴巾下的阴茎。我收拾起夹子盒和空盆——我从不把夹子留在晾衣绳上让它们日晒风吹——转过身,冲他笑笑,同时又皱着眉。也许是因为阳光太强了。

他也冲我笑笑,喝干了咖啡。他脸上的表情仿佛是一个人突然

---

① 有译为"拉瓦扎",意大利的知名咖啡品牌,始创于1895年,是全球最大的咖啡商。

被发现看了不该看的东西。他应该表现得像在查看草坪，而不是看着我和要晾晒的衣服。而晾衣绳上衣服的摆放已经向他显示出来情况正处于下行。他不知道怎么办才好。我想让他做的只是最基本的东西，那些因为我日渐疲惫而做不动的事。

我走上游廊的台阶经过他身边的时候，他侧身亲了亲我的脸颊。惨淡的绝望坦露于他面前，在飘升的微风中快乐而轻扬地打着卷，摊散在平坦的草坪上。这周的造型是格子棋盘，还有两个土地神在战场上相互对视：这肯定是黛西的杰作。

那天早上我和他说话了吗？我怀疑那天看到他在游廊上的第一反应便是皱眉头。他在我冰凉的脸颊上留下的一吻，如同一张扉页翻过。

亲爱的德丽雅：

你是说所有的床单和被单？多长时间洗一次？

绝望者

亲爱的绝望者：

假如我是你的女朋友，面前是你期望我能躺在上面的床单，而后做些什么……只是想想你的床单上沾满的东西，就会想起细菌的画面，恶心得让人难以启齿。别再写信给我了，你败局已定。要是这一切过后你的女朋友还能留下来，那才真是奇怪呢。

32

雨中的马戏团是个阴郁的地方，满是泥泞，没有生气，仿佛所有的光影和戏法都被雨水冲走，剩下的动作和演员都只是它们虚假而频繁出错的奴隶。我去找塔拉的那个星期六下午，因为下雨没什么观众。杂技队的成员闷闷不乐地坐在场地入口处，只是抽烟，没有人交谈。有些人站在自己的拖车里。塔拉的大篷车门开着，似乎她在期待天气转晴，我走近时看到她坐在里面，读着当地的报纸。

快进来。她看了一眼我手中的皮箱。她知道里面是什么。

我给你带过来一些东西，我说。

真的要给我吗？

嗯。

我打开皮箱，拿出小丑服、驯狮装、大竹圈，还有鞭子、黑色的杂技紧身衣。箱子底端还有一个红塑料鼻子和一大束塑料鲜花，旁边连着软管和灯泡。

我想就这些了,我说。

她捡起训狮装,静静地哭了。

可怜的桑尼,他永远没有机会了解为什么我们不用真狮子。

很多动物都没用真的,我说。还记得玩具狗吗?

有个叫蒙蒂的成人小丑,他有个节目是训练一群玩具狗。至于怎么做的,谁都琢磨不透,因为你从来看不到细线或钓丝连着玩具狗,而它们却可以扑下、跃起、跑动,可以坐下来摇尾巴。所以节目最后观众们都相信他们看到的是活的动物:吉娃娃、小猎犬、狮子狗之类的。

桑尼想做杂技演员已经到了无可救药的地步,所以塔拉想找一个小孩儿表演高空飞人时,桑尼恳求了一遍又一遍。他当时四岁,如果下面有保护网的话,我只能点头同意。而幸运的是,纵然他一再坚持,并且十分努力,这孩子身体却完全没有协调性。几个月的训练下来,塔拉摇着头,试图将他的注意力引到其他节目上去。

对不起,她跟我说,我没法用他。他一丁点儿希望也没有。

也许是因为他太小了?

也许是因为他不是马戏团出身,她说。

塔拉错了。凡不是杂技演员,但他仍然出身于马戏团。塔拉引导桑尼去表演小丑,然后是驯狮。他用玩具狮子,让它在铁环两边跳来跳去。后来他大一些,大约是在六岁时,找来一个马戏团的蹒跚学步的小孩儿,它偶尔会愿意钻过铁环去。

现在我把这些演出服捆绑好,把那个红鼻子放在顶上。

你可以送给能用上这些东西的孩子,我说。

塔拉拿起红鼻子和塑料花。

还是你留在身边吧。要是把它们带回去呢?

我不会立即回去,我说。还有一些事要办。不过我会留着这些东西。

我把红塑料鼻子和能喷水的鲜花放进箱子,而后离开了。

33

可以有很多原因来解释为什么要验尸：突然死亡，暴力死亡，可疑死亡，自杀，工伤事故；持续一个月没有医疗措施的死亡。丧亲的家属可以通过了解死亡前所发生的事实而不再疑惑、怀疑或烦扰。做好阅读验尸报告的准备，也做好面对其背后隐含意义的准备。

“死后的状态”

《死亡居家指南》（即将出版）

任何翔实的死亡指南都会有一章来描述验尸。至于我的尸体，我怀疑是否有检验的必要；不过总有这样一个可能。比如，如果我决定服用过量吗啡或其他兴奋剂，那么一旦出现任何可疑的情况便都要验尸。如果是这样，那么李医生便会牵扯其中，我对此要表示歉意，因为她只是做了全国的医生都会做的事情：减轻无法避免的死亡的痛苦，秘密地，谨慎地。

我的主要任务是要写出有职业水准的文本，因此要先做有职业水准的调研。南希当然支持这种想法，极力联系法医部，希望他们允许我观察验尸过程。但是没有成功。没完没了的窥视者、变态者以及耸人听闻的小报记者，近些年来致使规定越来越严，只有那些经过授权的人才能观看验尸过程。当她打电话问下一步该怎么办好时，我决定帮她摆脱困境。

我认识一个人，我说。是个医生，很多年前认识的。

谁？

罗杰·萨尔蒙。

没听说过。不过我可以……

他是个心脏外科医生，我打断了她。

是吗？

他可以介绍我进去。我给他打个电话。

第一观察室，门上蓝色背景的灯衬着这几个字。它是解剖室分隔出来的一个小间，有一个独立的通道通向外面的走廊，对面是一个低到腰部的玻璃窗。地面铺的是亚麻油地毡，头上的荧光灯射着冰冷的光。隔间里有六个橘红色的塑料椅，墙角有一个垃圾桶，墙上方还有一个小扬声器。似乎没有第二观察室。

虽然借着萨尔蒙大夫的关系我进入到了观察室，但法医部仍然不允许我在没有指导者的情况下观察验尸过程。这是针对所有非医学专业人员的政策。克莱尔，我的见习指导，看上去异乎寻常的年轻，但却从容不迫。不知道要经历多少次才会觉得习以为常，要多少次才可以把它当成家常便饭一样来面对。她在这样的年纪不但有见证整个过程的胆量,并且能坚持一次又一次地见证,这实在是令人难以置信。

第一次是最糟糕的,她解释道。以后就习以为常了。儿童除外。

我无法去问她看过多少儿童的尸检。

你知道"尸检"是什么意思吗?她问。就是用自己的眼睛看。这是我来这里工作的第一天学到的。现在你也要用自己的眼睛看,看这些死后看不到的东西。

戈登·麦克康纳奇大夫是整个医院资格最老的病理学家,像热情的苏格兰人,完全吻合我从电视上看到的干这一行的形象。他外形惹眼,打着蝶形领结,蜷曲的头发全由额头向后梳去。不幸的是,他还和安德鲁·洛伊·韦伯[1]有几分相像。他开口说话时,口音里确乎是带着鼻音,当然,没有锉磨的鼻音那么重。"请勿吸烟"的标识太平间到处都是,而他一进门就叼着一截烟,随后又立刻点了一支。情形很快就证明,戈登是个艺术家,并且一场演出即将开始。他掰了掰指关节,啪啪地戴上乳胶手套,挥舞起无菌托盘里的器具。我做着笔记。为什么要消毒呢?消毒在这里似乎是多余的,而且戈登手套也不摘就走到角落里的小桌前续上烟,整个尸检过程里没断过,所以消毒更显得多余。他把手高举到尸体上方,动作夸张得像在检查是否有臆想的惊奇发现,然后用黑色记号笔在中间画了一串

---

① 安德鲁·洛伊·韦伯(Andrew Lloyd Webber),1948 年至今,英国作曲家,代表作有音乐剧《猫》、《贝隆夫人》、《歌剧魅影》等。

标记。

这都是装装样子罢了，克莱尔提醒我说，做给我们看的。通常都是埃里克干。

埃里克是助理验尸员，身材矮胖，秃顶，戴着厚厚的眼镜。他走起路来不想戈登那样昂然阔步，而是拖沓着脚。与其说戈登之于他是浮士德博士对靡菲斯特[①]，倒不如说是弗兰肯斯坦博士对伊格尔[②]。

戈登完成了他的独幕剧，这也不全是，仅供观赏而做。每一场尸检，出于法律上的目的，都会有语音记录。戈登的不同之处在于，他录进去的信息和细节完全多余，也许是为了震撼他那一小撮观众。

起初我只是向那具肉体瞥一眼。盯着看似乎太没礼貌。你不会在海滩上，或是任何其他地方盯着一个裸体的人看，即便是认识的人也不会这么做。尤其是在这样的强光下。我觉得应该先了解一下这具肉体，一点就够了。所以我仔细看着头部，忽视腹股沟以下的部分，然后看着脚，最后才允许自己直接看着他其余的部分。

为什么我会直接认为那是个男性？

她很苍白，但能辨出是高加索人，我本以为能看到些其他什么。浮肿，或是周围已明显腐烂，像真菌一样长在手指和脚趾上，或者五官已模糊不清。没想到她呈现出泛黄的白色。也许应该是灰色。

---

① 歌德所著《浮士德》中的魔鬼。

② 《弗兰肯斯坦》，英国女作家 Mary Shelley 于 1818 年所著的一部恐怖小说曾拍成电影，译名《科学怪人》。主人公弗兰肯斯坦博士是个年轻的医学研究者，他创造了怪物伊格尔，最终被其毁灭。

可能稍稍发紫。或者是黄色。一些能由“死”引起的意象。这具肉体已放了五天了。在心脏停止跳动之时起它经历了巨大的变化，大脑的所有功能都不可逆转地停了下来，身体中的血液循环都不可逆转地停了下来。克莱尔进门时就引用过，血液循环停止是医学上对死亡的定义。

到了这个阶段，死后僵直现象产生（死后 12 ~ 18 小时）后又消失（在 36 小时后）。她在死后 24 小时内被发现，随后被放入了太平间的冷冻箱，所以尸体腐烂的过程在早期就抑制住了。躯干上青一块紫一块的现象、肿胀的现象，或是进一步腐烂时大理石纹路一样的血管都不明显。她不在那里，我不断地这样对自己说。我拿不准是否她还可以以“她”来称呼，还是她已经变化做了另一种状态。也许她现在已是“它”。不管她是谁，都早已离去，这里只是一个躯壳，是某样逝去之物的居所——精神，灵魂，想象，某样没有名字的东西——已同肉店的畜体一样不用再去敬畏或惧怕。戈登和埃里克都没有敬畏或惧怕的神态，处理起来利落得仿佛她是一块猪肉，正等着剁成肋排、里脊，还有下水。

刺眼的灯光下，每一个伤疤、污点、鬃毛都清清楚楚。尸检进行得飞快，本以为自己会惊恐，而实际上我却先是惊讶，而后诧异，继而感叹技艺如此敏捷高效。我以为整个过程都会充满敬意。想象中只有轻声低语，灰蓝色的朦胧光线，洞穴般偶尔会被不吉利的词语打破的静谧。而且最主要的是，安静而谨慎地处理肉体，在人类同类这样的关系中，在没有许可、毫不知情、无从表达其卑微或予以限制的情况下进行活体解剖，赤裸裸地亵渎。

戈登开始对着录音的麦克风口述细节(成年女性,据说是58岁,没有明显的伤疤,有几处标志性瘩痕,包括一个梨型浅棕色痣瘩,大小相当于一角钱的硬币,在右肩……)。不久便有三个学生走进观察室,整个房间在奇怪的静默中显得拥挤而忙碌。护理专业的学生,看起来应该是,全是女生,穿着蓝色制服。本以为这会是一场个人体验,就这样打破了。而随之强化的则是一种仪式感。现在我们绝对是一伙儿,一群聚在一个小神殿的参拜者,敬仰着某个无法触及、高深莫测的神圣。我们现在对彼此的反应都有一定的义务。对彼此的情感和信仰予以关注——迫切需要这样,看看屋子的大小就知道了。即使参加仪式的神父不这么想,对这些女生来说也无所谓,尤其是其中那个年龄最大的,显然她是第一次见习尸检。她双眼紧盯着那具人体(现在该叫死尸还是尸体?),紧握着双手,低声哼哼着。这个模糊的声音介于痛苦和快乐之间。敬畏的惊叹吧,也许。她不停地哼哼着,嘟囔着,双手紧扣,不时地说,噢,天呐!以至于观察窗另一边的表演如同礼拜仪式一般。

另一方面是尸体的身份(病人?人体标本?)。出于隐私保护,我们不知道她的名字,不过克莱尔小声地提供了些细节。她曾经是修女,一直独自生活。四天前由外甥发现,当时倒在了厨房餐桌旁。身边一壶茶,打翻在了地板上。两片松脆的吐司面包立在烤面包机上。黄油和橘子酱滴在操作台上。看上去在泡茶和烤土司的几分钟时间内,她心脏病突发或中风了。情形再平常不过:厨房里的牛奶和全麦面包,沐浴在阳光中的清晨。没有心脏病或中风的病史,当时也没有人发现尸体,死亡时间也是大体推出的。卫生官员别无选择，只能尸检。

戈登兴致勃勃地向尸体下手开来，以夸张的幅度举起解剖刀。他从脖颈处划下去，一直到深棕色阴部突起（脖颈处明显的比身体其他部分肤色更深，皱纹纵横交错，像有些人在户外时常把自己裹得严严实实，却惟独忘记要防晒）。他刀锋一转，垂直于第一刀切下去，正好在乳房下面，他把乳房扒拉到一边，仿佛它们是两个令人讨厌的减速路拱，要不是它们，进程肯定又快又准。在身体上划出巨大的十字后，他用解剖刀从中间把上面两部分片开。随后他站到一边，换上埃里克，拿着切肉刀一样的东西，开始锯胸腔中央的部分。戈登似乎看得津津有味。埃里克的身材颇具喜剧效果，矮矮的个子，在高高的解剖台上忙活着。他踮起脚尖，气喘吁吁地锯来锯去。戈登则站在观察窗和尸体之间，抽着烟，做着讲评，在接下来的半个小时里和墙角电子秤、烟灰缸旁的广播较上了劲。

这景象可怕得不带一丝新奇感，又现实得不带一丝可怕。在我看来，这是纯粹的人间喜剧，丝毫不差：每样事物从生到死的整个过程，从戈登粉色、黄色斑点蝶形领结丰富艳丽的色彩，到那位前修女左脚大拇趾上橡皮筋套着的标签所呈现的惨淡黄色。如此平常，意义深远得如同戈登放在桌上喝了一半的塑料杯咖啡，桌子上还有他的笔记本和录音设备。埃里克现在用来从空腔里取走体液的不锈钢勺子和我在厨房里用的一模一样，上面铸着“美人鱼牌不锈钢6OZ/175ml”，是从詹森厨具商场买的，还用作了《厨房居家指南》的封面。我上一次用它是做豆汤的时候。

我们继续之前，戈登解释道，体液必须除去并称重，否则就无法精确地检查器官。

埃里克毫不在意体液溅到了自己身上，相反，还心满意足地哼着曲儿，麻利地舀到透明量杯里，那个量杯能盛两升。我有一个牌子和它一样的，体积小一倍。孩子们总用它做果冻。

胸腔除掉了，从中间向两边打开，体液收集完毕，戈登和埃里克开始互相配合，速度像两个练习相当熟练的打闹剧喜剧演员。埃里克取出身体的各个部分，把它们抛给戈登，戈登再把它们扔到秤上，称出重量，记录在磁带上。我又情不自禁地将这一幕同肉店的屠夫比较起来，这在情理之中，又不可避免。他们漫不经心地“啪”的一声扔下颤巍巍的后臀肉或里脊或一堆堆香肠，称重，包进纸里，眨眼间便递给了顾客。甚至还有和顾客调情的意思，我就看到戈登的表演颇有调情的味道，是为了吸引他的女性观众。

他一把抓住心脏，满脸得意的神色。如果戈登是对的，那么据他所说，心脏和大脑都有可能提供揭开暴死秘密的线索，到现在来看还没有迹象显示他是错的。在心脏处，他解释道，他将寻找能说明问题的钙化现象，是肌肉泛白的地方；或者，在动脉中寻找更能说明问题的脂肪状沉积物，可能在静脉的某个地方会有完全堵塞的现象。（可是，能说明什么问题呢？一生都酗酒？大量吸烟、大量摄入熏肉油脂？就这样一个前修女？）他以十字形解剖了心脏，露出左心室、右心室、左心房、右心房，然后指着上面多条动脉构成的冠顶，那被称作冠状动脉的地方。

戈登把样本放到不锈钢托盘上，端到观察窗跟前。仍然像肉店。我都能看到塑料价签和一段段人造香芹。

看，他说，这是个完全健康的器官。没有脂肪状沉淀物，没有肥厚现象，没有钙化，没有凝块，没有任何心脏疾病的症状。他回到桌旁。但是，我们仍要采个小样做进一步的分析。他从心脏两边各切了一小块，而后把心脏放在一边。他走到烟灰缸旁，又点了一根烟，猛吸几口。埃里克完成了头部的工作。

这些器官看上去如此熟悉，肝脏如同我无数次在肉店见到的一样。埃里克开始剥头皮，先在脖子后面的发际线下侧着划一道，板上的尸体越来越不像前修女的身体，越来越不像一个死去的女人身体，越来越不像人体。它已变作一摊肉。一摊血淋淋的、裂开豁口的肉体，中间一个大洞，肋骨和乳房，还有一块块的皮肤，张牙舞爪地向各个方向敞开去。它的头皮外翻了出来，盖住了脸部，一绺绺的灰白头发从底下钻出来。埃里克从中间锯着头颅，而后把工具放到一边，移开头颅的上半部分，仿佛是在掀开礼盒的盖子。里面的大脑颤晃晃的，湿湿的，闪着光亮，样子并不陌生，因为无论从形状还是颜色，它都像极了绵羊的大脑。为什么我们要把它叫做灰质？也许是保存一段时间后它变了色，这个大脑是淡粉红色，接近于乳白色，戈登把它切成两半后，里面显现出紫色，蓝色，还有洋红色。心情的色彩。情感的色彩。

大脑是另一个主角，在戈登那天下午的微型剧里，它是第二个天才明星。台上的心脏没有凝块或充血。另一个最有可能导致死亡的便是大脑这个波澜起伏布满沟壑的粉色软体。

因为大脑质地很软，他解释道，通常我们会预先做一个非结论性的观察。我们要做的是给它降温至接近零度，这样便可以做出足够薄的切片，以便于细致观察。同时，他把这两半切成两厘米左右，我们先大体看一下。

然而老天向着戈登，在他放下最后一片厚厚的切片时，他发出了一声满意的“噢——”

这里——他指着一个直径有一厘米的黑点——你可以清楚地看到死亡原因。他站在那儿，领结竖起来，食指直指四天前修女在她洒满阳光的厨房里等待吐司面包烤好时突然倒地而死的原因。他心满意足。这个秀到最后的演员，这场完美无瑕的演出。

这，他说着，略停了一下以营造气氛，代表着大面积中风。这面积是我见过的最大的。毫无疑问，这便是死亡的原因。你也许想知道，这种死亡通常都是突发、没有痛苦的。死者一点也不知道什么时候会发生。

但是，他继续说，有规定，所有的器官都要拿去分析，所以我们继续对每个器官取样，然后收拾起来。

他和埃里克开始从肾上切片，从肝上切，从大小肠上切，从他们面前的每个器官上切一点，把每个器官的样本都放进塑料袋，贴上标签。然后埃里克拿出一个垃圾袋，把剩下的所有东西都一扫而尽。大小肠滑出来掉到地上，他抓起来又揪进袋子里。装完后，他用一个黄色塑胶条封住袋子，放到空荡荡的胸腔里，挤掉里面多余的空气。他们合上肋骨处割开的两部分，最后把乳房竖起来，让皮肤合拢到中间。看上去正合适，想想刚才从里面取出的，后来又放进去的，这还真不那么容易。戈登拿出一根大大的缝衣针，穿上像上了蜡的粗线，而后开始从腹股沟处缝起，针在尸体上拱进去潜出来,快速而有力。埃里克则在一边把灰色的工业填塞棉塞进空空的颅腔里。他重新盖上头盖骨,把头皮翻回来,竟然仍能完全复位。随后他也取了针线,开始沿着头皮的划痕缝合。头部落在解剖台边沿下,下面有东西托着,刚好到脖颈处。埃里克个子又矮,所以缝合没有那么难。在飞针走线和灰色填塞棉中,他们两个人没人出声,各在尸体一边忙着,像一对体积过大的小妖精,在圣诞老人的工厂里缝制着一个光着身子的松垮玩具。戈登缝到肚脐处,停下来用力压了压露出的塑料袋。他在线上打了几个结,然后剪断。埃里克也缝到了脖子的基部,很快也要完工了。

不久,戈登说,死者的亲属会收到一份报告,详细记录了其体重、身高和重要器官的情况。

那些亲属,我思忖着,知道尸检究竟是怎么一回事吗?他们绝对不会想到其内涵的。

心脏,正常,650 克。

肝脏,正常,2.75 千克。

诸如此类。每个器官都经过称量、检查,用一个词描述出它的状态,每一个可检查的身体部位都以冰冷的字节和无可争辩的数字表示了出来。

血型:O(+);酒精含量 零;毒品含量 零。

推测死亡时间:4~5 天前。

直到整个过程里,在那些不确定死亡是如何造访的人看来,惟一一个重要的器官出现:

大脑:2 千克;大脑皮层右半球动脉破裂。

然后最后几句话作为结论：

死亡原因为大脑右侧严重脑血管意外（中风），导致身体全部功能突然停止（死亡）。

这会让戈登下的工夫显得少之又少，一页纸就完了。他要完成报告，签字后送交家属。如果那些家属用心想一下的话，他们一定会这样想：为了给大脑称重，大脑必须要从头颅里拿出来，然后放在称上。难怪没几个人愿意去想。

我们带着那种空虚、不安的感觉离开了观察室，那种感觉就像白天看完电影从电影院出来一样。护理专业的学生没人说话，都打着哈欠，惟独那个双手紧扣做祈祷状的女生，似乎还未从震惊中缓过神儿来。

我首先进到太平间，大约是一个小时之前，从后门进去后，按照安排见到了克莱尔。现在我们从正门离开。仿佛我经历了一场测试仪式，现在可以血洗耻辱，迎来胜利了。走出着色的玻璃门时，喧嚣的车流迎面而来。我穿过马路，走过大学对面的铁栏杆。这里的草地上星星点点地生长着开花的橡胶树和莫瑞顿湾无花果树。下午尚早，不过已经有吸蜜鹦鹉在饱餐橡胶树的花蜜了。空气浮动，鸟儿们在树丛中欢畅地叫着。似乎万物的生长都清晰可见。身处其中，死亡的概念应该只是短暂地停留。然而我想自己也许同死亡熟稔了。我可以直视它，毫不畏缩，眼睛不会先于它转向一边，但是这同我要写的书之间究竟有什么关系？我如何把刚才见证的一幕转化为有用的东西？身后是那幢低矮的棕色大楼，在那儿，在那个周五的下午,在这个城市盘算着周末酒吧和晚餐的时候,戈登也许正在擦洗双手,埃里克也许正在用水管冲掉自己身上前修女的残余物,仿佛他们正在对一份做惯的工作打扫收尾。当然,确实是这样。

亲爱的德丽雅:

我们这儿的越南肉店会卖一些奇怪的东西,像肠子、猪膀胱、脾脏、猪血之类的。猪血能做什么用呢?

好奇者

亲爱的好奇者:

普罗斯贝·蒙达内[①]、伊莎贝拉·碧顿这样的权威告诉我们,猪血肠是一种历史悠久的菜品,由亚述人传下来,他们的猪肉商是世界上最棒的。血肠可以用任何动物的血来做,但是显然猪血做出的品质最好。其他动物的血液都很一般,没有太多营养。

① 普罗斯贝·蒙达内(Prosper Montagne)(1865-1948),法国著名烹饪大师,曾编纂过拉《鲁斯烹饪辞典》。

34

在阿米赛斯特 RSL 俱乐部二楼，聚会已经开始了，我溜到后面的座位。有二十多个人坐在前几排的塑料椅子上，面对着一个小舞台。这群人年龄上的差异相当明显。现在晚上八点已过，我前面的男孩子看上去太小，不该这么晚还不睡觉。他旁边坐着一个上了年纪的，头发已花白，满脸的皱纹，仿佛随时都可能打盹睡着。小孩子，青少年，中年人，老年人，男人和女人。

另一个显著的特点便是安静。那个刚走下舞台的男人带起了一阵稀疏的掌声。一个女人坐在靠近前排的桌椅旁，一半对着观众，一半对着舞台，她用铅笔敲着桌子，于是所有人都站起身，热烈地唱起《我看见光明》[①]，没有伴奏，且异常整齐，乍一想会觉得这是猫王的地方歌迷聚会上一个奇怪的选择。但在一个世俗的时代，这

① 猫王表演的福音音乐。

也许像宗教或其他什么一样有效。任何能够将年幼的和年老的聚在一起达成清醒的一致性,这样的东西都是不可去嘲笑的。这也许是可取的。也许这就是其意义所在。猫王是个毕生都致力于福音音乐的人:聚会以圣歌开始也在情理之中。尤其是一个在音乐之路上摸爬滚打的南行者所写的圣歌。

聚会持续了一个小时,和从前一样,大家说说话,唱唱歌,分享分享经历,形式比较松散,都有点像酒鬼或赌鬼的匿名聚会。人们散去后,我走到前排桌椅旁的女人面前。

我还想什么时候会见到你呢,她说。

没料到她会这样友好地招呼我。不过我们两人都知道,有些断了线的东西需要接上。

要不要去喝一杯?我说。

今晚不了,聚会把我累坏了。

那我可以明天来找你,如果你方便的话。

即便是桑尼还活着的时候,也有数据显示猫王的歌迷在全世界每年都在增加。更不要说模仿者了:他们以各种可能的形态存在着。所以这个世界满是猫王的模仿者,矮的,微胖的,秃头的,留胡子的,女的,残疾的,戴眼镜的,黑皮肤的,失明的。还有无法唱歌的模仿者。很快也许就会有完全不能说话的。

珀尔是阿米赛斯特及街区猫王歌迷俱乐部的创立者和主席,集俱乐部另类而生之有道的特点于一身。她祖辈几代都是当地种甘蔗的,珀尔相信没几个人能像她那样理解猫王。她曾对我说,没有人像她这样边缘化:农村的,贫困,女性,黑人(或者说,皮肤黑)。她是自己偶像的精神伴侣。

桑尼出生不多久珀尔就见过他,甚至桑尼出生之前她也见过。那是我听米切尔的推荐,第一次到她的图书交换店去借书。桑尼到了五六岁的时候,碰巧有一天她听到桑尼在唱歌。我没怎么注意,只顾着从一箱沾了油污的精装书里看看有没有比司各特[①]的历史小说更有意思的东西。

快听,珀尔说。

桑尼在她门外草坪上拿着玩具割草机唱着,有人去割草,去割一片青草……

我知道大多数小孩儿唱歌比蝉叫好不了多少,即便如此,我也感到桑尼的嗓音很动听,从来没意识到他的声音是那么甜美而纯净。

桑尼,进来和我一块儿唱啊! 珀尔大声说。

她放上磁带,带他一起唱了《泰迪熊》的前几小节。

他是个音乐天才,珀尔对我说,我想你知道这一点。

以前没注意。我没什么音乐修养,也不善于发现别人这方面的特长。

我要是唱得能有一半好也行啊,她叹口气。那样我也可以模仿猫王了。不过,你知道吗,我可以发现并培养其他人这方面的天赋,虽然自己没有。像不像个寄生虫?

---

① 司各特(Walter Scott)(1771-1832),英国19世纪著名历史小说家和诗人。

珀尔对猫王的迷恋已经到了不可救药的地步，再模仿猫王，那简直不敢想象。她每隔一周就要把这些社会异己组织起来聚会，所有图书交换店之外的活动便是将猫王宣传到当地文化的方方面面。这让人觉得极为不可思议。桑尼对马戏团的痴迷也有所降温，珀尔便开始带着他四处走，去俱乐部的聚会，在那里他可以尽情地唱，去游园会或派对，那里人们总想看点稀奇的玩意儿。不过那都是在阿尔奇和我确立关系之前，我们关系确立之后情况就不同了。珀尔和他时续时断的关系后来完全结束，而且已经有一段时间了。当然真相也许介于两者之间，但那时依我对珀尔的了解，我已经明白了阿尔奇的话。在珀尔的住处能看到许多猫王咄咄逼人的巨幅招贴画。我觉得她对猫王的痴迷更接近于病态。像阿尔奇所说的，无法和猫王匹敌也不是他的错:这竞争对手太强悍了。

那时珀尔极喜欢桑尼，从不会让他失望；而对于我，她则冷冰冰的，甚至带着敌意。我也没再去过她的图书交换店。为桑尼的歌唱天赋欢喜的同时，我也担心他性格中的这一方面。表现欲是他骨子里的东西。我担心的是他长大后这所意味的东西。

35

对于即将死去的人，人们总是细心照料且保护有加，总是不让他们做大幅度的动作或提出异样的要求。但是这些即将死去的人有权对自己的死亡负责，正如对自己的生存负责一样，有权拒绝以温和的方式离去。所以应该允许他们像诗人狄兰·托马斯[1]说的那样，怒斥，怒斥光明的消逝。

“病床前的照料”

《死亡居家指南》（即将出版）

我把棺材拽到后院草坪的那天，光线绝好：不太强烈，云层可以让画面柔和些。阿尔奇近来没修整过草坪，我觉得这样看上去更

① 狄兰·托马斯（Dylan Thomas）（1914 – 1953），英国诗人，代表作有诗集《死亡和出场》（1946）。其诗作大体属于超现实主义流派。文中引用部分出自他的诗歌《不要温和地走进那个良夜》。

好，更自然。草坪上几英尺高的地方已长出了蒲公英。我把棺材头部垫高，把盖子斜放在草地上，成一个角度，这样看上去便像一个人准备好从棺材里出来。之后我架起数码相机。把照片发给南希半个小时后，我拨通了她的电话。

你觉得怎么样？

难以置信。

你是说很好？你喜欢这个创意？

不，我是说你想自己拍，这让人难以置信。

那你不会过来帮忙喽？派个专业摄影师过来怎么样？

我没让阿尔奇拍我躺在棺材里的样子。我知道也无法让南希来拍。不过我想南希会帮忙的。在数码相机设定的时间里摆好姿势，这超过了我的技术范围。我需要另外有人把我躺在棺材里手举马丁尼的样子照下来。

我没说不帮忙，她说。

南希一个小时后赶了过来，我早已准备好了道具。我还化了妆，围了围裙，手上拿着调酒器和打蛋器。她把相机对准棺材，我爬到了里面。这是我第一次试躺。在棺材里的感觉不像我想的那样奇怪。我可以闻到阿奥用的各种木料的味道，连尾部行李箱的旧松木也能闻到。我呼吸着旁边盖子淡淡的樟香，闭上眼睛，几乎回到了父母床头的大樟木箱里——我躲藏的地方。

我睁开眼睛，直视着天空。应该是这个样子。躺在几英尺深的土地下，如果透过泥土层、岩石层、碎土层，透过草皮和上面的墓碑大理石，这应该是你所能看到的，如果你能这样做的话。蓝色渐渐退却至虚无。

光线从南希身后照过来,云消散了去。我眯起了眼睛。

不是那样,她说。

这样呢?

我转而坐起身,高举着马丁尼,另一只手里抱着打蛋器。

好一点了。

她照了十几张照片,然后我爬了出来。本以为在里面会有一些特殊的体验,一些人生感触,恐怖的,不祥的。而我能感到的只是背部很酸。底下什么也没垫,躺下去很不舒服,我还考虑最后真用起来的时候要垫点儿东西,后来意识到这想法很荒谬。

我把马丁尼酒递给南希,看起照片。

太可怕了,我说。

我看上去很恐怖,比死尸还恐怖。我还费心选了衣服,包上围巾,化了妆。这毫无疑问是我拍过的最糟的照片。每一张都如此。我双颊凹陷,嘴唇单薄,眼睛几乎找不到,鼻子大得不得了。

我就不明白了,我看上去真的那么糟吗?

也许相机看到了我们看不到的东西,她说。

我把相机递给她。

也许其他人是对的,我说。不管它了。毕竟这是阿尔奇的相机。我还是删了吧。

南希走后我一个人坐在后院台阶上,凝视着空空的棺材,还有扔在一边的道具。光线是那么好。本以为这会是个绝妙的主意。我喝掉马丁尼,去鸡舍把珍抓出来。阿尔奇和女儿们回来的时候,我仍在拍母鸡静静地立在棺材头上的样子。

亲爱的德丽雅：

对不起,又给你写信了,因为有些事想告诉你。女朋友和我分手了。之前我不想让你知道,因为我想她会回心转意的。有没有建议可以帮帮我?

绝望者

亲爱的绝望者：

没有。

36

珀尔的家同时也是猫王俱乐部的办公室,是建在桩柱上的破旧挡风板小屋,她买下的时候已经严重失修了。去掉游廊,换了窗户,在楼顶用栏杆围起一个阳台,在屋前加上一对假大理石柱子,再把整个外墙刷白,这样珀尔就有了优雅园一个逼真的小型复制品,至少从外面看是这样。改造的花费都收了回来,很多旅游者到阿米赛斯特就是专门来看这个房子的。花上一些钱,俱乐部会员便可以选择穿上服装道具在门前草地上拍照(无一例外的是白色绸缎喇叭裤、斗篷披肩,大约是 1975 年猫王在拉斯维加斯的装扮)。珀尔还是注册登记过的婚礼司仪神父,是北方地区惟一以猫王纪念为主题风格的。这种情况下,客人们参与仪式,会听到猫王的名言或歌词。他动听的爱情歌曲也会响起。

房屋内则一点优雅园的意思都没有了。这里考虑更多的是花费开销、实用性,以及品味。珀尔——我们关系僵持之前——曾跟我说，屋外是另一码事，她毕竟要在屋里生活。所以没有延升到半墙高的藏蓝粗毛地毯，没有架在洗手间屋顶的镜子。她认为，做猫王精神气质的支持者和沉溺于生平事迹的混沌歌迷完全不同。她的支持则更为理智，甚至是纯精神的。她这么说，这也是开创这个俱乐部，并同其他猫王俱乐部相区别的原因。她只收集猫王的音乐、海报、书籍和录像，堆满了几间屋子，并坦言以外其他的都是瞬息即逝的垃圾。

地方同我上次来时一模一样。草坪依旧整齐，周围的树木更高了，房屋本身雪白崭新，像不久前刷过一样。惟一不同的地方便是前厅，本来这里是图书交换店，现在这里堆满了磁带、CD、录音和音频设备。

那些书都没有了，我说着，走进店里；柜台里面的电视机里，放着个人录制的录像。

几年前都收起来了，她说。现在我只做音乐方面的生意。

她等我开口说话，但我只是盯着屏幕看着。

这是在猫王模仿秀大赛上，她说。去年在帕克斯[①]。

那人坐在一所小红砖房子前的栏杆上。他并不是很胖，但巨大的啤酒肚几乎要撑破了蓝色T恤，短裤几乎都盖不上肚子了。他留着络腮胡，带着墨镜，怀里抱着吉他。

没错儿，他说，参加比赛比登天还难。我每年都报名，却从来没有被录取。谁知道呢，他们说我不怎么像猫王，可我觉得我像，至少

① 澳大利亚新南威尔士州的小镇，每年这里都会举办猫王模仿秀。

是有点儿像。我深颜色的头发，还带着墨镜。看到没？他把墨镜摘下来，在录像机镜头前晃了晃。这是金边儿的，和猫王的一样。他重新戴上墨镜，注视着镜头，一副没型的墨镜，一个大胡子和大肚子。

可他们说我不像，他说。他们说胡子不像，可我说那不重要，我有猫王内在的东西。我觉得外表不那么重要，关键是内在的东西。

似乎他要证明这一点，于是在他便便的肚子上摆好吉他，拨弄了一段《情不自禁地爱上你》的前奏。而后一开口唱，歌声就着实低劣。以前从来没听过对猫王如此拙劣的模仿。以前从来没听过如此拙劣的演唱。唱了几句以后，他又对准镜头，以难以平息的藐视神情，仿佛是要挑战镜头后拍摄的人，或是任何人，看他们是否胆敢就他刚才言不副实的话提出异议。

尽管这次见面关系仍然紧张，我们还是都笑了起来。她关上电视，摇摇头。这个人和猫王惟一一点共同之处便是他是个男的，她说。唱歌找不着调儿，却坚信自己是对的，我们其他人都是错的。

但是他确实是这么个人，珀尔继续说。他年复一年，所有的帕克斯大赛、聚会还有天才表演，只要是能参加的他都会去。纵然被拒之门外，成为众人的笑柄，他仍认为自己抓住了猫王的内在气质。因为确实是这样，从某种意义上说。他完全是个无名之辈，也没什么条件，唱歌没天赋，相貌也不出众。但是，当他成为猫王的时候，他便是一个举足轻重的、光鲜亮丽的名人，同时是个完全保持自我的人。

我从没见过这么不像猫王的猫王，我说。

我有几百个小时的录像带，记录的都是他这样的人。因为这是很多人最大的梦想。你可以超越生活,但仍然可以保持本我,就像录像里的这位一样。猫王拯救了他。

有时候是这样。

不知道她的偶像是否拯救了她。在我看来,如果过了这么多年,你仍然因为一个女人拥有你渴望的一切而憎恨她的话,那便是一种空洞的信仰。

喝点咖啡吗?

我摇摇头,随后坐在沙发上,把箱子放在腿上。她向屋子望了一圈,似乎在决定该做些什么,随后也坐了下来。不过她仍丝毫不让。等着我先开口说话。在我声音发出的时候,整个房间显得那么空洞,带着回音的效果,我感觉自己几乎要陷入沙发中,话语在脑子里嗡嗡作响。

珀尔,至少阿尔奇没有欺骗你。那是他的选择,和你分了手。我从来没强迫他做什么。别再恨我了。

为什么?这样可以让你临死前感到安宁吗?

我抬起眉头,不知道她是怎么知道的。我以为米切尔不会告诉任何人。

她继续说:

我都听说了,我并不是因为刻薄才这么说的。我爱阿尔奇,想拥有他,从那以后再没有其他人。

除了眼前这个,我思忖着,看着屋里的招贴画。

如果珀尔以为我来是为了获得原谅,那么她错了。如果她觉得提到我死亡将至会让我难受,那她也错了。多年前我离开这里时,珀尔像一个得了病的女人。这种病看不见摸不着,她从不提及,也不寻求治疗,这是怨恨与内疚之病。她憎恨那个刚失去儿子的女人。她爱桑尼,我知道这一点,非常爱。她一直对桑尼很好,满足他痴迷的一切,和他一起把各种怪念头付诸实践。她的心情一定特别复杂,然而当时除了自己我谁都不会同情。

现在我对她有了恻隐之心,但不是因为过去发生的一切。她生活在一个圣殿里。她所献身的男人,毕竟只是一个辉煌的声音。无论是猫王最动人的歌曲,还是其最出色的模仿者,都无法封填她生活里的裂隙。

我知道你爱阿尔奇,珀尔,我静静地说,但我无能为力。以前也如此。不过,我带来些东西。

我打开箱子,拿出金色的演出服,把它展开。滑稽的尺寸,金色的蕾丝镶边儿,不过只是塑料质地,廉价的金灿灿的合成纤维布料,压箱了这么多年也没起皱褶。

她伸出手接过衣服。我把随衣服带着的玩具也递给她。

泰迪熊,她说。

是的。

它穿这衣服不合适,但是桑尼喜欢唱《泰迪熊》。他一只手拿着塑料话筒,另一只手拿着小熊,唱到最后便举起小熊高高地挥舞,然后抛向他的观众,不管观众是珀尔和我,还是他的同学(如果他们心情好愿意听他唱),还是马戏团里的塔拉和蒙蒂小丑,抑或是他能聚集起来做非正式表演的任何人。

珀尔把衣服放在腿上折了又折,把小熊放在上面,低头看着它。

你后来又有孩子了?

两个女儿。

她们什么样子? 多大了?

她们是世界上最漂亮的孩子。艾斯黛拉比较黑,11岁。黛西8岁,头发金黄偏红的那种颜色。她们两个都没什么音乐天赋,和她们母亲一样。我特别想她们,几乎都不知道自己现在在干什么。

那,阿尔奇呢?

他很好。

她尽可能让自己看上去面无表情。她不想让我看到那份嫉妒,因为那两个我有她没有的孩子,因为那个她想留住但不知道如何才能留住的男人,因为那个只在我身边停留了八年的孩子,对她来说比一直都没有强。

阿尔奇是天下最好的父亲,我说。他也很爱桑尼。

她什么也没说。最后,她注视着我的眼睛,问道,

你知道我无法生孩子吗?

不。我不知道。

阿尔奇知道,她说。

我咀嚼这几个词的意思所用的时间似乎漫长得了无尽头。我看到了阿尔奇,很多年前,在大篷车外和我坐在一起,告诉我说和珀尔不会有结果。我看到了桑尼,在我们面前的草坪上玩耍。阿尔奇和我怜爱地看着他。是阿尔奇看着他。

然而,我却没有可以回应的语言。说对不起是不够的,还有侮辱的意味。

珀尔,我说,我就要死了——再有几个月的时间。

她面无表情。

你知道这意味着什么吗?

她摇摇头。

这意味着,我说,现在只能处理重要的事情。我来是为了告诉你,我很感激你为桑尼做的一切。他喜欢和你在外面跑,特别喜欢。有时候我想,他就是为这种生活而生的。

我打开自己的包,拿出三本书。

我还想把这些还给你。我说。记不记得他出事前我借过这几本书?

我怎么会记得这些?

可我总是记得,我的书借给谁也记得很清楚。所以我想应该把它们还给你,不过现在我觉得你应该也不想要了,图书交换店你都不再经营了。

我把离开阿米赛斯特时带走的三本冠以艾丽丝·沃克之名的书递给她。《带着死亡入坟墓》。《你无法压制好女人》。《掌握快乐的秘密》。

她看了一下,接着,自我昨天晚上见她起,第一次脸上有了笑容。

你不觉得你来保存会更好吗?她把第一本递回给我。这书显然是你的风格。其实,三本都留着吧,它们的名字都像你。我也不会再读这些。

好吧,我留着。我想让你来留着桑尼的衣服。

谢谢。她的声音里颤动着一丝感激。我很愿意,她说。

37

任何人都不会因为太老或不健康而无法捐赠器官。即便是那些知道自己即将死亡的人也可以符合捐赠要求,成功的移植各种捐赠者都有。心脏、肾、肺、胰腺、肝脏,这些也许会因为治疗或病症而衰弱,但眼睛、骨骼和组织却仍可以嫁接或移植。

“死后的状态”

《死亡居家指南》(即将出版)

有时候,南希对给死亡写指南的想法如此投入,我想她都忘了指南的作者即将要离开。离世。到另一个世界(见第九章:委婉语与死亡)。她变得特别乐意帮忙,几乎要整天催了。几天后她打电话跟我说,指南需要涉及器官捐赠。

器官捐赠?

对。怎么,有什么不对劲儿吗?

哦，当然没有。

她继续说要整理相关文献给我送过来，给我约见器官捐赠委员会的宣传人员，采访接受移植成功的人。也许还可以看到移植手术。上次尸检证明我适合观察这样的手术。心脏移植是最常见的，她可能会安排我观察一场这样的手术。

心脏移植。

南希……我打断了她。

什么？

没必要。我没必要去手术现场。

好，我相信你。不过你会把这章加上对吧？我觉得这章挺重要的。

很重要。好吧，我已经准备过了。虽然没有准备要在后来面对整个故事，像一块愈滚愈大的巨石滚滚而来，以其全部叙述的沉重压在我的身上。那个搏动的器官，淋淋的鲜血，闪烁着生命。

因为我比南希先行一步。这方面我已经有过调研。甚至比调研更进一步：我亲身经历过。这是南希所不知道的，其他人也都知之甚少。

起先我决定要捐赠器官——所有的器官，任何一部分——不过又觉得这不大可能。就此我问过李医生，她先是极不自然地看了看我，然后清了清嗓子，提醒我说，虽然细胞毒类药物有致命的毒性，但实际上它们已经把我清理干净了。我的体内将没有细菌、病毒，也不会腐烂，我会干净得像一厨架亮闪闪的盘子。因而，当然也就没有传染细菌或病恙的可能。不，我应该这样理解，我身体中器官的……(长时间的间断)……退化(她终于说出了这个词)……阻止了器官捐赠的可能。

最终我从她嘴里撬出了实话。有些医生就是不愿意说出那显而易见的事实。我后来明白,虽然从医的人坚定地说我的身体治疗后会有效果,但最后,没有人,李医生也好,我也好,会相信这种神话,剩下的除了癌细胞再没有其他,它们或许在侵略并完全占领了我身体中的每个器官。帝国主义的军队占领并消灭了"劣等民族"。身着制服、手持武器的军人在小岛的岸边着陆,射杀掉当地人,竖上旗帜,烧水泡茶,趁着时间尚早。到时也许请其他人分享未必是个好主意。

我必须承认,大多数情况下你感觉不到这种程度的排异反应。你的身体中已有三个地方有恶性肿瘤,是这样。有些部位已被切除,割了下来。你已经接受了治疗——化疗和放射,在治好你以前差不过都能要了你的命。但这治不好你,最终你还是要死的。不是说你的性命要被夺去,这里不是一个被动的动作,而是一个主动的动作。噢,不,你的性命可以被夺去,被癌症、被肿瘤夺去。即使捐献自己的身体也于事无补。就像一辆汽车残骸,也许你觉得有些零件还可以用:这儿一个启动电机,那儿一个车门,左边一个尾灯。

器官,各部位的器官,你身体的所有组成部分,在你死的时候,都会渗入癌变细胞,所以死亡前你的身体已没什么价值。即便是过早死亡(是的,40 岁前便是过早死亡),你也不能捐赠器官。就是在这样一个把最后一根脚趾头都商品化的文化里,你也无法将它变为一个有用的商品。

我想象着这些被遗弃的器官现在的状态,它们组成了我几乎失去功用的身体。那些入侵的癌细胞无孔不入,把旗子插到我脾胃的最深处、最暗处,插到我的肝脏最难以触及的沟壑。天哪,就连我的角膜都难逃魔掌,也会完全被新的统治者占领并替代。

李医生最终解释完了这一切——一个漫长的过程,以她那种无动于衷、畏首畏尾的办公桌仪态,以她用委婉语和多音节的医学用语掩盖简单现实的习惯(你要死了,不出明年)——这时,我已经对器官这个词感到恶心。

器官,器官,器官。听上去好像我的身体里塞满了乐器或是生殖器。这让我想到教堂音乐,圣歌,巴赫。高耸云端的建筑,巨大的钢管,突出的键盘,空气中打转的微尘。这让人想起渐进渐强的赋格曲,伴着上战场的军队一路前行的凯旋曲,造物之主,宣布这样那样神谕的天使。或是洗掉一切肮脏的鲜血,这种矛盾修辞形象存留至今,尽管每个女人凭着与血的亲密接触,都知道如果血液可以洗刷什么的话,最后留下的也只能是血渍的污点。

惟一能让人正儿八经看作是器官的,是一些外部器官:耳朵是器官,任何人都能看到。它看上去就像个器官,虽然有精致的层层弧线,不过还是很丑。它那无可否认的器官性质的曲线延伸到内部,延伸到一个秘密的、隐藏的空间。男性生殖器当然也是器官。小的时候,这种部位总是被委婉地称为男性器官。而其他的——肺、心脏、肾、脾、胰、肝,还有组织,包括心脏瓣膜、骨头、皮肤、眼组织,比如角膜——这些都难以视作器官。不是那些鲜血熠熠、有时还搏动着的部分,那些让我想象为身体中至关重要的活生生的部分。粉红、鲜红、绛紫,甚至是乳白。为什么大脑不可以捐赠?谁在乎你有其他人的记忆和欲望、迷惘与恐惧?至少你有一个能起作用的大脑,不是吗?如果你身体健壮,惟独大脑永久地停了歇,你——8 岁也好,20 岁也好,33 岁也罢——和你的家人不欢迎一个新生的机会吗?这就像是把一张全新的 CD 插到光驱,然后让它转动;像用 Linux 重启操作系统,替换掉 Windows。为何要浪费一个美丽且年轻的躯体呢?

我怎么没早想到这一点呢?那样还可以就这个问题多做些调研,把它并入指南的章节里。

或者也许我的大脑受到了治疗的影响,或是受了癌症的影响,或是两者兼有,其程度比我想象的要严重,而我让想象占了逻辑的上风。我没看到问题的本质。那就是我的身体排斥生命,生命也排斥我的身体。所以,无器官可捐,无组织可赠。只有顶级的、三 A 级的、最现代化的身体部件才可以转到排长队的病人那儿,转到肝病患者,转到心脏衰竭的受害者那里。李医生没有明说,但意思很清楚(她这方面特别擅长,我甚至因此而对她刮目相看),被捐赠的组织只要有一丁点劣质的迹象就会被拒绝。我考虑捐赠器官,那简直是开玩笑。

那我的血液呢?至少我可以献点儿血吧?

哦,这倒是可以,虽然有悖常理,她说。那恐怕是你身体中最健康的部分了,想想血细胞更新的速度就知道了。不过,当然,她补充道,你只能活着的时候献血。

咨询过后,我收拾起自己这堆衰弱而劣质的器官和组织,离开了她的办公室。我挺起胸自信地迈开步子,为刚才那个身体所有部件都被拒绝为没有价值的女人。

亲爱的德丽雅:

你觉得如果我买新床单换上的话,她会回来吗?

绝望者

亲爱的绝望者:

我已经跟你说过,我没什么建议可提。不过,没人能预测自己的运气。我了解到在 David Jones[①] 的纺织用品区有优惠活动(我推荐柔和的淡色,不要花花绿绿的)。

① 澳大利亚的一家高级连锁百货商场。

38

我从梦中醒来，浑身是汗，喘不上气来。惊慌失措的袭击，我知道那些符号。这也许是全面化疗后的症状，虽然距最后一次化疗已有很长一段时间了。我把被子拉下去，坐了起来，T 恤湿漉漉的，我控制着呼吸，直到自己平静下来，能吸进去些氧气。如果现在不是凌晨四点，我早就给阿尔奇打电话了，可我不能吵醒他，因为我知道他睡眠质量极差。如果我抽烟，我早就点上了。如果咖啡和茶不是那么无味，我早就冲泡了。我没有苏格兰酒，也没有爱尔兰酒，什么酒也没有。只好重新躺在枕头上。

问题在于，那不是梦。全然不是梦。我躺在那里根本没睡着。记忆从未消失，这么多年里我只是蒙蔽着其中的细节。回到阿米赛斯特以来，我一直在等待这一时刻，真的，等待着巨大的全景再次在我眼前展开。我躺在那里，不喝酒，不抽烟，一动不动，终于让自己走进脑海中的那片图景，那段可怕而强大的记忆，直至今日仍无法回首，只能偶尔偷偷地瞥几眼。

我惟一能想到的就是行动起来。晨曦刚从低矮的条状云朵间挣脱出来，我推开大门，沿着汽车旅馆的车道出发了。赛天堂的看门狗还在窝里轻轻地打着鼻鼾，高高的棕榈树上，早起的鸟儿们唧唧吱吱地叫起来。大约一个小时后，我恢复了平静。那时我已绕城半周，没看到什么人，只有送奶的货车和报刊经售人在大街上转来转去。我在纪念公园坐下来休息一会儿，这里可以俯瞰到河流，虽然视线被挡住了，但仍能看到柳树和木麻黄树的深绿色勾勒出来的曲线。我意识到自己离一个要找的地方不远，我在电话本黄页上查了很多地方。必须要找的那个年轻女人也许仍会住的地方。我穿过公园，走过马路，向东走去，顺着大地的坡度向上走。很快我来到一条死巷——尼罗河新月。这条死巷不可能是新月的样子，我这样想着，左右环顾着，不愿直视 3A 这个门牌号码。是谁命名的这条街？我感到有些奇怪，有些头晕。也许是一路走来的缘故。该带上水。该返回旅馆，喝水、休息。我转身背向那个地方，感觉这里有我要找的东西。那只是一个幻觉。一个谎言。

有什么收获？阿尔奇问，第二天早上他打来了电话。

还没有。

你都去了哪儿？

警察局，医院，中学……

她现在可能已经不上学了。

我知道。我想也许有人知道她现在在哪儿。

你感觉如何？略停了一下后，他问。

还可以,就是有点累。

我想让你离开那儿,我想让你回来。我去接你吧。你或许坚持不到那时候,我想最好我去接你回来。

不,阿尔奇,求你了。我很好。要是我坚持不住了,我会说的。

我还好,还算好。每天晚上会感到疲倦缠上身来,不过除此之外我知道自己一切都正常。慢慢找几天,我能做到。我必须要做到。我必须开上汽车,走出车门,走进我们的大门,一个人完成。我会手提着桑尼的箱子,胸中的空洞,冷风已吹过了 14 年,最终也可以合上了。

别担心,阿尔奇。我向你保证我会慢慢来。过几天我就离开。代我好好亲亲艾斯黛拉和黛西。告诉她们很快就能见到我了。

你怎么知道?

我怎么知道什么?

你能在几天内找到她?继而他挂上了电话。

当你拥有了斯巴鲁车后,你才第一次注意到满大街上都是斯巴鲁,不管是在什么地方。当你即将走向死亡时,你会敏锐地感觉到死亡四处包围着你。是你把死亡找出来的,还是死亡主动粘上你的呢?仿佛一股看不见的磁力只要一有机会就会把你和死亡拉到一起。这就像是舞会上没有舞伴的女孩子,让一个匆匆忙忙好意帮忙的大妈猛推到一个皮包骨头、满脸青春痘、穿着两只左脚鞋的男生面前。

不同之处在于,在我距离所有表现形式下的死亡更进一步后,在我握住它那汗腻腻、松软无力的手之后,我便无法再松开。我无法拒绝这一切,无法拒绝对 14 年前每个细节的痛苦回忆。然而,我之所以可以忍受故事在脑海里重现,是因为想象中阿尔奇在我身边。

阿尔奇还是个年轻的园艺工时，他就是个受人尊敬、可靠的人。自己给自己打工，他总是尽量接下任何可能的活计。天凉的时候每六个星期一次，夏天两周一次，他会为葛温太太修剪小得不能再小的前草坪，为她家家酒般的玫瑰苗圃除杂草。那些玫瑰她都亲自打理。这份工作半个小时就可以做完，葛温太太会付给阿尔奇5元钱，这个价钱，从阿尔奇14岁第一次开始在阿米赛斯特挨家挨户敲门、放学后打零工开始，至今一直如此。似乎葛温太太从未意识到，阿尔奇现在已成了一个商人，通货膨胀也让劳动力价格涨了很多。

当地的中学雇阿尔奇修剪操场草坪，他同时栽种并照看着RSL俱乐部前面的纪念公园。他修剪草坪，打扫RSL俱乐部后面草地保龄球场周围的园区，而草地保龄球场则由一位上了年纪的护园工人维护得完美无缺。遇到当地的高尔夫球俱乐部生意繁忙，或是草场繁茂，或是长得过快，阿尔奇也常在那里接到活儿。他总是充满活力，待人真诚，是那种可以把你最好的软草坪或是最不好侍弄的兰花托付与之的人，是个可以把活儿留给他一整天、有事出门房门不锁也不用担心的那种人。

这一切我第一次见阿尔奇的时候就知道，那是他来修剪露营车公园草坪的时候。我知道他是个园艺工，知道他是个可敬的人，但却不知道他是多么温柔。他照顾花草树木，他培育着它们。他可以给予很多很多。我没有理解到这一点，直到后来真的需要他。那么温柔，他可以为我，为桑尼，为那个素昧平生的小女孩和她的母亲，做出最后我极想做但却做不到的事。

39

死亡是一个机会，可以因此而尽快实践自己一生最富创意和启发的想法。不要忘记这一点。

“遗嘱和遗愿”

《死亡居家指南》（即将出版）

这有点像古老的烹饪法。把野兔肉在一个干燥阴凉的地方放两周，让兔肉鲜嫩。把禽鸟扔在一边，强迫喂食小米，从节庆前一个月开始。只用母鸡下的最初六个鸡蛋。把小孩子拴上短绳，喂牛奶和软烂的谷物。

我已经想了很久了。他们当然会觉得恶心，无法接受，而在我看来这是一份最后的礼物。我无法在世上停留了，我的身体也会腐烂，最终会腐朽、干枯，在那片安宁的私有区域化为泥土，不过在这之前，我要把自己的一部分送给他们，自己纯净、甜美的一部分，他们从其他人身上都不会获得,无法获得。

当然,要仔细处理一番,它才会纯净,而且是咸的,而不是甜的。

我自己也曾觉得这样很怪异,很恶心,但是越想越觉得这是爱的最后一次表白,是一个厨师给予她所爱之人的最大慷慨。我在这道菜上倾注了全部心血,我总是这么说,这里面有我的爱,我这样对他们讲。尤其是央求女儿们吃一道新菜,她们总是带着孩子特有的警觉,不愿尝试。有时候不只是爱,还有气恼:不准扔掉午饭,那也许只是个抹着咸味酱的三明治,但上面有我的爱。

现在,我可以留给他们充满爱的一样东西,不止如此:是我身体必不可少的一部分,惟一的、无法替换的一部分,代表着奉献和挚爱,而且,如果你相信圣经故事,还代表着救赎。

冰箱的最里面我留了一块区域,以后他们可以放食物。他们现在已经开始放食物了,大多数都是我不能下咽的。比方说任何甜食。南希美味的法式焦糖布丁在我这里算是浪费了。简的巧克力,即使是辣味黑巧克力,以前我最喜欢的,现在也觉得恶心。任何甜的,味重的,几乎所有的肉类……有时我不怎么在意,不过多数情况下我还是喜欢鸡蛋加面包,一份沙拉、一壶茶这样简单而清淡的食物。

食物是表达悲恸和苦难的语言。我知道,自己死后,接下来的几个月里,阿尔奇一回家就会看到台阶上满是子鸡合子和巧克力蛋糕,一盒盒柑橘,一碟碟松饼,还有罐装水果蛋糕、泡菜、火腿、意大利千层饼,水果派:仿佛死亡是一场盛宴,一次庆祝,一个感恩节,弥留是触发厨房行动的引擎。我明白这一点。人们认为对丧亲的人说话要有一套特殊的用语，他们不会那种语言，于是便用食物来代替。他们觉得无法抱住丧亲之人的肩膀对他说，我很抱歉，真的很抱歉，让我拥抱你一分钟吧，因为别的我也做不了。但是他们可以站在厨房里，耐心地搅动意大利面酱，或是亲手递上微型松饼，上面裹着巧克力糖衣，带着成千上万的亲吻。它们代表着：我知道你正承受着痛苦，我无法言表，这份食物或许可以代替我来表达。一锅意大利肉酱面几乎同最后的晚餐一样神圣而特别。

这种"最后的晚餐"，桑尼死后我接受过很多。从医院回到家便看到一份牛肉腰子派。第二天有人带来一个篮筐，里面有熟食店最好的猪肝酱。简还挖苦了一番那个迟钝的送猪下水的人。这些送食物的大多都是匿名的，他们只把食物留在大篷车的台阶上。我还因为不知道送食物的人而感到遗憾，直到后来才明白大多数人都更喜欢匿名，不希望遇到丧亲的那个人。对于一个死了孩子的年轻母亲，你能说什么呢？显然，适于这种场合交谈的对话还有待于创造，恰当的词语还需要发明。所以我有时会通过微波炉适用的塑料容器、铝锅和烤盘，还有康宁锅来断定送食物的人。通常我会把洗刷好的容器再放在门口，它们会再次被匿名地领走。还有很多带汤汁的菜：焗烤四季豆、咖喱鸡、红酒牛肉、爱尔兰炖菜，肉球以及肉卤。似乎病痛、丧亲、死亡，都需要流食、易消化的食物。而汤，汤，汤——鸡汤居多。菜品的汤汁越多，同情就越多。我无法表达对你的同情，不过这是我热乎乎、充满爱意的汤，喝点也许会感觉好些。

是的，我理解，比自己希望的更透彻。

我考虑只吃芬芳的草本植物和果实，只喝蜂蜜水和苹果汁。或许再吃点金莲花、车轴草调拌的沙拉、脆甜的生胡萝卜、奶白的新鲜杏仁,还有豌豆。正像是意大利北部或法国那些只用橡果和苹果喂养的猪,它们的肉质鲜嫩,做出来的火腿每公斤卖到几百美元,每年只在一定时间在全世界向为数不多的销售点供应。我便和那种只为精英顾客而饲养的获奖产品一样。

李医生跟我说过,我的血是干净的。她向我保证过。

然而那个超市,那个路坡尽头我买东西能走到的最远地方,很少有金莲花和新鲜杏仁。我决定不吃任何药物,不喝酒,大量的水和新鲜食物就够了。一个星期后,周一早上孩子们都去上学了,阿尔奇远在泽特兰监督一个工业园区的银桦种植情况,我在厨房操作台旁摆上了一个碗和一个注射器。

她说过我可以献血,如果我愿意的话。

我对自己的技术称道,或许我还能做个医护工作者呢。或许我可以做很多。而现在我只是一个即将离世的母亲,带着一本可能永远无法完成的书。这个我不想想太多。我看到自己已经为菜品收集得差不多了。

她说过我必须活着献。

40

各种仪器维系着桑尼的生命。我必须作出决定。事故发生三天后,重症监护病房的专家默默地把我带进他的办公室,关上了门。我尽量想集中精力,记下他说的话,尽管现在我眼中的世界全都模糊不清,朦胧一片。南方有个女孩儿患有先天性心脏病。她等待着一个新的心脏。

大夫给我看了一些照片:一个孩子,比我的小两岁,也连在一群仪器上。她棕色的头发散在枕头上,面部紧绷着,脸色苍白,眼睛异常大,下面罩着灰色的输氧罩。她旁边的椅子上坐着她的妈妈,紧锁着眉头,嘴唇很小,没有一丝笑容,直直地看着相机镜头。她看上去年龄太大了,不该要这么小的孩子。专家轻声说了些多年没有希望之类的话,如果我同意,他们可以进行检查,如果匹配的话,两天内他们就可以手术。我把目光从那些照片上移开,那个焦虑的母亲如同抱着耶稣遗体的圣母画像。那个仍在发育的孩子却生不如死,除非她拥有桑尼的心脏。我转过脸想到桑尼，金色的头发，头的后部像一个打破的酒壶，鲜血染红了枕头，颜色比红酒还要深。难道把他从我身边夺去还不够吗？我还要给予更多吗？

他也许能活几个星期或几年，或只能永远这样连着提供养料和氧气的导管。或者他身体会康复但没有意识，今后我这辈子都要照料他。或者一个月或几年后他会醒来，从医院走出去，仿佛睡了长长的一觉。脑死亡和昏迷的区别，住院医生、神经外科医生、儿科专家解释了一遍又一遍。昏迷是一种无意识的状态，虽然脑部受伤，但大脑功能正常。这还有治愈的机会。桑尼的情况显然是脑死亡。

显然是？什么意思？

当然，神经外科医生说，也有昏迷的一些症状。

什么症状？我问。

一些小地方，他说。

这些地方小得不能再小了。多半是检查中偏离正常的数据。当然，他们会再测一遍。但是我必须接受希望渺茫的现实。有很多相关文献。学术文章、硕博论文中98%的案例，像桑尼一样，可以维持他的生命，但他永远无法生存。

桑尼生命还在但却不会生存下来。我再次注视起那个孩子和她母亲的照片，强迫自己意识到那个母亲对孩子的感情同我现在一样。我胸中带着痛苦作出了决定。但是我不允许任何人切开我可爱孩子的胸膛。我不允许一个陌生人割开他无瑕的肌肤，那被北方的暖冬温暖、烘热的肌肤，常常赤裸着在公园里、河水边、操场上搞着恶作剧。再次回到病房后，我看着那些嘀嗒作响的仪器，也许它们可以监控并维持一个生命,却无法让生命恢复原状,我带着辛酸的决心作了决定。那个名叫安柏·摩根的女孩儿,可以获得我儿子的心脏,但是要由我来操作,我可以。我想深入自己孩子那稚嫩的身体,取出那颗心脏,亲自感觉到那跳动的肌肉,而后将其交出。而不是哪个对桑尼完全陌生的外科医生。任何人都不可以,除了爱他的母亲。

安柏要来这里。他们要用飞机将她从南方接过来,送到阿米赛斯特的医院这里:没人可以把桑尼的心脏从他出生的地方带走。

我恸哭着呻吟着向医院的人说明了自己的意思——完全是一个年轻的不谙痛苦的女人支吾的哽咽——这时我已下定了决心。那是一个早上,离车祸已有几天的时间。简自从来到这里后就一直坐在桑尼床边,我需要离开的时候,她总是握着孩子的手。我洗了个澡,换下了发臭的衣服,在家属区喝了点茶。一个穿着绿色制服的助理走进来,窸窣着换上垃圾桶内衬的塑料袋。我坐在垃圾桶边,假装噪音没有影响到我。

随后阿尔奇来到我身边,我正坐在窗边,凝望着新的一天,眼前一片茫然。景色从小城延伸到市政委员会大楼,一周前阿尔奇还在那里除草,他听到道格在货车里向他喊,需要他到医院去,德丽雅需要他。以前我从不承认自己需要他。我以为自己不需要任何人,可以全身心地养大孩子,他的父亲像光影一样突然消失的孩子。而现在这一切都随着一声急刹车而结束。我需要阿尔奇。那个下午,他一定是疯了一样跑到草坪车里。而现在,这个早上,我再次需要他。阿尔奇,我的朋友,间或是恋人,自己没有孩子,却愿意拥有桑尼,拥有我。他对未来的考虑，结婚，做桑尼的父亲，我都还未来得及接受，因为我打算在安排好的时间里宣布答案，而这个时间却在那个下午从我脚下溜之大吉。阿尔奇走进病房，穿绿制服的人在亚麻油毡上来回喷洒着消毒液，这时我意识到，阿尔奇可以做我极想完成却无法完成的事，打开孩子的身体，像取下植物的种子一样把他的心脏取出，移植到一个新的生命。

在重症监护病房的推车上，乍一看桑尼像个调皮的孩子，从医院的另一个病区溜到这里，误爬到一张床上，假装睡觉。但是他连着呼吸器和心脏监视器，周围全是闪烁不停、低声作响的仪器。虽然他很干净，他们已剪掉桑尼的衣服，把他擦洗干净，以便插入导管、针头和药棉，近一些看还是会发现一摊血红的印迹在他脑勺后。护士们知道，她们从来都知道，这里再怎么擦洗也仍会这样。

但是手术开始前，医院权威说只有合格的外科医生才可以进行手术。阿尔奇和我可以近距离地和桑尼在一起，我们可以把他幼小的身躯抱在怀里，我们可以看到解剖刀每一毫米的进展。但是器官要由国内的心脏移植专家罗杰·萨尔蒙大夫来操作，他那天下午正从布里斯班飞过来。为保证移植的成活率，速度至关重要。还有一些话，意思是说中途阻碍手术、不停地恸哭的父母只会让进程减慢。原话已经忘了，尽管他们对我说了一遍又一遍。整个过程都有一套严格的操作要求。手术时各类人员都要到位，确保按要求操作。

阿尔奇是我的喉舌，我的介质。他精力异常集中，仿佛他把自己最重要的东西都集中到了一点。一切都停止，除了基本的必须。

茶水和医院的白色三角三明治推到我们面前,但他毫不在意。他为前方的任务积聚着控制力,积攒着精力。我们几乎没离开候诊室半步,直到准备工作完成。在他身旁,我默默地流着眼泪,不停地留着。我仍会看到那个梦魇般的景象:儿子像一个被抛出去的玩具飞到了空中。仍会听到令人心惊肉跳的刹车声,他的身体撞在金属上的钝挫声。从此以后阿尔奇便要携着手术的记忆而生活:从一个非亲生的孩子身上取出心脏。从此以后,我们两个便要携着同样的记忆而生活:站在桑尼裂开的胸腔前,面对少了一个紫色组织的空洞,只剩鸟的侧翼般的一圈肋骨。随后萨尔蒙医生握住心脏,我一度想去抓住,最后阿尔奇拦住了我,双手拢住我的手。他把我抱得那么紧,紧得生疼。

41

先查看厨架。如果厨房里烹饪书没有专门一格架子摆放的话,那你就要立刻调整了。显然,海量的菜谱可供选择,但首先要记住的一条便是:烹饪书再多也不嫌多。

“厨师的旅程”

《厨房居家指南》(2002)

菜谱的问题在于,你永远都不想照着上面说的做,永远备不齐上面的配料,永远没有足够的时间。

也许,问题出在我身上。我总会参考菜谱,却总是不按上面说的做。我也不知道为什么会这样,我只是骨子里觉得自己知道得更多,我总是这样。

我觉得这种感觉是与生俱来的。我准备做血肠,虽然以前做过,但已经事隔多年。我把菜谱从厨架上取下来,立刻就觉得,一方面它不实用,另一方面里面的描述也丝毫无法勾起食欲。剁碎的肥肉,切成小块的洋葱,盐,胡椒,调料,猪血,还有最关键的新鲜奶油。这次,不是配料齐全与否的问题了,而是如何把它们收拾在一起,更不要说如何让它们看着就很好吃了。如果翻炒不当的话,新鲜的猪血会凝固,做出来会像烂糊糊的炒蛋,那样谁还会吃呢?我都想象不出自己怎么吃。所以我要变通一下。这将会是有史以来最棒的血肠。

我用上佳的橄榄油煸炒洋葱,直到洋葱色泽清亮,发出香味儿。然后,把火关小些,加上和岩盐一起捣碎的蒜泥。我在肥肉里加了熏火腿丁。然后是新磨的黑胡椒,再加点熏制过的红辣椒粉。我从花园里摘了些柠檬百里香和两个红葱头。把百里香放入锅中,倒入一杯红酒,四分之一杯香醋,随后再少炖一会儿,尽情地吸着蒸汽里的香味儿。

这应该是我最后一次用柠檬百里香做菜了。最初几分钟里释放出的橄榄油就像东方三圣贤①的礼物。我希望并不是即将到来的死亡才让我感触到这一点。我想——现在已记不大清了——我曾有过橘子皮剥开时喷出细微尘雾的快乐,夏天的午后一口口冰凉恬淡的麦芽酒,直接摘自藤蔓的圣女果温暖而酸甜的迷乱,希望自己被吞没,尽情地探索着味觉。新煮的咖啡的香气紧随而至,杯中的味道同散发的香味完全不一样,从另一个方面看倒也甘醇。平日对所有食物的味觉和触觉,现在对于感染了癌症的味蕾来说都让人生

① 《圣经》中由东方来朝见初生耶稣的三圣贤分别赠送了礼物给耶稣。

厌。希望对这一切来说还不是太晚。

我放入煮好的米饭。传统的英式做法是放大麦或燕麦,但是我更喜欢大米,况且这道菜也并不传统。最后我拌入切碎的红葱头和磨碎的柠檬皮,然后关上火。血肠的肠衣已在操作台上。锅里的东西已经可以做出美味的血肠了,家里人会喜欢的。我完全可以灌上肠衣,然后慢炖,之后冷冻起来,待到阿尔奇太累或太忙的时候,血肠和土豆泥便会成为最佳的美味。

没必要再加什么了。碗在操作台上。没必要再加我的血了。我伸手端起了碗。

一定要吃这菜,里面有个秘密成分。

菜里面有我的爱,亲爱的们。

颜色出乎意料。深红色,固态,不透明,像颜料一样黏稠。红棕色的血肠填料很快变成了紫黑色。

我快速灌上血肠,对那个灌肠器很满意,多年前买它时我还犹豫呢。我永远不可能徒手灌好。没过几分钟,八根血肠已在盘中,闪着光明的前途,等待着自己的命运。可以下水煮了,不过我想清蒸。这只花了十分钟,其间我收拾干净厨房,处理掉一切印迹。庆幸的是看来我没浪费一滴。随后我觉得该庆祝一下。人从食品间的底部我拿出一瓶较柔和的混合西拉兹红酒,但是用开瓶器半天也没打开,我这才意识到自己连开酒瓶的力气也没有了。

我想如果自己感觉像犯罪的话也是顺理成章的——也许我确实有这种感觉,也许卫生法里禁止在菜肴里添加个人的鲜血,正如有法律规定不准把死人埋在自己家的后院——虽然之前我没想到会有负罪感。但是阿尔奇几分钟后关纱门的声音还是让我立刻跳了起来。

他接过酒瓶,敏捷地旋开瓶塞,给我倒了一杯酒。他的手上带着那种让人心痛的夏天的味道,两冲程内燃机油和草地的味道,虽然现在工作中他早就不自己割草了。或者也许仅仅是我的想象。

他没有问为什么下午那么早我就要喝红酒。相反,他说:

我多开几瓶,好方便你喝。

那天晚上的晚饭是素食面,我心不在焉地吃了几口,女儿们倒是很喜欢吃。黛西把她的那份浸到番茄酱里。艾斯黛拉准备尝尝我拌的蒜蓉佐料,她用面包蘸了蘸,同时天真地问:

妈妈你今天做什么了?

为什么她会问这个问题?艾斯黛拉从不关心我白天做了什么——她11岁。别人白天也都没做什么,无趣的大人们也没做什么,更不要说恐龙般该躺着休息的母亲了。她怀疑什么吗?她发现什么不对劲吗?

没做什么。怎么了?

只是问问,她耸耸肩,已经厌烦了这个话题,她把碗推到一边。还有冰激凌吗?

艾斯黛拉最近开始喜欢在冰激凌上喷咖啡末,然后掺入果泥,慢慢舔着勺子。不知她从什么地方学来的,觉得这种味道很复杂,她11岁的味蕾仍渴望着孩子对冰激凌黏稠的味觉,尽量慢慢地吃,直到冰激凌将要化成过甜的牛奶。黛西把自己的那份冰激凌倒入巧克力沙司。有时我想黛西所有的主食都是瓶装的。

在把冰激凌桶放回冰箱时我指着肉食区说:

对了,阿尔奇,冰箱门朝我半开着,冰霜般的气流曼妙地飘出来。我给你做了些血肠。

他顿时有了精神,阿尔奇很喜欢自制的血肠。

都煮过了,我说。你再煎一下就行。

他又点点头,很满意的样子。直到他意识到我是指以后吃,便又没了精神,看了看女儿们都去看电视了,然后他走到我身边。我抬起脸看着他,疲倦得只想安睡了。

42

这是一个清晨。离我最后对桑尼作出的决定已过去了三天。每一样东西似乎都充满了正式感。我要比自己想象的冷静得多。我记得自己穿着粉红色的衣服,丝毫没有意识到这与哀悼的环境相冲。前一天下午,简把我拽出去,用起 Snip! 美发店的工具,店主非常乐意效劳,把我安排在后排的座位,远离所有人的目光和提问,以及拙劣的、遮遮捂捂的安慰。简着手为我洗头发,按摩,修剪,吹风,直到我的脑袋不再想当前的事。这持续了一段时间。

我们在手术台旁边的一个小凹室里。桑尼是在这个医院出生的。由于我不让别人把他带走,情况有些复杂。来自布里斯班的心脏移植外科医生带来了他自己的团队。安柏·摩根和她的母亲在另一个手术台等着。我不想见她们。

只有一把椅子。没有人坐,我们互相看了看,又看了看椅子,仿佛达成了默契:如果要坐的话,也应该让我坐着。外科医生,他的助手，麻醉师，还有两个护士出现在了手术台上，随后是穿着一身蓝手术服的阿尔奇。我们站在那里，周围是易碎的静谧。简看着手术室中央，看着手术车轮上的白色突起。手术车周围站满了电子仪器方面的助手随从，我们每个人，包括我，都等待着手术开始。

外科医生的助手把被单掀开到儿子的腰部，阿尔奇走上前，凝视了一会儿，而后用他的大手托起孩子金色的卷发。他转向我，用目光召唤我过去。我是那么紧张，那么脆弱，那么僵硬，完全会瘫在地上。我会晕厥过去，会大哭着，尖叫着，或是吐出来。所以我知道自己不能站在桑尼旁边，不能在他生命的最后一息抱着他，看他的心脏被移植出去。所以阿尔奇代我做着。我向前跨出，站在无影灯的光下，吻着这个即将死去的孩子，不是最后一次吻他，而是在他生命的最后一刻，在我允许他被夺去生命前吻着他。

在我弯下腰的那一瞬间，我本可以把他拥在怀里，本可以永远抱住他，想着他会睁开眼睛，朝我微笑，像从前那样，在他生命中的每一个清晨。如果我一直在他身边，就决不会放手。我转过身，僵直，害怕，犹豫着是否要就此完全离开。然而却要为每一个人而留下，为了桑尼，为了阿尔奇。对于安柏·摩根的母亲来说，她对自己女儿的心情，如同我对自己儿子的心情一样——我必须要这样想，不停地这样告诉自己。

整个过程里，即便是罗杰·萨尔蒙大夫按下手术刀，鲜血陡然随着划线溢出，阿尔奇也很冷静而坚定，尽可能近得靠着桑尼，双手抱着孩子的下半身，就像抱着一个易碎的玻璃碗。外科医生背对着我，但我可以从阿尔奇口罩上方的眼睛里看出医生的表情。巨大的断裂声意味着儿子幼小的胸腔被打开，阿尔奇头向前凑了凑。我走近了些，仍紧紧地包裹在巨恸和忧虑中。医生转过身，径直看着我，他的眼睛在问：你是否明白就是这样移植的？你仍希望待下去吗？

片刻的停顿。我点点头，萨尔蒙大夫的肩膀前倾过去，在桑尼的体内摸索。这时我浑身颤抖起来，但我不会离开，我不能离开。

没有人讲话。只有间或手术刀或手术剪放入不锈钢盘中时的声响，还有器械低沉的运转声。手术台边的人声名狼藉的一点便是一边做手术一边聊天，说着周末恶作剧的故事，讲着笑话或是听着音乐。如果这是一次普通的手术，他们又会做什么呢？简按下了便携录音机的按钮，《泰迪熊》的曲子顿时萦绕在房间里。往日里孩子的快乐历历在目，手术进行着，最终我坐了下来。虽然手术过程迅速而准确，等待却似乎没有尽头。第二首歌是《常驻我心》[①]。简走过去要关掉录音机，我挡住了她的胳膊。我希望他喜欢的歌响下去。

突然阿尔奇进一步向前倾。医生把心脏移植了出来。他捧在手心里。我能清楚地看到。它让我震惊。那种翼动的新鲜比我想象得更安慰。阿尔奇隔着口罩，对着那个熟紫色的器官，空吻了一下，仿佛是为它祈祷新生。他含在眼眶的泪水此刻已顺着面罩留下了两道印迹。我冲上前，声嘶力竭地哭着，胸部抽搐着，说不出一句话，只是想要冲到桑尼的心脏前。我想把自己的心脏割下来替换，想让这一切永远停止。

① 猫王的代表歌曲。

阿尔奇抱住我，心脏短暂地露出，医生剪断连接心脏的最后几缕。一切都在向我说明这样做是正确的。然而我的心房却冰冷而空落，就像自己的心脏被拿走了一样。我坐在那儿，像个石头一样在塑料椅子上，几乎感觉不到周围的声音和影像。一些人的手——临终安慰的人还是社会工作者？——轻抚着我的脊背，像掉落的书页。简把音乐的声音调小了。猫王唱着无法抱着你，在那些孤独的孤独的时光。简握起我的手。阿尔奇站在手术台边，不知道是该守着桑尼还是该待在我身边。萨尔蒙医生不见了，助理医生和其他团队的人都不见了。

随后几秒钟内就结束了。心脏现在成了一个器官，包在无菌布里，放在手推车上的聚苯乙烯盒中，朝着另一间手术室推去。器械都关闭了，软管、针头、导管都拔了出来。声音都平息了。留下的医生走上手术台，把儿子胸腔上鸟翼般的两半合拢，熟练地缝上刀口，补上胸前的空洞。手术台两边各有一个护士，开始轻轻地为他清洗，等他身体干了的时候，我已经镇定下来了。简和我为他穿上我们带来的干净衣服，是件滑稽的业余杂技演员服装，淡蓝色的绸缎面料，镶着银色的箔纸晶片，这是他当时最喜欢的衣服。最后，简出去买水，我在那里待了将近一个小时，或者说是一年，抚摸着桑尼天使般的卷发，轻触着他的脸颊，亲吻着他的额头，看着他慢慢步入死亡的寒气中，只留给我一首歌的回声，永远荡在记忆里。

43

花园在世的时间比你在世的时间长。这一点却很少有人注意到，尤其是种树时。仔细想想你要如何安排花园吧。如果你想因为下个世纪的参天松树而留在他人的记忆里，那就种吧。不过，你真的希望子孙因为暴风雪的破坏，或是因为不停地清理粪便，大笔大笔地花钱而大骂你吗？

"花园的未来"

《园艺居家指南》(2004)

莉迪亚终于下蛋了。当然，她也可能故弄玄虚，把其他母鸡的蛋当做自己的。以前她就这么做过——这些母鸡大多都这么做过。但是，她伏在产蛋箱里不只带着一种狡猾的神色，她甚至很得意。而那枚鸡蛋比其他任何一个都要小，苍白得像加了奶的茶。我向她表示祝贺，她则在我的手腕上啄了一下表示回敬。我捡其他鸡蛋、撒下饲料的时候，发现她啄的地方渗出了血。母鸡的爪子抓过我很多次了，作为合理的报复，我会朝它们喷防虱剂或剪断它们的翅膀。而它们却从未啄伤过我，那与其说是刺戳，不如说是亲吻。我关上大门，坐在花园中的椅子上，一面揉着手腕，一面为自己近乎愚蠢的遗憾而心痛。对一只母鸡的抵抗那么认真——一只荒唐的、难驾驭的母鸡，鸡群中最笨的一只——这说明我没有自己想的那样做得那么好。我在想着是否要回到床上过完这一天。发现阿尔奇在身后走廊上方向下凝望，我能够看到他眼眉折起。在我要走回房间时，他吆喝起来。

你的电话。他把头急扭向屋里。

然而，和以前一样，在我拿起听筒时，电话的另一端仍没有声音。并不是没有人。我说了好几次你好，直到最后大叫“滚”！而后狠狠地把听筒摔下去，因为用力过大，听筒甚至从墙上的机座里跳了出来。

谁啊？

不知道。有人总是打电话，但又接着挂上，我接起来的时候又没人回答。

对方跟你说什么了？

什么也没说。只是说要找你。

谁？男的还是女的？

女的。我觉得应该是。不好分辨。

阿尔奇跟着我来到门外。

怎么回事？出什么事了？

不知道，我说。写不出来。不过……很美的早晨。我想散散步再开始写新的一章。

我从他面前走过，他揉了揉我的肩。他知道我感到多么枯竭吗？他知道我那天几乎写不出一个字吗？然而也许只是因为睡眠太少了。

几次夜访兰伯特先生的草坪后，我在那里的项目差不多要竣工了。黛西从学校组织的远足活动上带回一罐小蝌蚪，这让我想起卫生检查员曾经说过的话。我把其中一半倒入金棕榈树丛旁隐蔽的池塘里，另一半留在一边。

晚上，我带上小铲子和一个两公升的冰激凌筒，再次溜出去，那时大约是十一点钟。兰伯特先生的百子莲和门廊玫瑰之间有宽达18英尺的空当儿。这里土地很湿润。没过一会儿我就挖好了洞，筒里的水还是从兰伯特先生的水管子上灌的。我蹲在那里，几架探照灯扫了过来，庆幸的是在这一带郊区，没人会在意一个穿着运动装的女人拿着银光闪闪的小铲子在午夜门前草坪上隐现。层层叠叠的百子莲叶子掩盖了挖出的小泥坑。氯气蒸发后，自来水就可以用了。刚流出的自来水会杀死蝌蚪，这个我以前了解到过。而且我知道，在一定的条件下，有些蝌蚪即使休眠几个月，也照样可以迅速发育，到完全长成青蛙，用不了几个星期。

一周后我回到原地查看。手电筒的光下，我可以看到里面水藻长势良好，冰激凌筒壁上附满了发黑的绿苔。还有东西在蠕动。这时我把蝌蚪倒进去，把冷冷的百子莲叶子拨回去盖好，然后回床上睡觉。

亲爱的德丽雅：

你猜怎么着，成功了！我和女朋友一起去购物，不仅买了床单，还买了新枕头、新被子，还有“她＋她”毛巾。我们还在厨房搁架上放上了一套炊具和新盘子。我早就把外卖的快餐盒和塑料刀叉扔了。我们一起搬到了新住所！

绝望者

亲爱的绝望者：

我想你说的是“他＋她”毛巾，是不是？其实，那东西30年前就流行开了。

44

离开医院后我们直接回到赛天堂旅馆，简来的时候就住那里。前一周她几乎没在那里呆多长时间。她给我泡上茶，里面加了白兰地和糖，在别处做了薄脆饼干，上面加上奶酪。我小口喝着茶，一点点咬着饼干，在疲惫和医生开出的镇定药的作用下，抽噎慢慢消失。不知道阿尔奇去哪儿了。我想他应该是回住处睡觉了。

那天晚上我梦见自己看着桑尼的胸膛被打开，半睡半醒间我感到恐惧和紧张，直到提醒自己这是梦，竭力让自己挣扎出梦境，直到醒来。那不是梦……

我坐起来，完全醒了，浑身是汗，大口喘着气，想看看是否已到黎明。简在我旁边的床上，也醒了。

你怎么样？要不要喝杯水？

要。喉咙里突然感到焦灼得难受，直到简问起来我才意识到。我喝了两杯，仍感到干渴。头很疼。身上骨头也疼。难道上一天跑了马拉松？

接下来的日子里我总是这样恍惚而疲惫，极短的睡眠感觉像是醒着，而醒着的时候又感觉像在可怕的梦境里。生存与死亡将我桎梏在某种罪恶之中，从两边不断地挤压。而处在中间的则是儿子的心脏，那个让我移给另一个生命的器官。

阿尔奇仍然没有露面。我想他抛弃我了。我在迷乱中游荡。在棺材旁守灵。安排了葬礼。一叠叠的文件和单据，我看都没看直接签了字。一束束鲜花各处凋残，食物浑然无味地咽下，简操持着。

就这样过了三天，我认为是镇定药的作用，所以停用了。我必须清醒过来，面对等待我的一切，无论是醒着还是睡着。前方召唤我的，无论是否是我想要的，似乎都不再有阿尔奇了。

当下流行的心理呓语开始谈及“尘封”。葬礼的重要性，纪念品的重要性，言语对话的重要性。让记忆永远鲜活，同时亦接受所发生过的一切。他们跟我说这就是“尘封”，说这是我需要的，让每个失去他人的人都这么做。但我并不同意。我不再需要更多的尘封。另一扇门关闭了，上了锁，插上插销，这样最好。阿尔奇的离开只不过是程度更近了一步。我需要敞开心扉，不管要面对什么。

然而，应对……这又是另一个主题了。应对是死亡敲响丧钟时你所在做的。应对是人们羡慕你的地方。他们没有意识到，他们也可以“应对”，和你一样。我不知道该怎么应对。人们在接下来的日月里不停地对我这样说。会应对并没有什么好羡慕的，它就像一个恶性的时段，在这期间你不知道如何放手而已。

我要应对是因为别无它法。这个世界戏剧性的变化，让我在今天做了母亲、明天失去孩子的豁口间思忖着，无法明及自己的心情。吞噬掉这一切的是我胸腔里的空洞，在那里悲恸从郁积的、无穷尽的源头不断汇集。这就是我所说的“尘封”。以痛苦饱饮终日，仿佛那是世界上惟一的给养。然而，即使我丧失了两个人，母亲仍寻到了我身边。

45

关怀即将死亡的人也包括关怀要面对这一死亡的其他人。

“临终遗事”

《死亡居家指南》(即将出版)

这太恶心了。

简带来土豆清汤,这是她的拿手菜,在她搅动保温瓶时,我跟她说了刚才做的菜。

她们是吃我的奶长大的,不是吗?

那不一样,简说着,朝塑料保温瓶里看看,仿佛里面爬满了蛆。

那为什么奶可以,血就不行呢?

我没说阿尔奇也喝过我的奶,倒不是因为他喜欢喝,而是因为他觉得这样可以激起性欲(事实上并未如此)。

德丽雅!首先,血液里没有营养,她说。

才不是呢。里面富含铁。

那给她们吃补铁药片。可是这个……猪血是很有营养，但你为什么觉得自己的血液也这样？

简像我一样读相同的美食权威的书；因为是她把这些书介绍给我的。但是她没读过阿兹特克人[①]的介绍，他们用人血做玉米粉圆饼[②]。阿兹特克人中人血生意已颇具规模，他们给牺牲者放血，割肉，在牺牲者还没有完全咽气之前就扒掉他们的皮，然后披在自己身上，就算这种野蛮的玩乐结束了，他们身上还滴着血。玉米是阿兹特克人的主食。所以，这样看来，人血也一样。把两者结合在一起也就自在情理中了，像两种元素结合，产生巨大的无可媲及的魔力。玉米粉圆饼成了圣餐，本身就是太阳的模样，正是太阳神将自己牺牲在烈火中。鲜血和玉米粉圆饼，这个创意令人无法抗拒，我甚至都跃跃欲试，割破流血，储存备用——没有阿兹特克人那种声势浩大的场面，不过也许会有他们的一点魔力——直到我意识到自己没有玉米面。而且我也没力气磨面、揉面。不过，那仍是个让人着迷的主意。

我把这些告诉给简，她只是叹了口气。

我实在不明白为什么你会执迷于这些东西。先是棺材，然后是封面照片，现在又是血肠和玉米圆饼。我的天！为什么你不能像个正常人一样？

总是母亲——简，总那么简短、权威、务实，即便是对她行将入

---

① 墨西哥印第安人。

② 墨西哥人的主食。

土的女儿。还有你对阿尔奇说的那些——找个女朋友什么的。你觉得他心里会是什么滋味儿?

这么说他们都在议论了?我忽略议论的内容。

这不正常,她加了一句。

是啊,全都这样。这一切哪点正常?把你的乳头割掉,半个肝脏掏出来,把除草剂一样的东西灌进血管却还是杀不死那些混蛋病毒?

我把围巾拽下来。几缕头发随之脱落,我的脑袋像个破旧娃娃的头发,因为主人太多的溺爱而被扯成了碎片。

都在这里呢,那些癌细胞,我说着,敲了敲自己的脑袋。难道是里面产生了奇思怪想?我知道自己要写一本关于正常死亡的书,但我对正常死亡失去了概念。我只知道自己不想毫无印迹地离开。

她什么也没说。

这都是我,妈妈,我说着,轻轻地,伸出胳膊指了一圈,血肠,棺材,房子。我想把自己某一部分留下来,这样他们就会记得我曾在这里,他们会永远记着我的爱。

继而她哭了。记忆里她从前只哭过一次,那是桑尼临死前她刚到医院的时候。不过那次之后,她一直没掉过眼泪,即使是后来出席桑尼的葬礼。这对我是一种莫大的安慰。知道她是坚定的、刚毅的,这对我很重要,尤其是在一切都破碎的时刻。我因为她没有眼泪而更爱她。

妈妈。我抱住她,紧紧搂着,她的眼泪突然让我心软下来。

你知道,她在我的肩膀里低语着,你比任何人都知道,以后对我来说会是什么样子。你是我惟一的孩子。

我知道,嗯,我知道。所以我想留下些特殊的、与众不同的东西。我就没留下桑尼的任何东西。我把那一切埋葬了那么长时间。我因为他的东西会让我在今后的日子里想起往事,会让我受不了,但是我错了,不是吗?它让我想起的是:我需要那些东西。

她抹了抹眼睛,抬起头看着我的脸,为我捋起额前一缕稀疏的头发,仿佛我又回到了三岁高烧的时候,她安慰我的样子。

那你会给我留下什么?她问。

你会知道的。我为每个人都留了东西。

亲爱的德丽雅:

我已经照着烹饪书做了无数个水果蛋糕(相信我,我有很多烹饪书),没有一个满意的。女儿的婚礼临近了,蛋糕一定要完美。求求你,把你的蛋糕配方给我吧。

新娘母亲

亲爱的新娘母亲:

也许我会的。

46

桑尼的葬礼很简单。手术结束后的那一天，我感觉自己变成了古代沼泽生物，一摊软泥般的行尸走肉，没有骨架，只有一个未进化的大脑。无论是作决定还是采取行动都尤其困难。也许如果简不在身边的话，自会有另一个人来代替她——米切尔，甚至是珀尔——但我依赖于简的冷静和效率。阿奥做好棺材后，地方葬礼服务部门给我们安排了具体日期和时间，在报纸上登出出殡的消息，派车接送我们。葬礼仪式很简短。送别的话，教堂墓地前奏起的音乐。不是桑尼喜欢的音乐：我受不了。没有人可以在这样的悲恸中找到合适的方式表达寄托或安慰，牧师也无法做到，即使他的工作就是找到他人无法找寻的安抚。

桑尼的棺木被绞车放入土中后，我撒了一束旁人递过来的鲜花，转身的时候看到了阿尔奇。他从草坪车里跳出来，穿过墓地径直向我奔来。

对不起我来晚了，他喘着粗气说。我尽可能地往这儿赶。高速路上有一起交通事故，耽搁了。

你到哪里去了？我抽泣着。

说来话长。至少现在我在这儿。

他搂住我，气息慢慢平静下来，我们一同站在桑尼的墓前。阿尔奇胡子也没刮，仍然穿着那天手术时穿的衣服。最后他跟我说了最近的经历。

对不起，他再次向我道歉。不过后来我就直奔这里了。

不要说对不起，我说。

其他人一一告别，而后离开了。阿尔奇和我紧紧地拥抱在一起，而后我向他挥挥手，看着他开着草坪车离去。之后我和简去了米切尔的酒吧，那个下午米切尔提前为我们关了门。珀尔，塔拉，道格。蒙蒂小丑。桑尼的同学。他的老师。其他人我都不认识，我像喝柠檬水一样喝着金汤尼，接受着大家的拥抱和轻拍，在他们竭力的劝说下，小口咬着鸡蛋三明治和饼干上的奶酪，心不在焉地听着所有的话：桑尼得到安息了，那个女孩子又获得了新生，葬礼完了，现在日子还要过下去。就这样听着，直到我头趴在吧台上，想着何时才能再见到阿尔奇。

跟我回家吧，在一切都结束后简这样对我说。有什么值得让你非留在这里呢？什么时候想回来随时可以再来。

如果桑尼是我留在阿米赛斯特的理由的话，那么简是对的。她在大篷车里收拾着衣物和家什，我到米切尔的酒吧要了几个空纸箱。都是盛酒的箱子，装书正合适。我仔细打点着这些书，在每个箱子里都撒了几片樟脑球，随后用胶带封好。一个深绿色的箱子上打着“尊美醇爱尔兰威士忌”，我在上面贴上了要随身带走的书的标签。所要带的书只是随性选出希望带在身边的，没什么逻辑分类或思考。勃朗特三姐妹的小说，是二手书。《罪与罚》，是我想再读一遍的。《玄学派诗人》，毫不经意间抓住了我的想象，在书中我发现了关于割草和园艺的诗。碧顿女士的《家庭管理》。三本艾丽丝·沃克的简装书，是在我告诉珀尔《紫色》的妙处后，她帮我找到的。《洛丽塔》，我刚开始读懂。一本附注解的《猫头鹰和小猫咪》，我给桑尼读过多次，觉得自己比读给他听获得的快乐都多。

虽然有这些杂乱的行李，大篷车仍像以往一样干净，而现在，它似乎在等待着新的入住者来度假。桑尼的东西都收拾了起来，我不想再看到，也不想再在其旁边待一分钟。现在我已做好了决定：我希望离开。抱起一箱书，我跟着简到屋外，她拎着很多袋子。我会让米切尔把剩下的箱子托运过来。

赛天堂旅馆。我站在出租车门前，抱着大包小包的东西和书，习惯性地想要转过身去，像从前那样，对孩子说着普通得不能再普通的话：快点，我们得走了；牙刷了吗？话语不经思考就脱口而出，因为孩子就像自己的影子，而这些话自然地挂在了嘴边——当我想起所发生的现实，话语只能戛然而止。

我们能直接走吗？我问简。我们可以走了吗？

我已经定了位子，她说。早上的第一件事情。

47

病危的人也许不想留在自己的卧室。通常在一间屋里总会有这样一个安静、通风、充满阳光的角落，或者说会有这样一个地方可以改造一下，以便尽量让临终的这些日子舒服些。能眺望窗外则更好，最好是能看到小片水景，或花园休憩的一瞥。绝对不要把这个房间称作病房。

“释放身心的房间”

《死亡居家指南》（即将出版）

我的办公间是屋后走廊尽头搭起的一个空间，它日益成为我休憩的地方。阿尔奇决定要把它粉刷一遍。他用的是“尼罗河水色”[①]。我对绿色并不那么痴迷，而是更倾向于紫色和红色，不过现在我发觉，

① 原文是 eau - de - nil，法文，意思是“尼罗河的水”，是一种淡绿色。

被淡绿色环绕的期待令人感到平和,就像希望受洗于大海的愿望。我们在房间里放了一个长沙发,我从各个角落搜罗来所有绿色的家什,以前我都几乎没留意到还有这些东西。艾斯黛拉的旧棉布婴儿毯,奶绿色。前厅两个灰绿色的垫子,走了形,但还能用。一床古老的罩着绸缎的毛毯,海草的颜色,这让我记起小时候爸妈的双人床,那时我特别喜欢。另外,木地板上,铺了一小块洗衣房里找到的小垫子。

在这间屋里,我第一次发现可以把孩子抛在一边。阿尔奇和我从来不锁我们的卧室,孩子们的房间门也不锁,整个家她们想到哪儿就到哪儿。我希望她们能感到,在任何角落都是受欢迎的,不像我小时候,在家常常感到自己像个外人。我决不会禁止她们动我的书,不许她们进厨房,不让她们使用工具,打消她们做手工、做饭,或是做任何其他什么的念头。即使我在书桌前工作,门也总是敞开的。即使她们分散了我的注意力,有时甚至让我到了丧心病狂的程度。

在这样绿色的房间,充溢着新墙漆的味道,家具安放好,书稿都放回原处后,我开始感觉它是属于我的。我发现自己喜欢一个人在那里。不知道这是否是因为它是我死前惟一一个私人处所。也许我正在最大限度地积聚起孤独。

或者,也许不止如此。阿尔奇搞建筑的熟人中有个色彩顾问。她告诉给阿尔奇一些关于一种叫“尼罗河水色”的情况。显然,这种色彩很适合陪伴死亡。古埃及人简直把死亡的营生做到了极致。他们熟悉死亡,研究死亡的各个方面,迎合它的任何要求。尼罗河的颜色受到敬畏,那甚至是神圣的。死亡所在的墓室里,墙上涂着相同的颜色,将逝去的魂灵安哄至死后的世界。如果我愿意,也可以这么做,阿尔奇曾经跟我说。我的理由是,没有必要。为什么要费神重刷房间(虽然房间不大),就为了几个月的时间?但是他觉得这很重要,而且一个下午就可以搞定。事实果真也如此。后来,躺在长沙发上,我终于明白了其中的缘由——我能感觉出来。他把天花板、窗户和门框刷成水绿色,把墙面刷成尼罗河水色。这片轻柔的色彩让我感到温暖,同时又感到凉爽。仿佛我被拥入河流的怀中。我几乎都能看到小帆顺水而下。

古埃及人是对的。从生到死,再到死后的世界,这一旅程就像游至三角洲的孤舟,平静而自然。

亲爱的德丽雅:

我就要当妈妈了,而且这是第一次,我读了很多育儿的书,但更珍视你所能提供的建议。你觉得我最该准备的是什么?

期待者

亲爱的期待者:

不久你就会知道:疲惫、没时间、缺睡眠、没性生活、无法集中注意力、无法好好吃顿饭,甚至说不完一句话,这些都是做母亲的最初几个月或几年里的状态。所有这些都比不上为人母的后半生里挥之不去的另一样事情:内疚。

48

在悉尼,简的家,我小时候生活的地方,气候更为干燥和凉爽。回来后我吃下安定,倒头埋在了鸭绒被里。一连睡了三天,简端给我粥和茶,给我揉肩,握着我的手;或者只是坐在那里,看书或打毛衣,或者什么也不做。

我缓过劲儿来,完全清醒后,感觉镇定了很多。空荡,但不是掏空般的那种。赤裸的痛苦中,有一个角落是为阿尔奇留的,不知道什么时候才能再见到他。

一天早上,我洗了个澡,多日来第一次梳理妥当,穿上干净的牛仔裤和一件白棉衫,还吃了早饭。简去工作了,她的美发厅离家不远,午饭时就可以回来。我坐在后花园里,打量着我离开的这些年花园的变化。一条人字型地砖铺砌的小径,弯弯曲曲地经过晾衣绳,延伸到高出地面的池塘。园里有好几种柑橘树,其中一棵还是酸橙。旁边的石板露台上摆着几盆吊钟花,花朵开得正盛,紫色的,红色的，我最喜欢的颜色，它们都低下头。吊钟花总是这样，带着柔顺的谦卑。

眼泪仍会顺着脸颊流下来，比起前几日洪水般的奔涌好多了。最终，我可以不再呻吟。心里的磐石轻多了。现在我只是觉得累，而不是精疲力竭。门铃响了，我本来不想去开门，但还是拖沓着回到屋里，打开了前门。

我们彼此凝视了很久，直到我说：

阿尔奇，你看上去糟透了。随后搂住了他。

他眼圈发黑，胡子也多日没刮。我受着内疚和痛苦的叱责，面前的这个男人，曾看着儿子的心脏被取出，在心脏植入的女孩儿身边守夜监护，为了她，也为了我。

他跟随着桑尼的心脏，也跟随着手术队来到另一个手术台，安柏躺在那里等待着。手术进行过程中，阿尔奇一直待在旁边，几个小时里没离开半步。后来得知情况变得复杂。安柏由直升飞机送到了南方更大的医学院附属医院，必要的设备在那里等着她。阿尔奇坐上草坪车前往，开车几十个小时，以咖啡和意志保持清醒，又火速赶回阿米赛斯特参加桑尼的葬礼，之后又返回到安柏的病床前看护直到最后。

她怎么样？我问。

我离开的那天早上她已经可以起床了。还走了几步。她妈妈跟我说，这么多年，她终于可以正常呼吸了。

那么手术成功了？

桑尼的心脏表现得很棒，他说。看起来应该没事了。

我们彼此微笑着，泪水模糊了眼睛。

那是个很棒的心脏，我说。

是最棒的一个，他说。

阿尔奇和我是不可能分开的。阿尔奇，这个分担了我为人母中最晦涩一面的男人。这个以勇气和慷慨伸出双手的男人，这个也许会在家务面前竖起报纸的男人，会忘记我们女儿的晚餐、忘记给她们洗澡的男人，却全心关注着奄奄一息的孩子的心脏，确保它转移到另一个机体，救活另一个生命。这个日夜监护孩子的男人，几乎未曾离开她半步；这个几乎要埋没了自我的男人，没有声张，没有血缘关系，没有义务，但一直在做着这些。因为他知道，这是我希望做的。

我们一起对抗着死亡，阿尔奇和我，最后幸存了下来。当死亡咆哮着接踵而至，我们转身直面它，把它降服。当阿尔奇近距离接触桑尼的心脏，死亡的吼叫也被平息了。生命，微弱而紧致地搏动，燥热而湿滑，带着土腥的气息。如同所说的，我们形如泥土，这样看待生命的两边，会克服死亡可能制胜的任何思想。“死亡，不要骄傲，尽管有人称你做神圣，怕你三分。”我曾不赞成多恩的这句话，但内心深处我知道他是正确的。

死亡随时都会来临，但却无法总是以胜利者自居。

49

权威人士会告诉你，尽管一个家庭可以获得所有的福祉——清新的空气，洁净的水源，健康的饮食，得体的衣着，还有最重要的爱、安慰和指引——疾病仍会侵袭这个守卫森严的领地，死亡也会以神秘而任意的方式攻击。但是这些权威永远不会说的是：死亡之外还有其他。如果你的孩子即将死去，你需要知道这一点。

“面对死亡”

《死亡居家指南》（即将出版）

做一个称职的母亲，这样的愿望既不违背常理，也没什么创意或启发。所有的母亲不都想做个称职的母亲吗？

从我做母亲的时间看，25 岁到 30 岁之间比较理想。太早的话，恐怕还不够成熟，在你还未尝弄明白自己真正想要什么之前就被束缚住了。太晚的话，你学校门前会被当成孩子的祖母。当然，确实有人 21 岁就生了孩子。还有 18 岁生的。但是任何处于事业起步阶段、努力工作的人不会这样，郊区一带很多就是如此。

简学徒期满后先工作了两年(在住房存款部)，嫁给父亲后又工作了两年(在住房贷款部)，随后自己做起了生意。有了稳定的老主顾后，她 28 岁时生下了我，在 35 岁前又重新回到她的全职工作里，同时也达到了每个人的要求：在孩子最重要的成长阶段贡献她自己；这样，她可以继续发展生意，离巅峰还为时不晚，而这种巅峰则是 20 世纪 80 年代女性事业上的成就。

如果美发也可以称为事业。后来我才发现——在遇到那群进过大学、有创造力，像凡那样的人后——很多人觉得美发不是什么事业。

简每件事都做得恰到好处。她经营着美发店，同时以井然有序的镇静把我养大。她是温柔的，慈爱的。她不是那么幽默，那时候称职的母亲没必要幽默：她们严肃，能够自我约束，具有奉献精神。

那些日子里，简每周下午不能过早闭店时，便有一个邻居来照看我。从学校回来便懒洋洋地沉浸在饼干、巧克力牛奶和午后动画片中，直到简五点三十准时来接我，风一般把我卷回家。家里放着洗干净的衣物，是早上她一边听着新闻，一边大声提醒我要刷牙并带上书袋时叠好的。回到家就有化好的肉片或准备好的焙菜，她从来没忘过在早上把这些东西从冰箱里拿出来化冻。晚些时候换上总是合身的睡衣，睡前头发她总给我梳好，而后总会读故事给我听，可惜总是照着字念。

简打理着这一切，从来不显老，从来不曾消瘦，记忆中也没打过我，连冲我喊都没有。她会一边品着红酒，一边搅肉汤，或拌沙拉，或擦奶酪，或做任何每晚厨房中美妙的事情。她读自己喜欢的书，织毛衣，一集不落地看电视剧，偶尔也去电影院或和朋友们在一起，不过同时又总能合着父亲不苟言谈的脾气，他的兴趣自在别处。比如像他的书房，里面的新收录机和磁带卡座会吸引他。在里面他独自读书。或是工具棚，里面的工具总定期上油、打磨、抛光，然后用来做些乱七八糟的东西或门楔子，一些简从来没看上眼的东西。

从简怀上我开始算，她做的每一件事都是对的，都没有刻意去那么做。自信，聪明，美丽。在父亲突然因为心脏病而死时仍能妥帖地应对。拒绝那专属年轻丧夫之母的怜悯。

我的母亲的确是个称职的母亲。

如此称职，在我发现之前就直接看清，凡的音乐天赋、反复无常的行为、无拘无束的生活方式不过是幻彩的烟雾。如此称职，在凡离开我之前她就对我说他不值得我这么做，就央求我把孩子打掉，甚至做好凡会懦夫般逃走的准备。

如此称职。

对此，我的憎恨在身体里翻腾，占据的空间简直和怀着的孩子一样大。待到我看清了那种反复无常接近于任性所为，无拘无束接近于不管不问，看清了凡也许并不倾心于我，而且显然不负责任，我也看清了母亲是对的。多么令人痛恨的一点。

当然，一个称职的母亲总会安排好什么时候要孩子。他们不能太早来到这个世上，否则会显得一个女人过于疏忽、淫荡或无知。一个不称职的母亲的确不是个好的孕育者。不会读日历，比方说。

不会数日子，尤其是遇到 14 或 28 的周期。不会就男人作决定。不会认为，因为和一个男人有了孩子便要和他待一辈子是个愚蠢的想法。

我不是个称职的母亲。

称职的母亲不会算不好经期。

称职的母亲不会留不住孩子的父亲。

称职的母亲更不会失掉自己的孩子。

具体大喊大叫了些什么并不太清楚。我在自己绿色的房间里开着收音机，听着晚间新闻，《辛普森一家》[①]在客厅的电视里放着，所以我只好下床去看看究竟发生了什么。还没走到厨房，就听到“啪”的一声脆响，走进去一看，盘子摔在了地上，红的，黄的，一片狼藉。阿尔奇站在门前，神情紧张；艾斯黛拉乱舞着胳膊，大喊着总是没吃的之类的话，黛西抽泣着，蹲着要捡地上的饭。

不必问是不小心还是故意摔的盘子。阿尔奇不会摔，即使他冲着两个孩子中的任何一个摔了，我也不会责怪他。

他又把比萨烤焦了！艾斯黛拉喊道。别想让我吃那东西！她跺着脚回到自己的房间，“砰”的一声把门关上。

没事儿，爸爸，我吃，黛西说。

阿尔奇冲她大声说，犯什么傻啊，全掉地上了！抑或是在冲我喊，继而他也跺着脚离开了。黛西又开始哭起来。

---

① 美国的一个动画系列片。

即便盘子没有掉在地上(或是摔在地上),厨房也是一团糟。似乎所有东西上都沾着红红的果酱。一个小罐子里果真能盛那么多番茄酱吗？打碎的奶酪地板上到处都是,萨拉米香肠的外包装,洋葱皮,取过籽的柿子椒露着内瓤,所有这些都摆满了操作台。不用问我都知道发生了什么,因为这种事发生得足够多了。做你觉得她们会喜欢吃的东西。做的过程中让她们参与进来。她们会因为谁揉面、谁搓奶酪而打架。自己要清楚该做什么,如果你确信自己曾做过一次,或是比她们多做了上百次。因为担心而抢过她们手中的刀有可能会割伤她们的手指。最后你把她们赶出了厨房。或是恨不得把盘子扔她们脸上。

我给黛西擦干眼泪,然后我们一起捡起没沾地面的几块比萨,把它们放在一个干净的盘子里。我走到孩子们的房间,看到艾斯黛拉正蜷坐在床上,下巴抵着膝盖。

来吃点东西。这是爸爸花了很大工夫做的,知道吗？

不吃！他放了青椒。他知道我不喜欢吃青椒！

胡说。你什么时候不吃了,上星期在赛百味吃的三明治里不就有吗。

那是红的！我讨厌绿的。

哟,咱们对颜色也有歧视了啊？

我也讨厌你！

她脸转向墙那边,把枕头盖在头上。我应该知道,不该开玩笑的。我真想夺过枕头,把她拉下床,拽到餐桌上,撬开她的嘴巴,让她一口一口地咽下去。连盘子也吃掉。

庆幸的是,我没有力气这么做。

回到厨房,我收拾干净,把剥剩的菜叶和沾地的比萨放进了纸篓。

母鸡会吃的,我对黛西说。她仍在操作台旁边的椅子上抽鼻子。收拾好后我抱了抱她。

饿了吧?

她点点头。

我给你做个沙司三明治怎么样?

她点点头。

再加点冰激凌?

好。

你先给爸爸拿罐啤酒去怎么样?我打开冰箱,拿出一罐时代啤酒,这是阿尔奇最喜欢喝的。晚饭就是番茄酱三明治,冰激凌和啤酒。简的话,她还能想出其他什么呢?

多少年以来,也许我曾抱怨阿尔奇对家里的事能不管就不管,但从未说过他的厨艺。家里的事他并不是做不来,完全不是那样,只是不关心,不愿去管,凭着我去打理。但是在厨房情形就不一样了:阿尔奇差不多是世界上最糟糕的厨师。他可以把一棵骨瘦如柴的干枝养育出惊人的生命力,或是只用堆肥栽培出最旺盛的马铃薯,但是他就是缺少那一点点悟性,不知道怎么把几种基本的配料组合到一起做成哪怕是酱面或一烤即成的简单菜肴。后来我曾站在旁边,竭力一言不发,甚至因此而满身是汗,看着他把蔬菜倒入锅中,然后放肉进去。肉几乎还没化冻。我曾安静地央求艾斯黛拉和黛西喝掉糊锅的稀饭，吃掉水汪汪的马铃薯泥，而没有责备她们的父亲。世界上每个做饭的都是超级敏感的人，一个给自己孩子做饭的父亲同一个喜怒无常的烹饪天才在这方面没什么两样。即便你意识到自己做了异常糟糕的菜，或是称不上成功的菜，自己都会有强烈的失败感，不用其他人告诉你，更不用你的孩子告诉你。

晚上，我带黛西上床睡觉，也不知道艾斯黛拉是睡着了还是在生闷气。我在黛西身旁躺了一会儿，直到我的呼吸和她的呼吸一致起来，然后把她的毛毯往上拉了拉，把她的玩具蛇掖到她的胳膊下。我又来到艾斯黛拉的床边。直挺挺的，她仍醒着。

艾斯黛拉，怎么了？

她在流泪。这对我 11 岁的女儿可是件新鲜事儿，她有时候像个青少年，有时候则像个学步的婴儿。

我知道你不是真的讨厌我，我说。

不，我讨厌你。我讨厌你是因为你要死了。我讨厌这个，讨厌这个，讨厌这个。

她转过身来抱住我，紧紧地抱着，眼泪奔涌而出。

这是她的时刻，我不能哭。我不能让她知道自己内心隐藏的恐惧。害怕。

我也讨厌我，我说。我也讨厌要死了。

简是对的。第二天他们都不在家时我打开冰箱把血肠都扔了。它们没什么价值。或许会有点营养价值，但这不是问题所在。家里人会觉得他们是吸干了我的血，吞噬了我，而不会认为是我留给他们自己身体的一部分。冰箱里还有很大的空间,接下来一周的时间里我做了各种能做的饭菜,所有简单的他们愿意吃的饭菜,而且即使留在冰箱里她们也不会让阿尔奇为难的饭菜。一般是在我外出或忙于工作时做好、冷冻起来的饭菜。鸡汤。意大利千层饼。即便艾斯黛拉六个月后变成素食主义者(很有可能的前景),她也能凑合。那不勒斯番茄酱可以拌米饭、酱面或蒸熟的粗麦粉。蔬菜杂烩(里面有红色的柿子椒,不能是绿色的),菠菜派。然后是奶油咖喱鸡,连黛西都喜欢吃。土豆肉馅饼。如果艾斯黛拉真变成素食主义,那就太糟了(我要对阿尔奇报以同情:那种情况都能挑战到我做饭的耐心),不过仍然有她能吃的东西。扁豆汉堡。黏米乳酪球。春卷。然后是给阿尔奇做的血肠,平常吃的那种,加了猪肉、牛肉、蒜蓉、胡椒粉、干辣椒,以及其他调味品,不过不再有血一样的东西。最后,看起来好像我为一场围困做了足够准备。也许潜意识里我是这么想的。我曾想让两个女儿参与做饭,不过上次的比萨事件让我打消了念头。

他们以为会有一顿大餐,所以周五晚上他们问吃什么的时候,我对他们说什么也没做,这着实让他们惊讶了一番。

可是你一周都在做饭,艾斯黛拉说:

没错。今晚歇班。

那我们出去吃吗?黛西满怀希望地问。我想她指的是肯德基。

不去。

那吃什么?

那天我还没拾鸡蛋,所以我让她俩去鸡舍,而后自己调了杯鸡尾酒。这更像是一种习惯,我都不知道自己是否真的想喝。不知道这是不是我最后一次喝马丁尼。她们拿着鸡蛋回来了。礼物一般,一共有四个,都非常干净。

莉迪亚又没下,黛西说。

那个疯疯癫癫靠不住的小母鸡。我给她取的名字还真像,对不对?

我让她们坐下来,看我做,听我讲。看我拿出平底锅和面包,艾斯黛拉说:

这就是我们晚饭要吃的?煮鸡蛋和吐司面包?

不是一般的煮鸡蛋,是最完美的煮鸡蛋。我的独家配方。

她们半信半疑地相互看看。

听着,我说,人们在专栏里问我煮鸡蛋的配方问了很多年,我都没告诉他们。你们两个应该庆幸。

我能看吗?阿尔奇不知何时站在了门口,刚下班回来。

当然。

于是我给他们讲解,示范给他们看如何先用一碗热水把鸡蛋温热,然后给平底锅加水烧热。这时可以把吐司面包切片。水开了以后用汤勺将鸡蛋托到锅里,然后直接把面包片放到烤面包机上烘烤。面包烤好抹上黄油以后,就可以取出鸡蛋放到蛋杯上了。黛西小鸭子状的蛋杯,艾斯黛拉星星状的蛋杯,还有我和阿尔奇的玻璃蛋杯。我把茶勺递给黛西,她郑重地把每个鸡蛋都敲碎,然后把餐刀递给艾斯黛拉,她把鸡蛋一分为二。蛋黄像黏稠的金色沙司。蛋清软嫩而润湿。

好了,我说着,把一小段吐司面包蘸了蘸。这就是如何做最完美的煮鸡蛋。一点也不复杂。也不用计时器。只要工序正确。我真的觉得没有更好的烹饪法可传了。

很有用,阿尔奇满嘴的食物,他早已开始吃了。我想我的这个鸡蛋是丽莎下的。

亲爱的德丽雅:

做蛋奶酥的秘方是什么?我每次试做都水腻腻的,中间还塌了下去。

探问者

亲爱的探问者:

我曾以为秘方便是尽量用新鲜的鸡蛋,即母鸡下蛋后直接拿到厨房。不过现在我不这么认为了。这个世界有两种人,一种会做奶酥,一种不会做。

50

安柏·摩根的母亲是个称职的母亲。这个称职的母亲,保护住女儿不受狗仔队的骚扰,那些人通过查看接受捐赠心脏的儿童记录能够找到她。这个称职的母亲,她想象着一个狼一般游荡的人失去了所有,但给予他人的更多,她要保护女儿不受这个假想敌的影响。也许,她担心另一个母亲有一天会回来,气急败坏地盯着她女儿的脸,把手掌按在她女儿的胸骨上,感觉着自己儿子的心脏和谐地搏动。她担心这另一个母亲要迫不及待地毁了她女儿的生活,也许还要把心脏夺回去。

这便是我把自己带回阿米赛斯特的另一个原因,也是迫使我仓促打点后突然离家的原因。是我在比以往任何时候都需要家人的时刻抛下他们的真正原因。我需要找到那个女孩儿,现在她应该长成人了。我需要告诉她,把自己儿子的心脏赠与她是我非常乐意做的事,我也需要确定她现在一切安好,确定她活了下来。

但安柏的母亲也许并不知道我这次回来是受其他因素的驱使。很简单，那就是欲望。一个行将入土的女人并不是要迫不及待地与死去的儿子重逢。安柏的母亲意识不到这一点，因为我自己也是在回到阿米赛斯特以后，在收集起所有长久以来易碎的痛苦和内疚后才意识到这一点的。有一个生命因为我的一块肉而焕发了生机，我只想看看那个生命的面庞。为了安息。还有，也可以说，为了结束。

现在她有多大了？19岁？20岁？她比桑尼小一两岁，接受心脏移植时六岁。手术后，安柏从各种并发症中恢复过来，摩根一家又回到阿米赛斯特定居下来，这也算不上什么秘密。阿米赛斯特是这样一个地方，在我迷失与孤独的时候它将我拥入怀中。这里有的是像米切尔、塔拉和其他杂技演员这样的人。他们会关心你，同时也让你独处。

但是，我不确定她们是否还在这里。摩根太太也许应该知道，桑尼死后不久我就离开了城镇，知道阿尔奇也跟着我离开了。而且她也许应该知道我们从未再回来。她不知道的是，我们在南方开始了新的生活，我有了两个女儿。她不知道的是，我想凝视她女儿的愿望不过是想系上那个飘在远方、并不紧密的线头。太多年来它一直在我身旁摇曳，在我体侧搔痒，我只能一次又一次地把它置于一旁，却永远无法扯断。摩根太太，安柏，我只想说一声你好，然后说再见。

51

有些人死后，名字用以命名街道、公园、游泳池，甚至是整个城市。有些人死后，名字只留在了墓碑上。你认为用来纪念自己的应该是什么？早思考比晚思考强，因为晚思考的话就晚了。

"死后的状态"

《死亡居家指南》（即将出版）

是玛丽，所有母鸡中就属她能。我在办公间里，突然听到奇怪的鸡叫声，全然不像每日的夸耀和争吵，打破了后院儿平日的和声。我来到屋外，看到一只花猫的影子从后面的篱笆闪过。母鸡都聚在院子的角落里，咯咯叫着，彼此责备，像一群老年妇女被小男孩儿骚扰了一般。惟独玛丽，在高高的芒果树上，悲伤地叫着。也不知道她是怎么跑上去的，似乎她也不知道自己是怎么上去的。我叫她，试着哄她下来，而后拿过草耙，用手柄轻轻打了她几下。但她始终不动，而且始终叫着。

我不再管她，回到屋里去工作。我计划在今天完成法律遗嘱部分，但玛丽的叫声不断让我分神。她从未这样过。我又来到屋外，拿喷壶朝她喷水，但她仍固执地待在原地，够也够不着。

才下午两点钟。给阿尔奇打电话也没用。虽然他就在附近上班，他仍会跟我说别担心，母鸡没事儿，他下班回家后对付。然而，玛丽的神态，渐弱的叫声，像是无望的恳求，让我没法不去管她。也许她受伤了。虽然眼晕，左右摇摆，我还是不由自主地竖起梯子，准备亲自援救她。

在最高的一梯，我设法让自己稳住，距离刚好够到她。她朝我大声尖叫，跳过我落在树枝上，立起翅膀，笨拙地拍打直到地面。她快速向其他母鸡跑去，那些母鸡又是咕噜又是轻啄，仿佛一致同意她是多么勇敢啊，可有人却觉得她需要从树上被救下来。有时候真不明白自己为什么要这样浪费自己的关爱。

我在梯子上略停了一会儿，喘口气，让自己站稳。这样一个高度正好可以看到兰伯特先生的后院儿。自从我不经意的一瞥到现在，已经有很多年了。里面全变了样子。塑料皮的户外家具、鹅卵石小路，还有难看的砖砌焚尸炉都不见了。草坪的中央是一个大圆形花坛，种着娇喘若滴的玫瑰，都即将绽放。我很熟悉里面的品种，是经典的粉色香水玫瑰。在花坛的正中央，被粉红与翠绿簇拥的是一个老式日晷和风雨侵蚀的砂岩。虽然我站的角度看不到日晷下方的字,但我知道那几个字母拼出来是 CARPE DIEM(抓住今天)[①]。

兰伯特太太去世多久了?也许是在她去世不久兰伯特先生就搬到这儿开始又砍又剪的。过去我所看到的只是他对花园的敌视,而现在,也许,我明白了这其中的原因。他把一切割除,重新开始,栽种上自己的纪念。随后我看到兰伯特先生的身影站在纱门后。也不知道他在那里观察我多久了。我慢慢从梯子上下来,回屋去工作。

亲爱的德丽雅:

你有做黄貂鱼的好方法吗?

我到处找都找不到。

爱鱼者

亲爱的爱鱼者:

黄貂鱼?我连做黄貂鱼的坏方法都没有。我都没见过那种东西。如果你喜欢海鲜,可以买点上好的青蟹(现在市场上每公斤卖到了 75.95 元)。或买点鱼子酱。两者都买更好,可以好好做一顿大餐。

---

① 拉丁语,意思是"及时行乐"、"抓住今天"。

52

14 年前摩根一家搬到了云雀街 49 号。他们已不在那儿了，我去敲过门。49 号现在住着一对年轻的夫妇，他们在车道上有两辆亮闪闪的深色汽车，在干净得刺眼的前厅里有三个亮晶晶的孩子。他们从未听说过摩根这一家，不过这家的男主人在我提到心脏移植手术时，眉头向上翘了一下，显示出一丝会意。毕竟，安柏多年前是地方的新闻人物。不过这个男主人解释说他们五年前才从翡翠城搬到这里，随后带着“其他无可奉告”的神态礼貌地关上了门。

下一个摩根家在一个靠近主商业带的街区。三个年轻女孩儿，合住在一个公寓。摩根，这个黄页上的名字，是其中一个女孩儿的父亲，也是房主。不用说，她们哪一个也不会是安柏，虽然都有着相同的年纪。

我最后的希望落在尼罗河新月。这是城镇里的一个老区，向河流延伸而去。这里的房子背靠慵懒而原始的稀树草原，阿尔奇经常受雇到这样的地方来除草或割马缨丹，而自然总是有自己的造化。3A 号的房子没有什么特别之处。也许较小些，周围植被少些，不过它具有这一地区的普遍特征：房子都包着挡风板，四周围着宽大的游廊。走进它的时候，突然心中有一种异样的悸动，同前几天的清早我站在这里时一样。一种似曾相识的感觉，让我觉得安柏·摩根就是住在这样的地方。宽宽的木板台阶，年月久了，磨出了光亮，门前走廊的薄板在阳光下熠熠发光。前门敞开着，纱窗也没插上，门前的门铃实际上是风铃，一摇就发出清脆的丁零响声。

我又摇了一遍。再一遍。漫长的两分钟过后，我意识到不会有人来开门，便推开房门，一连喊了几声有人吗。里面光线比较暗，也更阴凉些，空气中有一股令人窒息的气息，不是前门很少开着，便是这里住着老人的缘故。四周的家具也证实了这一点。它们稀疏地摆放着，干净，却破旧。每样东西看上去都褪了色，是因为年月久了，而不是因为阳光曝晒。厨房干净而整齐。一个套着保温套的茶壶放在沥水板上。

她从后院儿走出，正要锁旧鸡舍的门，里面有三只棕色的母鸡。鸡舍旧了，但还完好无损。她抬头看到我，我正要道歉，她一只手招呼我走下台阶，另一只手里握着一个巨大的棕色鸡蛋。

前门开着，我说，我喊了几遍……

没关系，她说，我已经习惯人们直接进来了。

真漂亮，我说，你的鸡蛋。你的母鸡也很棒。她们叫什么名字？

她笑了。知道吗，几乎没人会问我这个，没人会想到她们还有名字。随后她转过身一一指着，这是詹妮，这是派茨，这是班内特太太。

我大笑起来，实在是忍俊不禁。她皱起了眉头，直到我解释班内特太太的由来。

啊，她说，班内特太太是我根据消费合作社里的人起的。以前我有好多母鸡——她朝身后挥挥手，表示下蛋母鸡的数量比现在鸡舍能装下的都多——我把鸡蛋通过消费合作社卖出去，里面的那个女人是我见过的最挑剔、最小题大做的人。她要查看每一枚鸡蛋，好像我卖的是钻石还是其他什么似的。这个班内特太太也这样，总这样。什么都大惊小怪。我能帮你什么吗？她接着说。希望不是来买鸡蛋——她举了举自己手里的——近些天自己都不怎么够。

不，不是为了鸡蛋。我叫德丽雅，我想找安柏·摩根。

她走上台阶，向厨房走去。进门前她转过身。

我叫玛格丽特，这里没有安柏。

我跟着她进去，又问了些问题，但她态度很坚决。她帮不上忙。不知道我在说什么，不知道是谁。我觉得她在厨房走动时总在躲闪我的目光，把鸡蛋放进碗中，从餐具柜里拿出一个玻璃杯，把水壶放到水龙头下。然而，她的目光看上去有些软弱，尽管隔着眼镜，她仍用余光窥探着什么。看来我问不到什么，除非暗示说她在撒谎。

她的老式厨房里，惟一的冰冷水龙头在黄色的瓷水池上方晃荡，餐桌上铺着聚乙烯桌布，雏菊的图案，青花瓷器码放在餐具柜里，还有深色的茶壶，上面套着保温套。我觉得有些无所适从，太大了。

回到车里时已接近黄昏。胸中带着一种无限的失落离开了。

我向玛格丽特道了歉，对自己无意间的粗鲁或冒犯之处，还请她原谅。她以足够礼貌的方式向我道别。我发动汽车时，看到她站在纱门后面，开车从后视镜里向后望去，她仍站在那里。

失落越发膨胀。把城里的每家每户都挨个儿敲一遍，我不知道该如何是好。我在邮局问过，在银行问过，在通讯社问过。我去了社区中心。高中。技术和农业院校。我去了医院，尽管知道病人信息是保密的，但仍希望有人能给我一点线索，或一点怜悯，虽然我也因为企望怜悯而瞧不起自己。

在马戏团，在米切尔酒吧，在猫王歌迷聚会上，在教室，在公园，在商店，每个人都回避我，刻意绕过我的问题，直接对我说谎——或者说，事实是，安柏和摩根一家早已离开，多年来没有人听说过他们。我在阿米赛斯特是在浪费时间。我再也见不到儿子的心脏了。

Hi。是我。

你还好吗？

你是对的，阿尔奇，我在浪费时间。为什么不听你的呢？

也许是因为你一声不吭地就离开了。起先也不问问我。

嗯，我知道。对不起。

他在电话里叹了口气。你会去的，德丽雅。我知道你不得不去一趟。

你理解我，我说，当时你在那里，你经历过。你知道为什么我必须要找到她。

当然。但你不至于如此，至少不是现在。

你是说几年前我就该这么做?

我不是那个意思。

一段时间里我们都听着对方的呼吸。阿尔奇听上去和我一样疲惫。过了一会儿我说:

阿尔奇,我知道我找不到她,但如果我不试一试呢?我还是要来这里一趟,不然就这样继续下去,到死也不知道自己是否能放弃这个愿望。

那现在可以?

是,现在知道可以了。我不必一定要见到安柏·摩根。我可以接受这一点。明天一早我就回去。几天后到家。告诉孩子们很快就可以见到她们了。

我放下电话,坐在床上。是的,我很失望,非常。但确实就是那样,像我对阿尔奇说的。我可以接受了。人死之前总希望系上那些断落的线头,这很自然。多年来这些线头总是让我摔跤。很久以前我接受了桑尼的父亲不会再出现的现实,因此后来我便努力给予孩子另外一些东西。但是那最后的一天,当地球停止转动,天旋地转,几乎要让我从它的表面滑落,我错了。我最终没能说出让桑尼幸福的话,这份遗憾多年来毒素一样在我胸中。所以,两年前我被诊断出乳腺癌的时候,即便我颓唐、愤怒、憎恨,却并不惊讶。原因也许就是,多年来两个乳房浸满了懊悔和遗憾。

把它们切下来,我那么说,仿佛我是红桃皇后,它们是恶棍的头目。把它们割掉。我不必想太多。比起一个心脏,一个生命,乳房又算得上什么?!如果这样做可以是解药的话。

53

遗嘱只能照顾到部分东西。另一些事生前就可以处理好，其中有一些不仅可行，而且还很有意思。建议有：畅快地开个聚会，请所有的客人来，让他们从你的所有物里选些东西；自己注销银行账户，要求银行支付现金。提前通知税务局，确保提前退税。把汽车钥匙交给一个特殊的朋友或亲戚。

“遗嘱和遗愿”

《死亡居家指南》(即将出版)

已经过去几周了，阿尔奇仍没有装饰棺材上自己的那一部分。两个女儿都各自完成了她们自己那边，算是完成了吧。仍然有重画、重新装饰的余地，所以隔上几天她们就有人拿着大刷子抹掉所有的心（黛西）或佝偻头（艾斯黛拉），然后画上星星和箭头，猴子脸和闪电符号。艾斯黛拉似乎已经定下来要在棺材头上画一个大红绸缎枕头,黛西则要在棺材尾画青草和花朵。棺材盖仍没有装饰,只有几圈咖啡杯留下的渍迹。现在它已经成了一个桌面,放满了家里的零碎,钢笔,塑料杯,学校的通讯,冰糕棒,干得不出水的记号笔,彩色信箱目录,发卡,便笺纸,牛奶什锦糖纸,而且,总还有一只袜子。我几次让阿尔奇收拾,他都不理不睬的。一天早上他在前门廊喝着咖啡,两条腿翘在棺材上看报纸。我终于忍不住发飙了。毕竟,这是我的棺材。

阿尔奇,看在老天的份儿上你就不能收拾一次吗?我死了以后谁来收拾呢?我开始捡东西。

他扔下报纸站起来。

你有完没完!歇会儿吧你。

什么?

这些。所有这些。他朝棺材挥着手,然后指向整个房子。

所有这些井然有序的垃圾。谁管这里干不干净?你真的觉得这很重要吗?真的吗?

我直直地望着他。

没错。这对我很重要。

你疯了。你生着病就要死了,还跟我说你在乎的就是一个干净房子?他从我面前一扫而过,走进屋里。

我拆开看了一下手里的垃圾邮件。我的确希望能把住的地方打扫得干净整洁,这对我来说极为重要。但这并不是全部。我总是把房间打扫得干净整洁,从住大篷车的时候起就这样,必须要让每样东西都物归原位,否则便会淹没在一片杂乱之中。而且房间整洁也并不只是面子上的问题。最为重要的是,我担心要是在家务上疏忽,艾斯黛拉和黛西会失去安全感,会感到害怕,觉得生活失控了。生活确实失控了。她们的妈妈即将死去。但我不想让她们感觉到这一点,除非到万不得已。

他又推开我身后的纱窗门。

而且如果你认为让孩子在上面画画就可以让她们面对……

至少不会伤害她们,不是吗?

他看了看我,耸了耸肩。也许不会,他声音小了些。他套上外套。还有,那个杂种又干上了,去后院的时候要当心点。

为什么?

他朝隔壁努努嘴。他把什么东西从围墙那边扔了过来,正好在后院。可能是有毒的东西。我得走了,回来后我去收拾。

我开车送孩子们去学校,车开得很慢。这些天里我车开得像个退休的老人。一方面我尤其小心,以防不知不觉中开车方式也带上病态,一方面我意识到车里面坐的人每过一秒就更宝贵一分。回到家后我来到后院,看看阿尔奇说的究竟是什么。确实有一堆东西从围墙那边抛了过来,我走近一看,那并不是什么有毒的东西。不是什么死物。甚至也不是杂草。想到它蕴含的意义,那一时刻我的手几乎都要颤抖了,我弯下腰把它捡起来。是一大捧未处理过的玫瑰,用线绳松松地绑着。

我把脸颊埋在那温柔的粉色花瓣中,上面仍带着清晨的露珠。从他秘密培育的花园中剪下,栽培得如此美丽,从未接触过任何人的目光，除了他自己。兰姆特先生送与我的这份礼物中有千万句无法明说的话。回到房间，我找出瓶口最宽的花瓶，把这些香水玫瑰插进去。它们向周围垂下，露水滴到了桌上。

而后我来到前门廊。阿尔奇错了。我并不在意房子是否干净，在意的是它所代表的意义。在我的家里有一种井然有序的镇静与安全感，而这不是自然而然就有的，是我亲手布置的。我的女儿们应该享有一个家所应有的一切。仅仅是“家”这个字在我看来就有丰富的意味。家是我最想待的地方。在外出或工作或出门后，家总是我想回归的地方。我无法克制——也并不遗憾——想把家人居住的地方收拾得尽量舒适，不管阿尔奇是否理解这一点，而保持整洁是其中的一个方面。当然，我也责骂女儿们向刚扫过的地面扔字纸，把脏衣服和湿毛巾扔到床上。然而清扫，和做饭一样，除去具体环境不说——意味着即时的消耗——是一个快乐的源泉。对于一个作家来说，即便是个廉价的商业作家，家务也是一段可供思考的宝贵时间。很多句子都是在我熨衣服或拖地的时候想出来的。我曾想这里面是不是有什么神经上的联系，一边是胳膊挥动扫帚或手搅动锅盆这样的简单重复运动，另一边是思想逐渐过滤到大脑的活跃区；身体运动和创意激发的融合。

我把棺材上面清理干净，仔细地把笔帽扣上，杯子放回厨房，纸张扔进回收箱。我把门廊扫了一遍，剪去了沿边绿萝的枯叶。把那盆总不开花的仙客来从小桌搬到花园阴凉的地方。让它自己长着，也许过一两季会好起来。我端出那瓶玫瑰花，放在小桌上，花朵有些垂到了地板。随后我拿来一床旧被子、一个枕头，和一个新枕套，还有黑色的中式拖鞋，把它们都放到门廊上。

打开棺材的盖子后我发现自己错了。阿尔奇最终给棺材做了装饰。他在里面画了画。

他和孩子们下午回家时，我坐在棺材旁边，盖子打开着。艾斯黛拉和黛西一心想着下午档卡通片或是电脑游戏，说了声“嗨”就急着往屋里走，而我伸出双臂把她们拦在了怀里。阿尔奇略停了一下，像是要评判下我的反应。

我想你应该会喜欢诗歌，他说。

太好了。

两个孩子探着脑袋开始大声读阿尔奇写在上面的诗句，那些金黄的背景上紫色的斜体字，如果我们的世界够大时间够多[①]……

我本来想写十四行诗什么的，他说，我琢磨着你对莎士比亚能一字不差。不过后来我又记着你特别喜欢马尔维，所有那些东西。

是啊，那些东西，我赞同道。

每个部位至少花上一个世代，在最后一世代才把你的心秀出来。艾斯黛拉接着黛西多读了几行，而后也停下了。这当然没有菲利普·普尔曼[②]的小说更扣人心弦。

那真棒，妈妈，我们现在能看电视了吗？

两个孩子都走进了屋里。然后我说，阿尔奇，阿尔奇。在他的怀中，我什么也说不出来。他记得我几乎要忘记的东西，我将那些诗句吟诵了一遍又一遍。一首我最喜欢的诗，诙谐，机智，迫切，流

---

① 出自马尔维的《致羞怯的情人》。

② 菲利普·普尔曼（Philip Pullman），1946年至今。英国作家，代表作有《黑质三部曲》等。

畅。不是在我背后，而是在我面前，我怎么听不到，怎么看不到，时间带翼的马车急急追赶？每天凝视着窗外，那无垠永恒的荒漠？他花了多长时间，每一天的每一分钟都是马车双翼的一次拍动，一点一点地临近。

对不起，德丽雅。今天早上……

我抱得他更紧了。

我知道你写那些句子有多难，我说。写那些有多难。

他战栗了一下。那是男人的抽泣，没有眼泪，却比流泪更可怕。我不想让孩子们看到这一幕，不是现在。

来吧，阿尔奇，我说，我们得继续下去。我还没死呢。今天我很高兴。真的。看。

是什么？

兰伯特先生早上隔着围墙扔过来的。

真的吗？他更近地查看了一下。香水玫瑰？他从哪儿弄的？

他后院整个花园都是。前几天我爬梯子的时候看到过。

我坐下来捡起一支，上面簇拥着含苞欲放的小骨朵。

若采玫瑰需尽早[①]，我说。

也是马尔维的吗？

应该不是。记不起来了。我把花枝放在鼻子边，却没有多少香气。是我的原因吗？我说，这种花本来不该有香味儿吗？

记不起来了。阿尔奇笑着说。

---

① 出自罗伯特·赫里克的诗《给少女的劝告》。

知道吗，我敢打赌他妻子名字里有“香”、“玫”这样的字。

我们一起坐下看着棺材。他指着盖子上第二个诗节。

那儿里骨头是不是太近了？

也许。不过我的坟墓会是一个绝佳的私人处所。没有比那再好的了，我说。

阿尔奇。我英俊的、聪明的、充满智慧的园艺师。草坪冷静的栽培者、看护者。静谧至深者莫过于草坪。最佳人者莫过于园艺师。而后他解释说，计划在盖子外层边上写我的口头禅，中间写W·C·菲尔兹[①]的句子：我宁愿读书。

把那留作墓碑上用怎么样，我建议道，如果不太贵的话？然后我说，除了我要。

要什么？

读书了当然是。我指了指那流动的紫色印迹，他为我永恒的栖息之处誊写的最佳诗句。

亲爱的德丽雅：

不，我指的就是“她+她”毛巾。我不在乎它们是不是过时了，我的女朋友也不在乎。我们选了相同的颜色，薰衣草的颜色。我想问你的是，你为何一直都以为我是个男的？

---

① W·C·菲尔兹(W·C·Fields)(1880－1946)，美国喜剧演员。

54

阿米赛斯特的墓地多年来变得更绿了。草坪不像从前那样干枯、斑驳不均，一片片素馨花，一丛丛蒲苇，一排排棕榈树，都高了，密了。绿荫多起来，阳光也显得更刺眼，如果说有什么变化的话。

在他曾祖父母、曾曾祖母的墓旁，桑尼的墓碑现在已不显得突兀了。看上去像有了一层肌肤，不再是一片纯白，还有些许要剥落的迹象，一层薄薄的青苔从底部延伸上来。那是块白色大理石，上面刻着他的名字，桑尼·班内特，还有他的出生和死亡日期，下面以小一些的字体写着：德丽雅之独子。然后是：一颗心，一个生命。这是当时我惟一能想出的颂词。

当我最后一次看着那个墓碑，跟随简回去之前的那个早上，情景是那么痛灼。葬礼后大约一个星期，墓碑看上去还那么新，那么艳，像个刺眼的路标，标记着下面安息的生灵。现在我凝视着它，长久地凝视着，痛楚已像咳嗽那样轻微了。

曾经不明白为什么自己长久以来都害怕面对这一切,但是当我坐在他坟墓旁的草丛中时,最终明白了。我已成熟,变老,现在也即将步入自己的死亡。而那时我还年轻,前方的生活是个恐怖的未知;那时我相信,等待自己的未来是我所不想面对的。而我在这些年里逐渐地被磨损,忙忙碌碌地连续一天或一周,有时一次也许只有一个小时。现在看来似乎这些年都不必费心顾及,自己就过去了。

桑尼的墓前没什么可做的。如果你死了,那么你的一切都死了。那些留下来的生者带来鲜花或是纪念物有什么用呢。在圆顶罩里安放镶框的照片和塑料花,或将死者最喜欢的东西封存在玻璃中。即使我种上玫瑰或薰衣草或木槿,即使它们活了下来,我都怀疑自己现在是否会费力修剪一片叶子,因为下面躺着的儿子和埋葬时一样,仍是死的。

德丽雅之独子。

再见,桑尼,我说着,从草丛中站起来。我得回到你妹妹们身边去了。

55

作者已死是一回事,而随后读者也死则要解释一番。如果读者死了,那书要留给谁来读呢?一个不错的地方便是坟墓上的纪念碑。全世界有很多优秀的书籍都刻在白色大理石上来装饰墓地。

“死后的状态”

《死亡居家指南》(即将出版)

在意识到自己要过早离开这个世界之前,我就想象着自己在咽气的那一刻该读着什么样的书。现在我则开始考虑要为此策划一下。我在整个房间徘徊,把所有书名都看了一遍,也没定下来要看什么。我曾热爱的、倾慕的、认为完美无瑕的书,现在似乎都丧失了味道。我拿出自己最喜欢的书,这些书我曾一遍又一遍地读——作注,画线,以论文的方式写评论——现在却没什么吸引力了。《米德尔马契》[①]太沉了。机智，是的。热烈，毫无疑问。可就是太重了。有一天我把《呼啸山庄》拿到床上，它那烦琐的叙事方式，让我沮丧得眼泪都出来了，虽然我知道这种叙事很出色。我简直想杀了耐莉·丁恩，或是凯瑟琳[②]，或者两个都杀掉。《洛丽塔》[③]太聪明了。《傲慢与偏见》突然变得特别生硬。《幻灭》[④]很沉闷。《包法利夫人》过于狡诈。就连《达洛维夫人》[⑤]都让我觉得纯净得不现实。后来我意识到，当我开始拒绝自己认为绝好的文学名著时，问题不在于那些书，也不在于那些作者。在于我，读者。我思想的读者在向后退绕。曾经是我的那个读者现在已经不在了。

如果我永远无法接受死亡日益临近的现实，这或许可以让我相信。一生里我一直在读书，读书是惟一能够感觉到自我完整的地方。而现在，我无法读书了。但是尽管如此，我仍然无法放弃寻找病床前最佳读物的念头。

《魂断威尼斯》[⑥]

《推销员之死》[⑦]

《死亡不要骄傲》[⑧]

从床边到书架来回不断地往返，只是更加失望，因为一生中藏

---

① 英国女作家乔治·艾略特(1819－1880)的代表作。

② 前者是小说的叙事者，后者是小说的女主人公。

③ 纳博科夫的代表作，下文中还有其作品《微暗的火》。纳博科夫(1899－1977)，是俄罗斯出生的美国小说家、诗人、文学批评家、翻译家、文体家。

④ 法国作家巴尔扎克的作品。

⑤ 英国女作家伍尔芙(1882－1941)的意识流代表作。

⑥ 德国作家托马斯·曼(1875－1955)的短篇小说。

⑦ 美国作家亚瑟·米勒(1915－2005)的戏剧。

⑧ 英国玄学派诗人约翰·多恩的一首十四行诗。

书的分类都在我大脑里，而现在我的大脑不像从前那样起作用了。房间里几百本书搁放得都没什么体系，除非是这一两年，惟一的体系就是在一个够得着的地方按需排放——放在起居室右边角落的书架上。虽没有系统，但我知道每一本书所在的位置，即便是最薄的出版社书目也一样。这么多年来，我曾想过要按某个顺序将它们归类——当然不是杜威十进制分类法，不过至少是按照某种逻辑顺序，比方说把所有澳大利亚小说放在一起，或是把所有悍女出版社[①]的重印本放在一起——一种好理解但不太费周折的方法。不过后来我发现有的书几乎没读，有的题目很多年没看过了，于是便决定作罢。为什么要改变非常适合自己的东西呢？没人需要我的书，为什么要整理它们，甚至还有可能因此而再也找不到它们了？

现在我则希望相反。记忆中那些存放方式已经模糊了，就像沙漠里沙尘暴过后的通途。没剩下几个路标，很不好找了。连着整个上午都用来找一本书，然后回到自己的小绿屋，开始翻看《名利场》[②]或《斯通家史札记》[③]，感觉味同嚼蜡。

《直到死亡将我们分离》[④]

《丧钟为谁而鸣》[⑤]

我甚至试着读了读《读者文摘》，那曾经是父亲的，母亲还曾想扔过。我把它们留下并不是因为想读这些杂志，而是因为它们连接

---

① 悍女出版社（Virago Books）是英国一家专门提倡女性写书的出版社。
② 英国19世纪小说家萨克雷的成名作。
③ 加拿大女作家卡罗尔·希尔兹的作品，曾获普利策奖。
④ 英国广播电公司二十世纪六七十年代的一部情景喜剧。
⑤ 海明威流传最广的小说之一。

着我对父亲为数不多的记忆。父亲只收藏精装书。母亲说他一生中手里从没拿过简装书:那根本不叫书。对于一个从银行柜台出纳成长为一个副经理的男人来说,对于一个 15 岁时离开学校,但总感到缺点什么的人来说,每月必到的《读者文摘》是弥足珍贵的。母亲一般会翻翻简装的历史小说,一边看着电视,一边打毛衣。父亲坐在他的书房,书卷小心地放在书桌上,沉着地翻阅着书页。我仍记得参与其中的神圣感,在门口等他下班回来,把邮递员已送到的当月杂志递给他;仍记得将杂志递给他时自己是多么兴奋,而他又是多么缓慢地拆开黄色的牛皮纸,折起来递给我,让我扔到垃圾桶去。那种对书籍的崇敬。感觉它们可以解释你所需理解的一切奥秘。父亲读完后把它们仔细地放置在书架上。我仍可以看到自己五岁的样子,在他去世前不久,我躺在地板上,在书架的底端试着去拼读深红色书脊上蓝色烫金的字体。有一个书名着实令我不解,因为它有一个不认识的单词。我总把它读成《从这里到永十亘》,因为最后一个词写法特别,为了适应书脊的宽度。那卷包括了詹姆斯·琼斯[①]小说的书现在仍在我的书架上。所有的书中,我想《从这里到永恒》也许是应该现在读的。

一个再明显不过的事实我用了很长时间才意识到,在我来来回回朝书架走了无数次,做了无数次枯燥、无果的周折后得出的结论。这种周折还是我以前梦寐以求的。在我发现一个书名,而后又看到一个——《在我弥留之际》[②],一天后我就读完了,对从前的我来说读

① 詹姆斯·琼斯(James Jones)(1921 - 1977),美国作家。

② 美国作家福克纳的短篇小说。

的很慢，但对于一个换血重塑过的病人来说已经很快了，然后又读了《预知死亡记事》[①]——这时我终于悟出了这个事实：我只能读简短的东西。一个聪明的病人也许几星期或几个月之前就发现了。着手开始读19世纪的大部头是个愚蠢的想法，尤其是那些没读过的。你一只手和死亡之神握手问好，另一只手还翻着《简·爱》最后的章节，想知道简是否嫁给了罗切斯特先生，这不也太操蛋了吗？很多当代的大部头也一样不现实，要是死神突然出现在你的床前，比你计划的要早。不好意思，我必须要读完《修正》[②]，看看艾尼德是不是把她那群家人聚起来过圣诞了。不可能吧。病床前的陪护，亲戚或是朋友之类的，为你读着书，直到光线慢慢暗去，声音逐渐消逝……这种可能也小得很。

《我笑着死去》[③]

《被爱的》[④]

这不只是一个务实的想法。我开始明白这不是长度的问题，而是其浓缩的性质。我需要深入其中，一次性找到它的实质。这也有道理。现在如果我想喝酒，则只要一小杯雪利半干，或是一点法国干邑白兰地，而不是几杯红葡萄酒。常常在晚饭后，即使我吃的很少，阿尔奇也会拿给我一杯雪利酒什么的，用最好的水晶杯盛着。女儿们上床睡觉，我为黛西读完几页枯燥的童话故事后，我和阿尔

---

① 哥伦比亚魔幻现实主义文学家马尔克斯（1927－　）的作品。下文中《霍乱时期的爱情》同。

② 美国作家乔纳森·弗兰真（1959－　）的作品。

③ 澳大利亚女作家克里斯蒂娜·斯戴德（1902－1983）的作品。

④ 英国作家伊夫林·沃（1903－1966）的作品，是一篇有关洛杉矶的殡葬行业的短篇讽刺小说。

奇会在起居室坐一会儿，电视声音开得很小，他会再喝一两罐啤酒，我则小口品着雪利或白兰地。后来的加度葡萄酒味道则更好。诗歌也是这样。我知道自己都读过，有些早已烂熟于心——那些注释、标记、下画线、折角的页码足可以证明——但是我可以窥视一下那些诗行。虽然有些一页上只有两个诗节，好像我不仅是第一次读，而且我是它们的第一个读者，是文学伊甸园里的夏娃，不过，我毫不费力地完全明白它们要表达的意思。我知道自己曾一次又一次地读诸如《秋颂》[①]之类的诗，汲取它们无尽的汁液。现在我的思想，我的理解力，锋利得都能伤人。它们直接向我诉说，没有一点遗漏。

死亡的时刻我应该读着什么呢？现在我不知道，因为随着那一时刻日益临近，旧的还没完成，新的便不期而至。如果那时我在读着什么的话，那一定是诗歌。当然，我也许在听乔尼·卡什[②]的歌带，或是珀尔·贝利[③]，或是李柏瑞斯[④]——死亡让任何事情都有可能——因为我的眼睛也许到时已不怎么好用了。感官开始闭合，听觉是最后一个。我知道。这让临终推测会读什么书的举动显得有点多余。也许我该把所有的唱片翻个遍，看看那些最老的歌带还出不出声。或者检查一下家里是否还有盒式录音机可以放磁带。

然而仍然无法放弃临终读书的想法。读书是我生存时矢志不

---

① 济慈的代表诗作。

② 乔尼·卡什(Johnny Cash)(1932－2003)，影响美国近代乡村、流行、摇滚与民谣界的重要创作歌手之一，20世纪70年代最受欢迎的电视节目主持人之一。

③ 珀尔·贝利(Pearl Bailey)(1918－1990)，美国黑人歌手及艺人。

④ 李柏瑞斯(Liberace)(1919－1987)，美国钢琴家及艺人。

渝的想法，因此也是死亡时矢志不渝的想法。随后我发现床头的一摞书几乎都是诗集。

《墓园挽歌》①。

现在我明白了。死亡将至是一种浓缩的体验。死亡将至是一个诗意的时刻。最终的一段讽刺。人生的最后一场戏剧。这时只读了诗歌是有道理的。

我完全抛弃了重读《霍乱时期的爱情》或《荒凉山庄》②的想法。不久以前，如果我知道自己即将死去，没有机会再重读挚爱的书籍，那我会哭的，会因为还没来得及跟这些挚友作最后的告别就被带走而感到凄凉。对没有机会读《第二十二条军规》③而难过。对无法理解《芬尼根的觉醒》而遗憾。对永远无法找出魔方般《微暗的火》的读法而大感失败。但是现在这些都不再重要。看着这些书名，在走廊的书架上一个挨着一个，感觉几乎是要快乐地向它们道别。所有这些曾经珍爱的书，有些已破旧，书角已翘起，有些书页已散落，夹带的便条笔记页边散乱一片。我平静地接受了这样的现实，不可能再读一遍了，永远。

旁侧，当我经过时，拿下济慈或普拉斯或《福布斯》，或者《英诗金库》，我想也许希望说再见的是它们，而不是我。也许是因死亡而产生了这样的敏锐和思路的清晰，不过我怀疑，如果我没有将它们，将所有这些书纳入我的生活，它们是否真的存在过。

---

① 英国新古典主义后期诗人托马斯·格雷(1716－1771)的代表作。

② 英国现实主义小说家查尔斯·狄更斯(1812－1870)的作品。

③ 美国作家约瑟夫·海勒(1923－1999)根据自己在第二次世界大战中的亲身经历创作的黑色幽默小说。

或者,也许这就是死亡。让你变得有点自大。让你感觉有点神圣。

不过我希望,至少在死亡的那一刻我手里握着一本书。我希望自己确实在握着。父亲死的时候就在读书:昂利·沙里叶的《巴比龙》,是在他看过电影后买的。我的书应该是哪本呢?显然各个书名都在毛遂自荐,但我知道不可能是济慈的《颂歌》或《奥德赛》或《回忆录》。应该是一本后现代的东西。出乎意料而不矫饰。如果我是一个要吸引报纸讣闻的人,那这很重要。后人会要我在弥留时刻读书的记录。

当死亡叩响房门之时,她《占有》[①]只读了一半,成为了永恒的遗憾。

她一生都在读书,直到生命的最后一刻仍在读着《追忆似水年华》[②]。

一个以读书为业的人直到最后都在翻着布克小说奖获奖作品的书页,读着刻意雕琢的文体和几乎无法称之为叙事的叙事,直到永远合上了眼睑。

幸运的是,我不是那种人。如果真的要有一本书的话,那么这

① 英国女小说家拜厄特(1936 -)的代表作。
② 法国作家普鲁斯特(1871 - 1922)的意识流小说代表作。

本最终的书不应该比养鸡专业户手里的时事通讯更复杂。显然，病床前最佳的读物应该是《死亡居家指南》。我最好快些赶出来。

亲爱的德丽雅：

我知道你养鸡。我的三只红奥平顿母鸡怎么也不下蛋，即便她们有个漂亮的鸡舍，上面铺着新鲜的报纸。里面还有一面镜子，一个闹钟，我还放了一个塑料鸡蛋给她们催生。我喂的饲料也没问题。到底什么地方疏忽了？

无蛋者

亲爱的无蛋者：

自然，我想这是你所忽略的。碧顿女士说得好，她说筑巢是大自然的广阔田野所展现的最为绝妙的发明。换句话说，因为你想出的所有物件，你的母鸡做不了自己的巢，也就下不了蛋。筑巢：你所要做的只是扔些稻草让她们去收拾。不久你就能吃上煎蛋了。

56

第二天早上，我收拾起在赛天堂旅馆的行李，顺带检查了一下橱柜和抽屉。没有落下的耳环、唇膏或忘掉的内衣。在床头柜里我发现了一本基甸版《圣经》。以前无论是在旅馆还是酒店，我都不曾打开看过。而现在思考宗教信仰也太晚了。我的家便是我的信仰，我的家人是我虔诚的对象。

不会再有机会读基甸版《圣经》了，所以我坐在床边打开了书。小时候在主日学校里就听说过一个叫路得[①]的女人，在远离家乡的田地里，在一群陌生人中拾落穗。我翻开《旧约》部分，找到《路得记》，一口气读到尾。路得决定成为一个群体中的一员，而这个群体中她没有亲人，只有一个婆婆，而且她的丈夫已经死了。她希望获得慰藉与保护，但她没有讨要，她有尊严和耐心。她仅仅希望从亡

---

① 《圣经》中的人物，丈夫死后不回本族而随婆母拿俄米迁往犹太伯利恒，后改嫁波阿斯为妻。

夫远亲波阿斯那里拾到一点麦穗,而波阿斯却为她把麦穗撒了一地。他向路得的斗篷装了六斗大麦,后来娶了路得为妻。

路得,每个远离家乡之人的化身,从自己熟悉且热爱的地方流离,却下定决心要战胜颠沛的痛苦。济慈描写路得的心痛时理解这一点,她站在陌生的麦地,脸上流着泪。读完《路得记》,似乎感觉到了一些她的心痛。路得便是俄备得的母亲,是耶西的祖母,是大卫的曾祖母。大卫是以色列的国王。我也思念着自己的家,但不需要心痛了。合上基甸版《圣经》,把它留在床上,我拉上皮包的拉链。是离开的时候了。

离开的时候已近正午,那天早上也没有吃饭。有个地方我想该做最后的停留,于是我把车转向了"路杀咖啡馆"。那不是米切尔开的,但我仍觉得自己应该尝试着吃一顿。店里没有顾客,我便不慌不忙地看着菜单,而后点了煎野鸭蛋和全烤吐司面包。加上"路杀"自己的土豆泥和辣椒酱,煎蛋吃着和其他地方的没什么不同,比起我的鸡蛋来还稍差些。随后我点了一杯法式牛奶咖啡,味道很好,就这样慢慢喝着,直到最后离开。

临死前吃不吃炒鼠肉或胡椒沙袋鼠这样的东西并不重要。我的确买了一瓶以它们为配料的番茄辣椒酱,是临走时在柜台那里看到的。

来时长距离北上的每一个小时都印刻在我的脑海里,我仍记得开车经过的每个地方、听过的每首歌、中途停下的每个地点。尽管如此,回去的路程却是时间上的一个黑点。失败驱赶着我。痛苦陪伴着我，不过它态度倒很友好。带着空虚我踏上返程，不过我知道如何将它填满，以家中等待我的一切将它填满。连着三天，除了必须停车的地方，我一直开着车。前方我所能看到的一切，在我最终带着平和的疲惫在家门口停车时，我知道里面有一席可以包纳我的大毯在等待着我。

57

大厨们都建议储备些他们称之为必备品的东西，这些必备品中甚至包括香草豆和酸果酒。一般的家庭便显得力不从心了，所以比较理想的储备应该是方便面、玉米片、罐装菜豆和酸橙香酒。任何一种都不喜欢的孩子是不存在的。

“贮藏食品室”

《厨房居家指南》(2002)

这里也有需要关注的一家。我走进房间，本以为孩子们会扑到我的怀里来，正如我想紧紧地拥抱她们。然而黛西跑过来问我晚餐吃什么，艾斯黛拉不慌不忙地关上电脑里的一个个对话框，然后才过来帮我拎包。

我得出去了，阿尔奇说，有个会，和那些建筑师，六点钟。我以为你会回来得更早些。

这个时间点过桥堵得厉害,我说。

我们可以叫外卖吗?

我不在的时候你们一定天天晚上叫外卖,我对黛西说。

不是天天晚上,艾斯黛拉说。姥姥有时也过来给我们做真正的饭菜。你给我们带什么回来了?

等会儿看,我说。

阿尔奇飞快地亲了我一下,同时也不耽误他穿上夹克。也许他真的要晚了。也许对我不辞而别仍有点怨恨。我把提包和钥匙扔在厨房操作台上。

我饿了。我想吃饭。能给我做奶昔吗?

黛西,我刚进家门,让我先歇会儿。

她看起来脾气很坏的样子。

抱我一下我就立刻给你做奶昔。

拥抱很短暂。没法和晚间的电视比。不过那天晚上对此我很高兴。我回到自己的床上坐了一会儿。疲惫得不能再疲惫了。连打开冰箱看看两周以来还剩什么都觉得不可能。除了把菜豆加到吐司面包上,再复杂的动作都觉得很难完成。但是我已经离开了。带着不过是一包的失落回来了。

我本想把他特殊的物品给她们,他的书和玩具,但是现在我知道她们不会感兴趣的。她们为什么要感兴趣呢?她们怎么可能会对一个死去很久的哥哥感兴趣?不是亲哥哥。一个不存在的人,生与死都在她们之前。一个鬼魅般的孩子。却是她们有可能会嫉妒的人。我把他的小箱子塞进衣橱,把自己的一点东西倒在床上,把脏衣服扔到角落，拿出赛天堂旅馆的肥皂和洗发水，我留着给她们的，没有用。礼物不多，总比没有强。

我走出房间，回到起居室。

晚饭吃比萨怎么样？艾斯黛拉，你能替我打个电话预定下吗？

好滴。田园素食加奶酪。

可以。

但我想吃“夏威夷”，黛西叫着。

噢天呐。

定两种吧，我快速地说。今晚为了平息这种累人的场面，我连左边的奶子都可以割掉——如果还有的话。

你是说各定一个？她们几乎不能相信。

随便你们。

她们相互看看，以纳秒的速度计算着还能怎么利用这次机会。

我们能再定个蒜蓉面包吗？再加一杯百事可乐。

都定，我说。赶紧打电话吧，艾斯黛拉，我们去看点愚蠢的电视。

《辛普森一家》不愚蠢，黛西说。

不愚蠢，我说。《辛普森一家》非常非常聪明。不管怎么说，她是对的。

亲爱的德丽雅：

我仍找不到做黄貂鱼的菜谱。我还想要个做儒艮[1]的菜谱，如果你有的话。

爱鱼者

亲爱的爱鱼者：

你是否考虑过做点小型本土哺乳动物？最近我接触过一些菜品，如木炭烤负鼠（拆骨并串成串）和辣酱沙袋鼠肉。你需要的话我可以写给你。

---

① 亦称海牛，有时会被视为美人鱼。

58

记住最重要的是：葬礼是为生者举行的，而不是为死者。

“葬礼即节日”

《死亡居家指南》（即将出版）

孩子们长高了，鞋码变大了，她们决定一个月喜欢菠菜派，另一个月讨厌它。艾斯黛拉放弃了篮网球，黛西开始练爵士芭蕾。她们继续在电视机前时而打架，时而拥抱。接下来的几个月，完全是一个正常家庭的模样，只是我会思考死亡，写关于死亡的东西。组织筹划棺材。去公墓和殡葬店。我继续做着调研，写着相关章节，尽自己所能维持着这个家哐啷前行。

中间则有躺在床上的几个星期，睡着却总觉得很累。然后便是工作、生活的日子，似乎一切都很好。去过肿瘤医院和李大夫那里，而后有一天我最终从化疗病房里永远走了出来。很高兴自己去了阿米赛斯特，见到了米切尔、珀尔和塔拉，把箱子拿了回来。难过的是没有找到安柏，不过欣慰的是我试着找过了。那几个月里我力求孩子们能过稳定的生活，却不知道那究竟意味着什么。什么对孩子来说才是正常的？

母亲来得更频繁了。阿尔奇工作时间减少了些。我每天同母鸡在一起。空闲的时候静静地在房子里走动，做些未雨绸缪的事。把不要的东西拿到义卖商店。做好饭菜塞满冰箱。把待熨的衣物一件件熨完。为孩子们准备好特殊的纪念。

我已经买好了箱子：一个画满小鸭子的给黛西，一个黑底银色星星的给艾斯黛拉。现在则要把东西放进去。一个箱子里我放了结婚准备用的单子（也许 20 年后她会觉得很好笑）和我的结婚戒指，我已经很长时间没戴了，体重剧降的原因。我还放进去一只塑料小鸭子，在它脖子上有一圈字，上面写着：两年后可以换成一只活的真鸭子。记得提醒爸爸。我早已答应黛西给她买一只宠物鸭子，但是不知道怎么让鸭子和那群母鸡和平相处。我会让阿尔奇实现这个诺言的。而且我还放了 20 块钱，这样她就知道我是说话算数的。我放了一本 A. A. 米尔恩[①]《现在我们六岁了》。这是黛西更小些的时候读的书，也曾经是我小时候读的书，更是母亲简小时候读过的，几十年来一直珍爱着。也许黛西有一天会读给她的孩子听。也许她会送到救世军商店。这都不重要。只要她明白这是来自我的一样东西就够了。我还放了桑尼的塑料魔术道具。多半是垃圾，

① A. A. 米尔恩（A. A. Milne）（1882 – 1956），英国作家，《小熊维尼》的原作者。

但我想她也许会喜欢那根魔棒,里面暗藏的皮筋和磁石有时确实像有魔力一样。最后当然还有桑尼能喷水的假花。

对于艾斯黛拉,我为她准备了一件黑色丝绸背心式内衣,穿过但却依然完好。我知道她会穿在T恤外面,而不是穿在里面。在她的盒子里,我放了一对水晶水滴状耳环,是很久前我在一家旧货商店买的,花了20块钱。她可以在12岁生日的时候去扎耳朵眼儿,这是我同意了的。也许她会缠着阿尔奇把时间提前。我知道推荐艾斯黛拉读书没什么用,而且我怀疑她也许是那种会自己写书的女孩儿。所以我为她选的书完全一片空白:淡黄色的纸张,没有横线,封面包装有红色织布。我还放了自己最好的钢笔,一瓶珍藏多年的微香墨水。艾斯黛拉对这两样东西觊觎已久了。桑尼的东西中,我选了几张小丑脸谱和那个红塑料鼻子。我想她会喜欢的。

我曾考虑给她们买期盼已久的电子产品——手机,掌上游戏机,数码相机,苹果随身听——后来我发现这太不现实。就算我下周就死了,这些东西也会立即过时。而且我知道自己总选不对品牌、合适的百万像素或千兆字节,或者任何对这些东西至关重要的数字。对我来说无所谓,但是对她们来说就不一样了。况且是为她们买。

我的书、摆设、文具、衣服、首饰、音乐,甚至我的车,她们可以拿着钥匙到放有这些东西的屋子,想拿什么就拿什么。惟一重要的是,我要提前想清楚自己最想留给她们的是什么,因为爱——虽会持续——是无法捕获再这样装进箱子里的。

实际上,艾斯黛拉11岁的时候,我已经把这些钥匙交给她了。这意味着我把她卧室所有的责任都交给了她。走进她们的房间藏箱子时,我差点被黛西的豹纹背包绊倒。我把包踢到她的一半房间,地上有几张作业纸,笔袋里的东西吐了一地,上千个娃娃摆着各种不穿衣服的样子。房间里有一条看不见的分界线。艾斯黛拉那边,满墙上贴着乐队、歌手、明星的招贴画(老实说我一个也不认识),她的衣服整齐地放在铁架抽屉里。黛西那边则像住着极度活跃的猫鼬。枕头总是在地上,毯子里像藏着神秘的东西,鼓鼓囊囊的,毛绒玩具夹在床垫和墙面中间。她们两个打架多半是因为领土争端。我为自己可以忽视她们的战役而骄傲。我把她们洗干净的衣服递给她们,然后凭她们处置。即使床单近一阵不换洗,她们似乎也传染不上什么疾病。

我把艾斯黛拉的盒子放在衣柜顶上,我知道自己死后不久她就会发现。我把黛西的盒子放在衣柜里,从她那半边的地板上食品包装纸、脏内衣、旧棉拖和其他东西来看,这个盒子恐怕要在里面待一些年头了。

怎么样,决定了吗?是卫沃里还是卢克伍德?阿尔奇连喝几气儿啤酒。

晚饭前我们在鸡舍旁,坐在藤椅里,椅子旧得应该淘汰了。这个傍晚比起秋季平常的日子来得更温和,不过母鸡们都准备回窝睡觉了,我还把简留在自己大腿上。如果人们知道她这样的母鸡有多么温顺的话,恐怕她们要比兔子作宠物更流行。

埋在这里该多好啊,我说。就在产蛋箱旁边。又肥沃又深的土,虫子也是最好的。我能在这些鸡粪和鸡挠的土地下就心满意足了。

阿尔奇直直地看着我。

别担心,我说,我没为这种发疯的想法做打算。而且,法律也不允许。1908 年《殡葬管理条例》里第 63 条说到尸体类组织的处理。我为死亡指南做过调研。

那要在哪儿? 你迟早要让我知道。最好别赶晚。

这两个地方和我们这儿距离相等,选哪个都可以。如果你会去看我。

当然我们会去的。

不过卫沃里比较有吸引力。亚瑟·史塔斯就埋在那里。

谁?

写永恒的那个。

那有什么关系?

这让我觉得很有吸引力。没事儿,你会明白的。

简扑打着要挣脱我的怀抱,我把她朝鸡舍抛出去,她跑到一边,打起傍晚的鸣儿来。

那你是想在卫沃里了。你觉得我们应该……你说……

现在买墓地? 我说。没关系,阿尔奇,直接说就行。说具体的词会容易些,你说呢?

他把鼻子深深埋进酒杯里。当然,到现在这个阶段,即使他可以面对棺材带来的挑战,那些具体的词对他来说仍难以出口,对任何人来说都难以出口,除了我以外。

不过我并不打算买卫沃里的,我说。那边风景很好,但是太挤了,这你也知道。而且卢克伍德名字那么有诗意。还押韵呢。我希望被埋在卢克伍德。

你是说你选这个墓地就是因为它名字好听?

也许吧。不过卫沃里也有文学渊源,我说。很多诗人都埋在那里。

他简直要背过气去。你最好拿定主意,这样我们可以安排起来。我再去拿瓶啤酒。你还要点什么吗?

阿尔奇……我拽住他的胳膊,他正起身要走。我不拿主意。从没打算在这方面拿主意。

你? 没打算? 没计划? 瞎话。

真的。我没打算这么做。

为什么?

我意识到死了以后去看望我的不是我,所以我不需要做什么,因为没必要。你可以安排。

我?

嗯。你是园艺师。把我种在什么地方,你会选择好的,我知道。

我坐回藤椅中,也许有些过于自喜,但是同时我也是对的。看着他去拿啤酒,我似乎都能看到他脑子里转动的齿轮。卫沃里还是卢克伍德? 卢克伍德还是卫沃里? 也许他可以抛个硬币。

亲爱的绝望者:

感谢你邀请我去海德公园参加你和女朋友的订婚仪式,但是我身体不是很舒服,否则我会很荣幸地去那里的。我要送你一个小礼物,也许正好可以配那两条毛巾。

59

然而，你也许会想拟一份备用的单子。即使葬礼是为生者准备的，亲人间也免不了会为一些无关的琐事产生口角。比如是否应该在守灵的时候提供鸡肉三明治和烤牡蛎，或者请风笛演奏者是显得哀伤还是蹩脚的搞笑。

"葬礼即节日"

《死亡居家指南》(即将出版)

我也没为葬礼做计划。最初我做了，我写了一张单子，列出了地点和时间。我希望在下午晚些时候举行，这样每个人随后都可以开怀畅饮，而且是实实在在的畅饮，上好的香槟，麦芽威士忌，一箱接一箱的特制啤酒；实实在在的食物，一盘盘切得厚厚的火腿肉，新鲜的脆卷儿，又黏又甜的巧克力蛋糕。还有为孩子准备的聚会食品：他们喜欢芬达和七彩糖珠面包，以及所有那些令人恶心的、色彩鲜艳的东西。

它不能像那些贫血病般的葬礼那样,那种葬礼现在尤为流行,作为一种服务,它包含各个方面,从棺材到羊角面包。一切都利落、简单、走形式。殡仪馆或火葬场里的那些地方,我为指南做调研时遇到过。宽阔、空荡的非宗教会堂,死气沉沉的音乐从暗藏的扩音器里发出。那种音乐听上去既不像人间也不像天堂。丧亲的人被静静地从前门带进从旁门带出,中间不超过一个小时,就像慢慢走在铺着米黄色毯子的人行道上,不需要注意旁边有人死了。不需要注意旁边还躺着一具尸体。不需要注意浅灰色幕帘下垫得软软的棺材(寿器)上连永远安息都没有,连玩笑话你受骗了也没有。但却要注意到这意味着在场的人当中至少有一个,在那时,在那个地方,生活里出现了巨大的空洞。

这些我一概不要。我的孩子和她们的朋友可以坐在我的棺材周围,把零食摆在棺材上吃。艾斯黛拉可以把她的 CD 播放机固定在棺材盖上。黛西可以从她的香肠卷里吸番茄酱,想吸多少就吸多少,而她的宠物老鼠“中国”,则绕着棺材一圈又一圈地跑。

至于仪式的程序,我选定了歌曲和音乐。写下了人名,希望他们发表讲话或朗诵我最喜欢的诗。我想过要把自己录下来,冲着家人和朋友微笑,劝他们不要难过,告诉他们我多么爱他们,提醒他们在出去的时候别忘了买一本《死亡居家指南》(抱歉的是我不能亲笔签名了),然后对他们说,再见,再见,再见。可是后来这个想法都让我自己觉得阴森可怕。而且我缺乏这么做的技术。艾斯黛拉或许可以帮我,可是这样的话就无法让他们大吃一惊了。在我安排好一切,定下了餐巾的颜色后,突然意识到自己没必要这么做。一点儿都不必要。所以我把单子扔了。

没过多久,如我所预料的,简对我说,

德丽雅,我们还没讨论过葬礼的事。

对啊,阿尔奇说。你想怎么做?他到餐具柜那边拿来便笺和笔,然后递给我。孩子们已写完了家庭作业,整个房子都安静得很。我开瓶红酒,他说,我们坐下来好好计划一下。你也可以现在就告诉我们想安排什么。

什么也不安排,他从储藏室拿酒回来时我说。

什么?! 他们异口同声地说。

像你们听到的,什么也不安排。

我不明白,阿尔奇说。你都计划了黛西的婚礼,却不管自己的葬礼?你甚至还想着她的婚礼蛋糕怎么做!

是的,我知道。

可是你说过想让人好好给你守灵。那列出些音乐吧。或者要准备的食物。你对聚会什么的总那么在行。

不,我并不在行。

别装了,你确实很在行。

不,阿尔奇,在行的是从前的我。而不是现在。我已经撒手不管了。

他和简你看着我,我看着你。简伸手去拿那瓶红酒,可是阿尔奇还没打开呢。

我已经列出了一些东西,我说,再过些年用。当然我希望你和孩子们能记得我多么在乎你们。所以我胡乱列着婚礼的庆典和用具。可是葬礼不是为我,而是为你们。所以要由你来列单子。你来选择音乐、诗歌、赞美诗,如果你喜欢的话,食品和饮品。你可以点聚会吃的馅饼和沙司,汽水、冰激凌,福斯特啤酒。我管不着。

你真的不管?

不管。很吃惊是吗?那将是你们的活动,不是我的。我想让你们按自己的方式来办。

我把便笺和笔塞给他们,而后站了起来。

现在就开始写吧,我说。我还有更重要的事要办。

我还有一个空箱子,但一直决定不下来要放什么进去。我走进小绿屋,插上房门,让电脑从待机状态恢复。之后,我敲入了最后一份单子。

几个月前,我曾与阿尔奇进行过最困难的一次对话,一场我认为必须要谈的对话。告诉他要为自己想一想。想一想性的问题。我甚至想说,我的性功能日益减弱——近来完全消失——他不应该觉得考虑找个女朋友是个错误的想法。当然,那是场蠢笨的谈话尝试。

你不难受吗?我对他说。我们躺在床上,偎依着彼此。你不怀念吗?

那时,我已无法记起,我们最后一次做爱是什么时候了。好像我总是浑身疼痛,或者不停地呕吐,或是在住院,或是从手术中恢复,或是工作,或是睡着了,或是疲惫不堪,再没有对性有什么兴趣或能力。乳房切除手术只过了两年,却已记不起拥有乳房是个什么样子了。但是我清楚地记得阿尔奇有多喜欢那两个乳房,我们躺在床上的时候,他总是握在手里,温柔地抚摸着,仿佛它们是雏鸟一般。

为什么要难受呢?他说。

我不知道。因为……我们以前做爱感觉那么好,是不是?我不想因为我的原因而错过机会。

你到底想说什么?

我想说……你可以,可以和其他人约会。如果你希望这样。

(当然我说的"约会"意思是"做爱",但是说不出来。)

现在也可以?

为什么不?我不介意。如果这样有帮助的话。只要你希望这样。

我说话的方式不对。阿尔奇脸已经耷拉下来了。提这事儿本身就不对。但我无法停下来。我必须要告诉他自己现在所知的,甚至是他所不知的,在他看着我的生命走到尽头:你需要拥抱生活,尽可能紧得拥抱它,别让它像散沙一样滑走。

我是说,夏洛特怎么样?

(不该提的事儿。)

你又要操控一切了!

迷惑,反感,生气,每一种心情。他或许还会因为那些不经意的调情而觉得内疚,也许他觉得那会让我生气。他下床走出了房间。

可你要拥抱生活,阿尔奇,我说。牢牢抓住。兰伯特先生是对的，虽然对他太晚了。CARPE DIEM（抓住今天），我向他的背影说，也不知道他是否听到了。

所以我想跟他说的，关于性、亲密关系、其他女人的重要性，或许甚至还包括夏洛特（我很确信他们彼此有好感）最终没有谈成，但我没有放弃这个想法。我了解阿尔奇，知道最终他还是需要一个女人，也知道他需要从我这里获得合法性，虽然那时我已经死了。不管那个女人是谁，不管那个时刻什么时候到来，我仍可以完成这个进行不下去的对话。实际上，这种方式下，他会仔细听着，但我不会跟他说任何话。

另一个我们从未进行的对话，自从我从阿米赛斯特回来后就在我的脑海里反复。你选择了我，是不是因为我可以生孩子，阿尔奇？这是不能和珀尔在一起的真正原因吗？这是不是你和珀尔分手的原因？我无法说出口。我不想知道答案。我也不想知道这究竟重要与否。而且我知道这种对话对阿尔奇来说会有多难。他已经有足够多的事要对付了。

所以，最后这张单子很简单，很简洁，也很清楚。开头是果脯、红糖、白兰地、调料，结尾是冰块。顶上放一朵鲜花。素馨花，或是栀子花，依照季节而定。或者是一枝橘子花。平生第一次，我写下了婚礼蛋糕的配方，这种蛋糕我为自己的婚礼和其他几个婚礼做过。这种蛋糕与其说是制作，还不如说是变戏法，不过它总是丰富而松软，条件合适的话能放若干年。我把单子打印出来，放入信封，写上阿尔奇的名字，贴上自己的吻，然后放入剩下的空箱子，它一直等待着我为阿尔奇放入些什么。

我没什么特别的东西能留给简。然而我把所有的东西都留给了她。她会陪伴着两个孩子，直到她们长成女人，没有比这更好的礼物了。在书桌的一边，桌子上全都收拾干净了，只有必不可少的一些纸张——指南的终稿，医院病情诊断书，日程安排，清单和账单；我在那里放了两本影集，记录艾斯黛拉和黛西的成长，两本都还有很多空余的部分。简可以继续往里面放照片。在影集的上面，我放上了给阿尔奇的箱子。

妈，我走出房间来到厨房说，我走了以后想让你帮我收拾书房。大部分我都收拾好了，你也许会发现我疏忽的地方。

当然，我会的，她说着，伸出了手，脸转向她的红酒。

亲爱的德丽雅：

你也许忘了，不过你曾说要给我蛋糕的详细配方的。我尤其需要知道到底要放多少白兰地。婚礼临近了。

谢谢你。

新娘母亲

69

为死亡做准备实际上很简单。大多数人都希望平静地在家中死去。把死亡的时刻浪漫化,打开经典的音乐,喝点异域的草药茶,读着维多利亚时代的诗人。可是病人也许希望躺在后院儿,喝着飘仙1号,听着格拉迪斯·米尔斯[①]的钢琴。或者也许他们更希望带着赫伯·阿尔伯特[②]的提华纳黄铜乐队逃离。他们最后一顿饭也许是罐装番茄粥,或一块柠檬冰棒。这些都没关系。

“倒数第二个时刻”

《死亡居家指南》(即将出版)

黛西坐在门前栅栏墩上,这是一个周六的下午,她在等朋友,我

---

① 格拉迪斯·米尔斯(Gladys Mills)(1918－1978),英国20世纪60年代的钢琴家。

② 赫伯·阿尔伯特(Herb Alpert),1935年至今。美国音乐家,制作人,常和提华纳黄铜乐队(Tijuana Brass band)并提。

在洗衣房叠毛巾,突然我听到她大叫着让我过去。我不理她。她一遍又一遍地叫着,让我快些。我去了,步子很慢。

跟你说过多少遍了?这样很粗鲁。你要是想让我过来,就到屋里跟我说……

可是妈你看!看那边。从栅栏墩上她能一览兰伯特先生的前草坪。上面写着字呢,她说。用深绿色的花还是其他什么写的。

她说的没错。草坪上写着什么。在冬季常绿草坪更浅的颜色下看上去很有意思。

是三叶草,我说。上面写的什么?她站在了栅栏墩上,摇摇晃晃,想看得更清楚些。

小心点。我抓着她的腿扶住她。你觉得那像什么?

她把头转了个角度,这样才好拼读出来。就一个词。永—恒,应该是。看不懂。

来,你能拼出来的。

可那是草体。

再读一遍。

于是她又读了一遍。永—恒,她说。永恒。

是那个词,在草坪中央巨大的深绿色字母蜿蜒上下,即便是在天堂最隐蔽的角落也可以清楚地看到:亚瑟·史塔斯的完美表述。

在我将要完成书稿之时,南希的电话响了。她有个想法,想加一个有关来生的章节,而且已经安排了采访。

我给你约了一个牧师,一个尼姑,她说。

这一点我没把握，南希。

还有一个穆斯林的牧师。

很有意思，我说。可这是本针对死去的指南，而不是死亡。

有什么区别？

我得仔细考虑一下。在我看来区别很明显，我以为南希明白这一点。我认为写来生来世并不现实，整个指南都是比较务实的东西，这样一章加在哪儿都觉得不合适。不过还有更为重要的，我也并不完全清楚，直到南希的发问让我必须要表达出来。

死亡是一种状态，死去是一个动作，我说。一个是名词，一个是动词。死亡在死去之后。那时我已经不在了。我希望你能理解这不只是个语法问题。我可以写死去是因为我了解它，正在经历它。

那最后一章你打算写什么？

还不确定。可能要由其他人来写了。

翻看着最后的书稿，看看能不能把她说的加进去，我发现整本书编排严谨，绝大多数章节都可以定稿了，只有很少一部分需要最后改一下。没有索引，没有参考资料列表。如果我写不完，南希总可以扫尾。也许她可以去采访她的牧师和尼姑。曾经我还以完不成工作为耻，现在则不大惊小怪了。另外，我答应的是在春天交稿，现在春天还没过。我做完索引，点击“打印”图标，打印出最后的书稿，把它放入桌子上的文件夹里。打印过程中，我整理着笔记，把所有用不着的草稿和文章都丢进了垃圾桶。偶然间我看到黛西画的一张画，是一只鸡站在一个墓碑上打鸣，什么都有。我想这是受我们去墓地的启发。恶作剧般的，我在画的上面以粗体黑字写上了

“死亡居家指南”，下面是“德丽雅·班内特”，而后放在书稿上面。南希会喜欢这个玩笑的，不管我是不是还有机会亲自寄给她。

然后我打开音乐，准备休息一下。音乐声很大，所以好一会儿我都没听到有敲门声。那是在下午，阿尔奇和孩子们仍然在公园。敲门声又响起，听上去有些不耐烦，或是有些急促。我一步一步到前门，现在这段路显得尤为漫长，顺便把猫王关小了些。也不知道那个人在门口多久了。

门一打开就看到她的手举在半空中，要再次敲门。她身后夕阳的光辉将她的脸照在阴影里。是个瘦高个，长长的深棕色头发，闪着铜一般的光泽，应该不是挑染的。这个年头女孩子的头发确实难辨真假。20岁左右的样子。我从没见过她。她既没有微笑，也没有绷着脸。她穿着深色牛仔裤，黑色的皮夹克，单肩背着个大包。她看上去不像是推销员或是耶和华见证会的。她的嘴唇软软的，在微微地颤抖，似乎即要大哭或大笑出来。

您是德丽雅吗？

我注意到她身后兰伯特先生正要出来查邮箱。他转过头来注视着自己的草坪，仿佛第一次见到一样。然后他直接看着我，我也看着他。我们的目光多年来终于相遇了。

德丽雅？她又问了一声，声音更大了些，仿佛我有些耳背了。

我是。

听说您在找我，她说。姥姥告诉我的。

姥姥？

对，您向她问起过我。现在我来了。

一时间我不明白她说的话，同时我想起玛格丽特和她的母鸡，还以为她向我隐瞒了什么。可是我怎么能确定一定是她呢？

你是谁？

您知道的，她说，您认识我。

我怎么可能认识你？那不可能吧。

是我，安柏·摩根。

安柏？我的声音听上去充满了疑惑。我能听到自己说那个名字时声音几乎沙哑。

在她之外，在阳台之外，在门前栅栏之外，这一天依旧寻常。路上的猫小心嗅着前面的路。兰伯特先生依然在他的邮箱旁，凝视着他的草坪，挠挠自己的头发。天气仍然温暖，虽然已近黄昏，凉意渐增，预示着夜晚会变凉。十月总是这样的，逐一地变换，一天里把每个季节的味道都展示一遍。

正是十月，桑尼死去的日子。她获得一个心脏的日子。

安柏·摩根？我怎么能确定是你呢？

慢慢地，她看着我，拉开夹克拉锁，手抓住衬衣，扒到两边，胸膛正中露出一道明显的疤痕。

真的很感激您，她说。这一生都很感激您。

在最后一世代才把你的心秀出来。①

她伸过手来，把我的手放在她的胸膛上，那里我可以感觉到儿子的心脏在搏动，稳如座钟。

---

① 出自马尔维的《致羞怯的情人》。

你无法从书上看到。生活的故事甚于小说。她随我走进房间，我们在前门阳台上拥抱、落泪了很久。兰伯特先生善意地看着我们。他有可能都微笑了。

随后，她又带给我意外的惊喜。我们在我的小绿屋里坐下，我本想关上音乐，她却制止了。

我喜欢那首歌，她说。开着吧。

你喜欢猫王？

对啊。确实很喜欢，从六岁时就开始了。从我身体开始好转以后，我是说。

我情不自禁地笑了。你当然会喜欢了，都在你心里呢。我略停了一下，回忆着。手术的时候我们放过这首歌，我说。

于是我继续放着猫王的《常驻我心》。我们坐在一起，她跟我讲着如何受到媒体的纠缠，他们总是迫不及待地搜刮耸人听闻的医疗案例，以儿童为特写。她的母亲为了保护她，在阿米赛斯特搬来搬去，最后在尼罗河新月安顿了下来，她觉得那里足够安静，有长长的后院。姥姥随后搬过来，搭起了鸡舍。她们在这里过着平静的生活，人们忘记了那个植有他人心脏的小女孩，忘记了当地一场怪异的车祸让一个小男孩儿丧了命。我早就曾感到那个地方和我有着什么样的联系，只是从未找到她的家门。

而后摩根一家离开了，安柏的父母离了婚，安柏和母亲去了南方，在那里她上了大学。

那天你到姥姥那里之前，她就听说你在找我。

这不是什么秘密,我说。我问了一圈。可是她为什么对我说不知道呢?

她还听说你在写书。听说你是个作家。

现在我明白了。那可能意味着最糟的情况:一个失去儿子的母亲,一个心怀怨恨的母亲,现在变成了一个要把这一切都写进书里去的母亲。她不能泄露自己外孙女的生活。

她跟我说了以后,我想找到你,她说。

南希的网站上不仅列了指南丛书的所有书名,还把《死亡居家指南》作为即将出版的夏季档主推出来(南希也很乐观),还宣传说是一个正在经历这一切的人写的。

可那是死亡。这让安柏思索起来。这个即将死去的女人最后的心愿会是什么?

我打过几次电话但没出声,她说。我不知道该说什么。我想了很久了,最后决定亲自过来。

我错了。这个季节并不残酷。在它结束之际,一份礼物来到面前慰藉着我。不过,随后我明白了:我的愿望已被获准,现在我知道接下来会是什么了。

我们追溯着过去的14年,这时简来了。她现在每天都来看看。我再次震惊了:她的脸上老泪纵横。

您当时也在?安柏问。

简点点头。我记得我们放着他最喜欢的歌,她说着,深吸一口气。那时我没有哭,我从来都不会哭,直到现在。对不起,孩子,她对我说。

我摇摇头。

看看你现在。安柏。你看起来那么,那么……

安柏笑了。她的确很高,将近一米八。

壮实?她说。健康?可心?

可心,我重复着。对。正是这个词。

我不明白的是,阿尔奇说,为什么你的家庭如此庇护你。

时候已是夜晚,大家吃过了简做的意大利肉卷,我喝过了鸡汤。艾斯黛拉和黛西接受了她们这个从天而降的姐姐——从某种程度上说,安柏是这样的身份——神态极为镇定。也就是说,在我和阿尔奇看来极重大的事情,在她们眼里再平常不过,甚至还有些枯燥。我给黛西读完床边故事,回到客厅,阿尔奇调弱了光线,打开了一瓶西拉兹。

我也不明白,安柏说,直到后来长大以后。那时我只有六岁。应该和细胞记忆有关。我知道自己的心脏来自一个比我大两岁的男孩儿后,最初特别害怕。我觉得它在我胸腔里太大了。随后,我康复后,妈妈发现我有很多变化。我不喝牛奶——实际上是讨厌所有乳制品,那些东西让我恶心。

桑尼对乳制品过敏,我说。

嗯,妈妈也是这么想的,或者有类似的想法。以前我最喜欢粉红色。住院的时候整个病房到处都是粉色装饰。玫红色。移植手术后,我简直受不了那种颜色,不断地抱怨,妈妈又重新布置了一遍。

让我猜猜，我说。红色和蓝色？是品蓝色。

没错。我开始喜欢更成人化的音乐，不愿意再听以前的那些儿童歌曲。我记得有一天在收音机里听到猫王的《燃烧的爱》，就跟着唱了起来。甚至都知道歌词。

那是他最喜欢的其中一首。

然后我长大以后，变得特别喜欢运动，喜欢冒险。不大像个女孩子。不愿意穿裙子，而从前我却不是百褶裙就是蕾丝花边。是淑女的典范。后来我就只喜欢现在这样的打扮。这才是真正的我，牛仔裤和皮草。只有这么穿我才觉得舒服。

妈妈读过一些其他的病例，是美国的。有个女的在一个脱口秀的节目上说自己接受了一个成年男性的心脏后尤其喜欢辛辣的食品，垃圾食品，还喜欢金发女郎。她觉得自己都要变成同性恋了。后来她见到捐赠者的家人，得知他死于车祸，最后一顿饭是在塔可钟[①]吃的。他最喜欢的食物是墨西哥风味的，汉堡、辣肠之类的东西。他所有的女友都是金色头发。节目里争议很多。那个女的后来出了名，后来得了抑郁症，自杀了。似乎她的生活里有双重人格。妈妈看到我的变化后，她决定不能让我像那个女人那样承受这一切。

细胞记忆，阿尔奇说。都讲了些什么？

显然个体细胞是有记忆的，因此免疫系统才得以发挥作用。对我来说太复杂了，而且小时候对此我也一无所知。不过妈妈知道我

① 塔可钟(Taco Bell)，世界上提供快餐式墨西哥食品最大的连锁餐饮企业。

的变化有多大。我的医生嘲笑这种看法。不过从那以后我读了很多这方面的东西。他们说我们的情感和性格储存在身体中。心统领大脑的程度和大脑统领心的程度几乎一样。

我握住她的手,转向阿尔奇。太有意思了,你知道吗……

什么?

南希早上打电话过来,她想让我加一个来生的章节,而它就在这里。来生就在我们身边。

亲爱的新娘母亲:

把一瓶白兰地都用上。再加一瓶威士忌。要用很多鸡蛋。不会错的。那会是个完美的蛋糕,我知道。

61

在所有围绕死亡这一行为的禁忌语中，涉及人内在心理需求的情况最糟糕。死亡并不必然意味着性欲就此蒸发。实际上有很多文献证明将死之人性欲重新恢复。仿佛正是这种不可避免的死亡命运激发了与此相反的生存欲望。死亡是激起性欲之物。将死之人和他的伴侣急切地拥抱着这一点。别忘了，高潮常被形容为欲死欲仙，并不是毫无根据的。

“性与濒死之人”

《死亡居家指南》(即将出版)

其实简单得就像一天早上醒来，知道前一天已从身边过去，另一天也已来临。是该忘记厨房、忘记所有家务的时候了。可是仍是准备的时间。

我跟南希说自己状态很好，一直在不停地工作，但是那天早上，我甚至都要向自己承认,已经做到头了。我看不到指南完成的那一刻了。

这是十月的一个早晨,醒来时我感觉到了这份残酷,但决定迎接快乐。这个早上我俯身采撷着淡紫色的紫藤那微湿的花瓣,把它们握在手心里,而后被风吹散。我所等待的这个早上应该是最后一次欣赏着美,呼吸着雨后清新、洁净的味道,感受着赤脚下的地砖冒出的湿气,看着这一天慢慢绽放。这个早上我比平日更早地来到鸡舍,挨个叫着母鸡的名字——珍,伊丽莎白,玛丽,凯蒂,莉迪亚——从最能扑腾的到最笨的,都是班内特太太的女儿。这个早上我意识到,如果时间已到了尽头,那同时也是放弃与把握的时候了。

一度我曾忘记了其他的临终礼物。当语言开始下降,听觉便敏锐起来。我曾以为自己的声音会是第一个丧失的官能,但却没想到自己能听得多么清晰。周围的话语都变作了旋律;家中的声音成为轻柔舒展的合唱。烤箱的门五年了依然吱呀作响,后院纱窗门啪的轻响,地板上脚步的隆隆声,浴室喷头急切的嘶嘶声,卡通片丁零当啷的饶舌——所有这些陪伴了我一生的声响都和谐了起来。窗外,吸蜜鹦鹉刺耳的叫声在开花的橡胶树中柔和起来。屋内,孩子的吵闹声温和了,富有乐感了。穿透这一合唱的是美妙的乐曲。歌声。

最后亦是最初,是关于声音的。是最出乎意料的东西,它到来时才知道。不是我想象的那些歌声,不是天使的音乐向我报信让我去另外的地方。不是渐强的合唱让带翼的马车低空滑过或把我微弱的躯体带到最终的睡梦。不是我想为自己选的音乐,比方说帕赫贝尔的《卡农》。或是巴赫的D小调协奏曲。在思考的时刻,我曾设想是更有诗意的莱昂纳德·科恩[①]的曲子,充满无声的魅力和繁复的欲望——“赞美诗”或“哈利路亚”。就像我曾希望死时拿在手里的最后一本书一样,又是一个意料之外的事情。没有帕凡舞曲[②],没有鲍勃·迪伦。没有几近疯狂的佩茜·克莱恩[③],艾瑞莎·弗兰克林[④]丰满的高音,汉克·威廉姆斯[⑤]吐露着他疲惫而孤独的终曲。

当死亡临近,听觉是最后一个消失的官能。

虽然有音乐响起——柔和的弦乐,简单而恬静,我想是阿尔奇最喜欢的爱尔兰歌手——而我听得最清楚的,是随着夜晚的降临,敞开的窗外,兰伯特先生前草坪上平和的“哒,哒,哒”。绝对是呼唤青蛙的声音。黛西的蝌蚪,现在已长大。傍晚的微风羽毛一样拂过。“哒,哒”。那声音绝对是个奇迹。

艾斯黛拉冲进我的房间。你听到了吗?

我点点头,她便转身跑了出去,大声喊着黛西。我明白这种奇怪的结盟,形式直到最后意思才明朗。我一直在等待听到青蛙的叫声,或者也许它们一直在等待着我。过了一会儿,阿尔奇握着什么进来了。他放到我的手中,温温的,上面还有一片羽毛。

晚上可以给你煮了当晚饭,他说。

还不饿,我轻声说。随后笑了笑。虽然我总是设想最后自己会

---

① 莱昂纳德·科恩(Leonard Cohen),1934年至今,加拿大歌手、作家。

② 巴赫作品。

③ 佩茜·克莱恩(Patsy Cline)(1932-1963),美国二十世纪五六十年代乡村音乐歌手。

④ 艾瑞莎·弗兰克林(Aretha Franklin),1942年至今,美国二十世纪六七十年代黑人蓝调音乐歌手。

⑤ 汉克·威廉姆斯(Hank Williams)(1923-1953),美国二十世纪乡村音乐代表人物。

握着一本书，情形却不是这样。我握着的是一个新鲜的白鸡蛋。

我总是闲不下来。虽然有忙不完的家务，我还是躺下来听凭思想的神游。我注意到从前没注意过的东西。比如这么多年以来总是黛西唱歌、演奏音乐，艾斯黛拉从来只是在一边听着。我注意到那些异样的，意料之外的。比如阿尔奇、艾斯黛拉和黛西的脑勺，看着他们在我身边来来回回。阿尔奇头顶渐秃的部分，他从不承认。他弯腰拥抱我的时候我看得一清二楚。（我没跟他说，看，阿尔奇，上面确实开始秃了，你不承认不行啊。）我看到艾斯黛拉充满光泽的棕色头发（很快，毫无疑问，就会像刺猬一样竖起来，染成五颜六色，作为她文化/音乐/心情的凭证）。还有黛西脑勺上直直的分界线，两边利落地辫起来。那片秃顶，那份光泽，那个分界线：我对它们升起一种崇敬。孩子们头顶那一块变得尤其柔弱，我开始有点自责，作为一个母亲，我没有用足够的时间来凝视与怜爱她们完美而未受任何亵渎的身体。像她们脖子的后面，那个散发出自己独特气味的地方，总能带给为母无尽的喜悦。

我记得她们的脚丫，刚出生时完美得令人难以置信，直到最小的小脚趾，每一道浅浅的皱纹，每个脚后跟的形状，小巧、柔嫩得仿佛是我巨大手掌上熟睡的花蕾。我珍爱着那两双小脚，从她们一出生，直到以后的月月年年。晚上我跪在婴儿床的床边，亲吻着她们伸到栏杆外的小脚丫，崇拜着襁褓的奇迹，那熟睡的孩子带来的完美礼物。亲吻着那甜美的小脚心，感觉初为人母是一份看得见摸得到的神秘，一种可以抓住，抱在怀里，用心去感受的东西，即便只是在夜的静谧中片刻即逝。

可是我却不知道自己是否对她们海星般的小手有足够的惊叹，那两双结实而柔软的手，总是暖暖的。是否对那松软的小手有足够的欣赏？我总是握着那只手，却永远无法使之成为自己的一部分。我也不确定。也许我过早地松开了她们的手，让它们冲洗的次数太多了，制止它们摸我的乳房或拽我的头发，而没有接受它们，脏兮兮，黏糊糊，挠人痒痒的小手，虽然也许它们本来就是那个样子。现在，依然是那两双手，却大了，能做更多事了，从花园里带回鲜花，带来一杯杯水，一口口面包。黛西的手在我脖子上摸来摸去，拽着我的胳膊。艾斯黛拉往下压了压绿色的被褥。她留意着黛西的反应，因为我知道，她觉得作为姐姐，有责任掌控局面，不让黛西看到这一切尽管等待了很久，讨论了很久，计划了很久，最终突然一片混乱，完全走了样。

我可以理解阿尔奇头顶变秃是多么容易，而自己多想不再让他脱发；我想起他的耳垂，我总喜欢亲吻和轻咬那里。我的亲吻和轻咬次数够多吗？那样是否能让他明白我多爱他？或者他的老二，平静时呈现绸缎般的褶皱，平滑的龟头尽管摩擦多年却仍像丝质的天鹅绒一般。何等的奇迹，何等的精彩。饶有兴趣地慢慢地舔着它，一遍接一遍，品味着那咸咸的精子所带来的兴奋。我太累了，无法对他讲，只希望他能知道，我多么喜欢醒来时感到他硬硬地顶着我的身体，尽管也许这种感情没有表示，尽管我们必须因为闹钟或是孩子一跃而起，因为一个上班族成千上万的理由而起床，而无法转身相对，在缓慢而带着睡意的性爱中迎来一天。我希望他明白，我会的，如果我可以。

可是这遗憾是多么荒谬，我早已很久不管做爱的事了。多么具有讽刺效果，多么完美的一个玩笑——看来还是有个上帝的，这种才智绝非偶然——在生命最后的时刻想到性，而你已经出了门，几乎已经不再那里，你的身体躺在那里毫无用处，而你的灵魂依旧清醒甚至很活跃。可是死亡就是这样，我现在明白了，带给你遗憾和欲望让你大吃一惊，趁你的灵魂自每个毛孔蒸发[①]，以便逃离，以便升腾。

我看到他们，越来越远，却越来越清楚，仿佛我带上了奇怪的新镜片，把周围所有的东西都模糊成一团淡绿，惟独床前家人这个紧凑的圈子变得更清晰，更明亮。我甚至看到了桑尼，弱小的身材偎依在阿尔奇胳膊里——或者仅仅是这个新镜片的缘故？——不是我最后一次见到他时不到8岁的样子，可也不是现在22岁的样子。只是基本看上去像桑尼，他出车祸时以及随后会变成的样子。他们的背后，个子高高的、神情严肃的是安柏，那颗心跳动得异常强烈，我都能看到每一次搏动，仿佛她的胸腔是玻璃做的。

我是多么爱他们呵，然而我又多想挣脱这一切。我眷恋着他们每一个微小的粒子，却平生第一次想离开，不带一丝内疚地走。这也是一份惊讶。我曾想象着死亡会和第一次送她们去学校差不多，在校门口你知道必须要走，你也想走，可是每一块肌肉都和她们一起喊叫着要留下，每一个细胞都抓着你不放。然而，不，我的生命里

---

① 出自马尔维的《致羞怯的情人》。

第一次也是最后一次发现，并不是那个样子。我很镇定。没有痛苦。我看着他们来来回回，心里装满了他们，但是我经历着完全的自由。我的家庭。看起来这是一个结尾，但不是再见。我似乎是要离开他们去获得更好的东西，虽然我全身心地爱着他们。虽然我想和他们在一起，我却可以割舍。如此充满诗意的模糊性。我想之前我是对的，现在则更确信。死亡是一个诗意的时刻。

亲爱的新娘母亲：

最后一个贴士，特地为你准备的。把安古斯图拉树皮粉末放入面团里，两点心勺的量。这是我多年来一直不肯透露的配料。以后再也用不着了。

致谢

我的三个孩子最应受到感谢。在过去的几年里他们总会听到，一边玩去，我得写东西，次数过于频繁了。他们都以特殊的方式在帮我。我的大儿子乔，总是对我要写作给予充分的理解和鼓励。我的女儿艾伦，是手稿的耐心读者，她还创作了一张富有启发的画来帮我集中精力。我最小的儿子卡兰，在我写作途中面对着、抗击着白血病，其勇气我都怀疑自己是否会有。他依然活着，他们都在告诉我，每天，最重要的东西在生命之中。

感谢我的朋友和代理人澳大利亚文学管理机构的琳·特兰特，多年来她几乎从不说，你的下一部小说怎么样了？虽然这一本同上一本之间间隔的时间很长了。作为我的读者，她总是富有见解，坦诚而幽默；作为我的代理人，她既有过人的天资又有超人的专业水准。同样要感谢她的助手维诺娜·拜恩，她出色地完成了书面工作；还有加里·郝根，在工作陷入一团迷雾之时接管了下来。

感谢露丝·杜卡恩就早期手稿阅读后提出意见;感谢克里斯丁·特兰特富有见解的读者报告,其中有不少地方很有道理;感谢约翰·德尔更具激励的反馈;感谢马格特·纳什对一些细节的纠正和改进。

非常感谢 Harper Collins 出版社的琳·德鲁,她对这本小说投入了巨大的热情和支持;同时也为我提供了睿智而有益的编辑反馈。在澳大利亚,我也受到了 Picador 出版社的罗德·莫里森和萨里娜·罗威尔的宝贵帮助,受到自由编者阿里·拉乌的帮助;受到来自美国 Putnam 出版社皮特奈勒·凡·阿斯戴尔和加拿大企鹅出版社尼古拉·温斯坦利的帮助。他们都以各种方式让这本小说变得更好。

简·帕尔弗里曼,现为 Allen&Unwin 出版社人员,其帮助尤其值得感谢。同时也感谢皮特·道勒在版权方面的建议。

最后,对于悉尼科技大学人文与社会科学学院授予我的一小笔科研费用表示谢意,让我能够在 2007 年上半年完成了这部小说。

资料索引

封面题词中约翰·福布斯的《死亡颂》引自他的作品集《木呆的鲻鱼》(Hale & Iremonger 1988),经里恩·福布斯的允许略作过改动。“动词总有大胆之处”(第二十一章)引自唐·沃森的《死亡宣判》(Knopf 2003)。狄兰·托马斯的《不要温和地走进那个良夜》(第三十五章)出自他的《诗集》(Dent 1952),获得许可后引用。用自己的鲜血做血肠,这个想法受葛·比尔森的启发,她首先在《悉尼晨报》的《快乐周末》杂志上介绍,后又将这个想法写入其《繁盛》(Lantern – Penguin Books 2005)。在她的允许下我将这个想法融入到小说中。

碧顿女士的《家庭管理》于 1861 年首次出版,小说中的引用出自牛津世界经典系列版本(OUP 2000)。亚瑟·史塔斯,写“永恒”二字的人,他的故事是家喻户晓的,也有很多戏剧、歌曲、文学和电影纪念他(甚至在帽子、T 恤、饰针、鼠标垫上都有纪念),不过最著名的当是在2000年悉尼新年前夜烟花表演上。

另外,水果蛋糕的配方得自琼·卡里,是我好朋友加布里埃尔的母亲。我不确定琼从哪里获得的这个配方,但会永远把它视作她众多特殊礼物中的一个。